Van Roger H. Schoemans verschenen in dezelfde reeks:
*Penetraties*
*Zwarte suiker*
*Bloedrode kersen*
*Knapenmelk*
*Prinses*
*Hengst*
*Bastille*
*Amulet*
*Erfenis*

THRILLER

# PADRE!

## SCHOEMANS

DAVIDSFONDS
UITGEVERIJ

Schoemans, Roger H.
Padre!


Blijde Inkomststraat 79, 3000 Leuven
www.davidsfonds.be
www.twitter.com/davidsfonds
www.facebook.com/davidsfondsuitgeverij
Vormgeving binnenwerk: Sin Aerts
Omslagontwerp: Davidsfonds Uitgeverij
Omslagfoto: © Image Source/Corbis

D/2013/0201/02
ISBN 978-90-6306-638-3
NUR 332

In dit boek gaat het volledig om fictie. Elke overeenkomst met bestaande personen, toestanden of instellingen is toevallig.

# 1

Het mergelblok bewoog niet, maar Klaas Bondieu gaf zich nog niet gewonnen.

Hij had ervaring met kuren van oude muren. Meestal volstond een duwtje met de lepel van een graafmachine om aftands metselwerk te doen verkruimelen, maar dat gold niet voor wat onder de oppervlakte schuilging. Rustte de muur op zavel of klei? Op steengruis, al dan niet met een schep cement ertussen? Of stond hij op een fundament voor de eeuwigheid, zoals deze gigant?

Klaas zette zich schrap, alsof hij de klus met eigen spierkracht wilde klaren. De motor van de machine brulde. Het blok gaf geen centimeter mee.

'Godverdomme!' schreeuwde Klaas.

De vloek leek te helpen, want de steen, meer dan een halve meter dik, twee meter lang en wel een meter breed, schoot los.

'Psjit!'

Het klonk alsof Klaas een gigantisch bierblik had opengetrokken. Van onder het mergelblok steeg een grijze wolk op.

Het hart van de kraanman miste een slag.

Gas?

Had hij godverdomme een gasbuis stukgetrokken?

Hij legde de machine stil en ademde de lucht in die van onder de steen ontsnapte. Mergelstof. Verrotting. Geen gas. Zeker geen gas.

Het was Klaas nu ook duidelijk waarom de steen zo lang weerstand had geboden. De randen onderaan waren taps geslepen, waardoor ze perfect in de schuin gehouwen randen van een rechthoekige mergelkuil pasten.

Hij had niet zomaar een stuk fundering opgetild, besefte hij, maar een kolossaal deksel dat de ruimte eronder luchtdicht afgesloten had. Een deksel voor de eeuwigheid.

'Godverdomme', schoot door zijn hoofd toen hij zag wat de koppige steen verborgen had gehouden.

Op de bodem van de mergelkuil lag een geraamte, gedeeltelijk bedekt met een lap stof die in de loop der jaren helemaal de blauwig grauwe kleur van de omgeving had aangenomen. Hij herkende een schedel met een plukje hoofdhaar. Een onderarm met een hand. Scheenbenen en voeten.

'Godverdomme.'

Hij keek om zich heen. Het pleintje voor de parochiekerk van Sint-Remigius was verlaten. Niemand om zijn verbazing mee te delen.

'Godverdomme', herhaalde hij.

Hij belde zijn baas.

'Ik ben iets tegengekomen. Een graf.'

'Een graf?'

'Met een geraamte erin. Het lag onder de muur van de pastorie.'

'Godverdomme. Misère. Ik bel de gemeente. Niets aanraken. Begrepen?'

'Ja, chef.'

Klaas installeerde zich op de bank voor de oude pastoorswoning waar de zopas afgebroken muur deel van had uitgemaakt en rolde een sigaret.

'Gaat het?'

Het was de gepensioneerde buurman die in de loop van de ochtend een paar keer naar zijn werk was komen kijken. Zijn enige tijdverdrijf in een dorp waar nooit iets gebeurde.

'Waarom zou het niet gaan?' mopperde Klaas.

'Je ziet er bleek uit. Alsof je een spook gezien hebt.'

Een lachje om duidelijk te maken dat hij het als grap bedoelde. Klaas lachte niet.

'Dat heb je goed geraden', zei hij somber.

De buurman wist niet wat te denken. Klaas genoot van zijn verblufte blik.

'Geen spook, maar een geraamte', zei hij. 'Daar. Het lag onder de muur. Ingemetseld in de fundamenten. Ga maar kijken. Zolang je maar niets aanraakt. Ik wacht op de mannen van de gemeente. Mijn baas heeft hen gebeld.'

De man waagde een aarzelende blik in de kuil.

'Godverdomme! Het is waar!' riep hij.

'Waarom zou ik liegen?' vroeg Klaas.

'Godverdomme, een echt geraamte', besloot de buurman.

Een auto met het logo van de gemeente stopte voor het zitbankje. Een bediende van de technische dienst.

‘Hij heeft een graf opgegraven’, liet de buurman opgewonden weten. ‘Onder de muur van de pastorie.’

‘Godverdomme’, reageerde de bediende. ‘Hoe komt dat daar?’

Hij boog zich over de rechthoekige kuil.

‘Goede vraag’, zei Klaas zonder van de bank te komen. ‘Kijk maar eens hoe het blok in het gat paste!’

‘Luchtdicht. Waterdicht’, oordeelde de bediende, onder de indruk van het staaltje ouderwets vakwerk.

‘Wat doen we ermee?’ wilde Klaas weten.

‘Ik bel de burgemeester’, zei de bediende. ‘Dit zijn zaken waar ik niet bevoegd voor ben.’

Klaas schoot een peuk weg en kwam bij de man staan. Samen staarden ze naar wat er van het skelet zichtbaar was.

‘Geen kist’, stelde de bediende vast. ‘Alleen een stuk stof. Misschien hebben ze het lijk inderhaast moeten begraven en hadden ze geen tijd om het te kisten. Of ze vonden het niet de moeite waard…’

‘Volgens mij ligt het geraamte onder een jas’, zei de buurman. ‘Als je goed kijkt, kun je knopen zien. Koperen knopen als je het mij vraagt. Kijk maar.’

‘Koperen knopen?’ vroeg de bediende. ‘Misschien is het dan wel een soldatenjas.’

‘Een gesneuvelde soldaat die ze in zeven haasten begraven hebben’, veronderstelde de buurman.

‘In zeven haasten? In een graf dat ze in de mergel uitgehouwen hebben en afgesloten met een bewerkte steen van een paar ton?’ vroeg Klaas.

‘Ik weet niet wat ik ervan moet denken’, gaf de bediende toe.

Er troepte intussen al een klad nieuwsgierigen samen rond de kuil, lui die anders nooit op straat bijeenkwamen, behalve wanneer de kabeltelevisie er de brui aan had gegeven en ze van elkaar wilden weten wie ook geen beeld had.

‘Niet te dichtbij komen’, vermaande de burgemeester terwijl hij zich een weg door de troep baande, trots dat hij zijn kiezers kon laten voelen dat hij echt een autoriteit was, een man van snelle beslissingen.

‘Zet de perimeter af met linten’, droeg hij de bediende op. ‘En leg een zeil over de put.’

‘Mag ik mijn machine verplaatsen?’ vroeg Klaas.

‘Neen. Die moet blijven tot het parket de plaats opgemeten heeft.’

‘Het parket?’

‘Misschien is de mens in de kuil vermoord.’

‘Dat moet dan lang geleden gebeurd zijn’, opperde de gepensioneerde buurman. ‘Die muur stond er al voor ik geboren was!’

‘Dat moeten de specialisten uitmaken’, vond de burgemeester. ‘Die van het parket of de archeologen. Dat is geen werk voor ons.’

Nog voor hij zijn Landrover Defender (oud model, lange versie, woestijnkleur, gedeukt en gehavend) voor de ingang van de kerk gestald had op de parkeerplaats ‘gereserveerd voor ceremoniewagens’, had fotoreporter Geo Joosten de omgeving al in zich opgenomen.

Driehoekig plein. Een straat in, twee uit. Een grauwe kerkgevel. Grijze huizen. Een ervan onmiskenbaar ooit een pastoorswoning geweest. Ernaast een stapel puin en een gele graafmachine van de firma Bondieu. Een gat in de bodem.

Tussen de machine en de put dromden mensen samen rond een man die Geo herkende als de burgemeester en een jongeman in smoezelige jeans en T-shirt. De kraanman?

Toen hij uitstapte met een fototoestel op zijn buik en een cameratas in de hand draaiden alle hoofden in zijn richting.

Een vreemde auto. Een onbekend gezicht. Dunnend haar. Stevige lichaamsbouw. Buikje. Ruitjeshemd. Jeans. Sportschoenen. Maar vooral: een fototoestel!

Geo negeerde de nieuwsgierige blikken en stapte recht naar de burgemeester toe. Een flits van herkenning.

‘Joosten! Jij bent er snel bij!’

De journalist haalde achteloos zijn schouders op. Niemand hoefde te weten dat hij toevallig in de buurt was geweest, op weg van de ene afspraak naar de andere, toen hij van de ontdekking op de hoogte was gebracht. Zijn imago van perfect geïnformeerde lokale journalist was immers goud waard.

Een fluisterende stem in de telefoon had de routine van zijn werk als streeknieuwsfotograaf onderbroken. Een bediende die met de hand voor de mond sprak, zodat collega’s die toevallig in zijn buurt kwamen niet hoorden met wie hij belde, want telefoneren naar journalisten was verdacht op het gemeentehuis.

'Het schijnt dat er voor de kerk van Sint-Remi een graf blootgelegd is', had de stem gefluisterd.

'Heeft iemand van de gemeente weer eens zijn mond voorbijgepraat?' vroeg de burgemeester korzelig.

'Ik zou het niet weten, burgemeester', loog de fotoreporter.

Hij gebaarde naar het dozijn nieuwsgierigen dat zich rond hen verdrong, alsof elk van hen de tipgever kon zijn. Voor de burgemeester begon te mekkeren over loslippige bedienden en de noodzaak van een eenduidig communicatiebeleid, draaide Geo hem al de rug toe om naar de kuil te wandelen.

'Het is een echte tombe, verdorie!' riep hij uit toen hij in het gat keek. 'Enig idee wie erin ligt?'

'Ze denken dat het een soldaat is', zei de gepensioneerde buurman, die de reporter gevolgd was om toch maar niets van de sensatie te missen. 'Ze hebben hem toegedekt met zijn jas omdat er geen tijd was om een kist te maken. Zie je de knopen? Koper!'

Joosten schoot foto's van het graf en van het skelet. Daarna maakte hij een portret van de kraanman aan de rand van de put. En een van de burgemeester, want lokale bazen hield je best als vriend, hoe vervelend ze soms ook waren.

'Nu nog een filmpje voor de televisie', kondigde hij aan.

De tijd dat hij van foto's alleen kon leven, was al lang voorbij. Bewegende beelden leverden nu het beleg op de boterham. Video's voor de website van de krant, voor het lokale tv-station en soms zelfs voor de nationale televisie.

De aankomst van een kleine Citroën onderbrak zijn werk. Het autootje in ijssalonkleur was het dienstvoertuig van hoofdinspecteur Arnold Sauwen en inspecteur Filip Blommaert van de gerechtelijke politie. Ze groetten de reporter met een gebaar dat verraadde dat ze elkaar al lang kenden. De burgemeester kreeg een officiële handdruk.

Sauwen had genoeg aan een vluchtige blik in de put om vast te stellen dat de ontdekking hem en zijn collega niet aanging.

'Archeologie. Misschien wel honderd jaar oud. Of meer zelfs', besloot hij.

Hij deed geen moeite om zijn opluchting te verbergen. De vondst van een oud geraamte betekende geen bijkomende klus voor de toch al overwerkte speurder.

'Bel de archeologen maar', zei hij tegen de burgemeester. 'Dan weten die gasten ook wat te doen.'

'Wat is dat rechthoekige ding?' vroeg Joosten aan de inspecteur.

Hij had ingezoomd op de inhoud van de tombe. Schedel. Knekels. Doffe knopen. Tussen de jas en de rand van de kuil iets dat op een riem met patroontasjes leek. En een voorwerp dat een boekje zou kunnen zijn, als boekjes thuishoorden in grafkuilen.

Blommaert ging plat op zijn buik liggen om de patroonriem en het ding dat een boekje kon zijn van onder het stof te halen.

De burgemeester keek bezorgd, maar durfde zijn bevel om niets aan te raken niet te herhalen. Hij mocht baas zijn in zijn gemeente, Blommaert was een vertegenwoordiger van het parket en daar had hij niets aan te zeggen, zeker niet wanneer zijn overste het normaal leek te vinden dat hij zomaar in het graf graaide.

'Die spullen ken ik uit het museum', zei Geo. 'Duitse soldaten gebruikten zulke riemen met patroontassen in de Eerste Wereldoorlog.'

'Duitsers?' vroeg Sauwen.

Blommaert blies stof van het boekje. Het leren kaft was eens soepel en roodbruin geweest, maar nu zag het er mergelgrijs en beenhard uit.

'Maak niets kapot', waarschuwde Sauwen. 'De archeologen doen je een proces aan als je spullen beschadigt.'

Blommaert sloeg het boekje open. Het papier was verrassend ongeschonden.

'*Leibgrenadieren. Regiment 8. König Friedrich Wilhelm III. Dritte Brandenburger Armee. Oswald Koster*', las hij hardop voor.

'Een soldatengraf', besloot Sauwen. 'Dan is het zeker niets voor ons.'

Geo Joosten maakte een foto van de bladzijde met de naam van de soldaat. Blommaert liet hem geduldig begaan. Hij hield het boekje zelfs open tot Joosten er een video-opname van had geschoten.

'Een datum', zei hij nadat hij een volgende bladzijde opgeslagen had. 'Meneer Koster heeft op 1 augustus 1914 soldij ontvangen.'

'Een graf uit de Eerste Wereldoorlog', concludeerde Sauwen, meer dan ooit gehaast om de zaak voor gezien te houden. 'Helemaal voer voor archeologen.'

'Mag ik de kuil toedekken?' vroeg de bediende, die een blauw dekzeil uit zijn auto had gehaald.

'Mag ik de machine verplaatsen?' vroeg Klaas Bondieu.
Sauwen knikte.
'Doe maar', zei de burgemeester.
De buurman trok aan Joostens mouw.
'Ben jij een reporter van de televisie?'
'Van de krant, van de televisie, van alles.'
'Toen ik geboren werd, stond de muur er al', zei de buurman.
'Het graf dateert van na augustus 1914', zei Geo. 'En jij?'
'Van 1939. Toen ik kind was, zegden de mensen dat het hier spookte.'
'Wil je dat straks voor de camera herhalen?'
'Moet dat?'
'Het mag.'
De man straalde.
'Ik kan nog meer vertellen', zei hij trots. 'Ik weet wie de muur gebouwd heeft.'
'Wie?'
'Hij daar.'
Hij maakte een hoofdgebaar naar een gedenkplaat in zwarte steen tegen de gevel van de oude pastoorswoning, intussen gedegradeerd tot opslagplaats voor stoelen, banken en kasten uit de gemeenteschool achter de kerk.
Geo maakte een foto van de plaat. En een video-opname. Twee voor de prijs van één.

*In deze pastorie verbleef tot Aug. 1914*
*E.H. kapelaan Petrus Doornaert*
*Missionaris bij de indianen in Paraguay*
*Martelaar, door heidenen wreed vermoord op 7 Januari 1937*
*Fundación/Stichting Padre Pedro*

'Ik wist niet dat we martelaren hadden in Zuid-Limburg', zei Geo tegen de gepensioneerde buurman.
'Daarom wil het bisdom hem heilig laten verklaren.'
'En nu vinden ze een dode Duitser onder zijn muur!'
'Ja, ja. De oude mensen wisten wel dat er iets niet pluis was', insinueerde de buurman.

'Spoken?' deed Geo Joosten ironisch.

'Ik heb ze nooit gezien, maar er werd destijds wel veel over gesproken', antwoordde de man ernstig. 'Wanneer kom ik op televisie?'

'Vanavond. Als ze je er in Hasselt niet uitknippen.'

De komst van een man in een verfomfaaid maatpak onderbrak hun gesprek.

'Dat is mijn collega', stelde Joosten verslaggever Piet Schraepen voor. 'Vertel hem maar wat je over de zaak weet, want hij zal je interviewen voor de televisie en het bericht voor de krant schrijven.'

'Graag', zei de buurman.

'Ken je Bert Peeters van de heemkundige kring?' kwam de burgemeester tussenbeide met een gebaar naar een man op een fiets met enorme bagagetassen.

'Een soldatengraf!' riep Peeters, een en al blozende opwinding. 'Ik heb altijd al vermoed dat er zoiets geweest moest zijn!'

'Waarom?' vroeg Geo.

De burgemeester maakte zich uit de voeten. Met zijn decennia ervaring als journalist in Haspengouwse dorpen voelde Geo instinctief aan dat de burgemeester geen hoge pet ophad van Peeters en diens vermoedens.

'Wel, ja', zei Peeters met een veelzeggende blik op de vluchtende burgemeester. 'Ik heb altijd volgehouden dat de kapelaan niet alleen voor zijn preek de benen heeft genomen. Er lag verdomd een dode Duitse soldaat onder zijn muur! Daarom is hij er dus vandoor gegaan!'

'Ik snap nog altijd niet waar je het over hebt', bekende de fotograaf.

'De kapelaan had zijn parochianen vanaf de preekstoel aangemaand om niet op de Duitsers te schieten', legde Peeters uit. 'Er waren al te veel onschuldige slachtoffers gevallen in Visé. De Pruisen hebben daar in 1914 een massa burgers vermoord en de stad in brand gestoken omdat zogenaamde franc-tireurs op hen geschoten zouden hebben.'

'Een oproep om niet te schieten, dat moeten de Duitsers toch graag gehoord hebben?' vroeg Piet Schraepen zich af.

'Inderdaad. Dus moest er een andere verklaring zijn voor zijn vlucht!' ging Bert Peeters verder. 'Het bisdom heeft hem geholpen! Misschien niet direct om in Nederland te geraken, want dat ging nog redelijk gemakkelijk de eerste weken van de oorlog, maar wel om zijn reis naar Paraguay te betalen! Dat kostte een fortuin in die tijd! Veel te duur voor een simpele dorpskapelaan! En waarom stuurden ze hem naar Paraguay? Waarom zo ver?'

Geo trok een wenkbrauw op. Hij begreep steeds minder van wat de opgewonden man uitstootte.

'Er was volgens mij maar één verklaring!' declameerde Peeters. 'Doornaert had iets uitgevreten wat absoluut niet mocht uitlekken, omdat dan de schade voor het bisdom niet te overzien geweest zou zijn. Er waren praatjes over andere zaken, eigenlijk over van alles en nog wat, maar niemand heeft ooit aan een moord op een Duitse soldaat durven denken! Man, man, man! Een dode Pruis! Als de Duitsers toen ontdekt hadden dat een priester van het bisdom Luik een soldaat van kant had gemaakt, dan was geen enkele priester nog veilig geweest! Zelfs de bisschop niet!'

Hij liet een lange stilte vallen, als wilde hij de journalisten tijd geven om te beseffen welke vreselijke gevolgen een aanslag op een Duitse soldaat gehad kon hebben.

'Het bisdom...' begon Schraepen, maar Peeters liet hem niet uitspreken.

'Pas op!' riep hij. 'Het is maar een theorie. Ik heb nog geen bewijs gevonden dat het bisdom hem gedwongen heeft het land te verlaten! Ik heb alleen aanwijzingen dat hij hulp gekregen heeft. Misschien komt nu de waarheid boven water, nu we weten waarom hij zo halsoverkop op de loop is gegaan.'

'De kapelaan werd dus verbannen omdat hij een soldaat begraven had', vatte Geo spottend samen.

Peeters knikte ernstig.

'Nadat hij hem van kant gemaakt had?' insinueerde Schraepen.

Peeters knikte nog heftiger.

'Maak dat je grootje wijs', zei Joosten. 'Kijk naar het graf. Dat is niet het werk van een dorpskapelaan die inderhaast het lijk van een vermoorde Pruis wilde opruimen.'

Bert Peeters liet zich niet uit het lood slaan.

'Hij hoefde volgens mij helemaal geen kuil uit te houwen om de dode in te dumpen! Hij heeft gewoon een put gebruikt waaruit eerder stenen voor de nieuwe muur rond de pastorie gehakt waren! Snel een sluitsteen erop en hup!'

De orkaan van uitroeptekens kon de reporters niet overtuigen.

'Kan dit het werk van één man zijn?' vroeg Geo. 'Kijk naar het formaat van de kuil!'

'Iedereen deed het', zei Peeters alsof hij de vraag niet gehoord had. 'Als je ging bouwen, hakte je het materiaal gewoon uit de grond. De bodem hier is pure gatenkaas.'

'De randen van de kuil en van het deksel zijn zo bewerkt dat ze perfect in elkaar passen', wierp Geo op. 'Dat doe je niet in een, twee, drie.'

'Fluitje van een cent voor wie met hamer en beitel kan omgaan', meende Peeters.

'Een blok van enkele tonnen verplaatsen om een kuil af te dichten, is geen fluitje van een cent', protesteerde Piet Schraepen.

Peeters haalde zijn schouders op.

'Geen probleem voor wie de trucjes kent. Met vier ronde stammetjes en een hefboom rijd je met dat blok waar je maar naartoe wilt. Zolang het niet bergop gaat, kan een man op die manier tonnen verplaatsen.'

Joosten gaf de discussie nog niet op.

'De kapelaan preekte dat je als burger geen Duitsers mocht doden, maar volgens jou heeft hij er zelf een afgemaakt zonder rekening te houden met de gevolgen voor zichzelf, zijn collega's of zijn oversten', vatte hij Peeters' theorie samen. 'Daarna heeft hij volgens jou zijn slachtoffer in een oude mergelkuil begraven en de tombe gesloten met een tonnenzware steen. En dat allemaal zonder dat een levende ziel er iets van gemerkt heeft.'

'Of er iets van heeft willen merken', vulde Peeters doodkalm aan. 'De Haspengouwse mentaliteit. Zien, horen en zwijgen.'

'Mm', deed Joosten instemmend.

'Dat is mijn theorie', zei de voorzitter van de heemkundige kring.

'Een mooi verhaal, als het waar is', vond Piet Schraepen.

'Het is waar!' riep Peeters vol overtuiging.

'Ik zal je woorden tussen dikke aanhalingstekens zetten', beloofde de verslaggever.

Peeters snapte Schraepens ironie niet, maar het idee dat hij zijn grote gelijk in een echte krant en via de televisie zou mogen uittoeteren, deed hem glimmen van trots.

Op de foto die Geo van hem maakte, een man van onbepaalde leeftijd met een duivenmelkerspet op het hoofd en een fiets met grote bagagetassen aan de hand, straalden zijn ogen.

# 2

Terwijl zijn vriendin Lie het avondeten afwerkte, schoof Geo heen en weer met de computermuis, klikte icoontjes aan en verstuurde zo zijn foto's naar de krant en zijn filmpjes naar de website en naar het regionale televisiekanaal.

Enkele extra klikken bezorgden de foto's aan een Duitse collega met goede contacten bij grote Duitse regionale kranten. Voor de volledigheid voegde Geo er een stukje film bij voor regionale televisiezenders die mogelijk interesse konden hebben voor een honderd jaar oud Duits skelet.

'Met een beetje geluk brengt die oude Pruis nog een mooie duit op', zei hij.

'Daar klinken we op', stelde Lie voor.

Ze wenkte met een fles die ze net uit de winkel had meegenomen. Voor een keer geen Chileense of Argentijnse wijn, maar Spaanse.

'Pueblo Viejo', las Geo.

Ze proefden ervan voor ze aan hun 'kliekjesmaal' begonnen: groentesoep uit de diepvriezer, worst, warme appelmoes en in boter opgebakken aardappelen, overschot van gisteren. Eten dat paste bij de sfeer van de ouderwetse keuken, die bijna een eeuw eerder bedacht was door Geo's grootvader, fruithandelaar, boer en levenskunstenaar.

Hij had het massieve fornuis laten installeren, ruim genoeg om er de maaltijden voor zijn uitgebreide familie op te bereiden. In het midden had hij een op maat gemaakte, loodzware tafel van dik kersenhout geplaatst met plaats voor tien (of veertien als de kinderen wat dichter bij elkaar schoven).

Onder een groot raam met uitzicht op de binnenplaats en de boomgaard stond een aanrecht in blauwe steen, waarboven de gaatjes nog zichtbaar waren van de schroeven waarmee de pomp tegen de muur bevestigd was. Daar tegenover prijkte een wandgrote kast waarin je alle gerei kon opbergen.

In deze keuken kon je elke dag van het jaar leven, zonder beslag te leggen op een eetkamer waar de vorige generaties alleen op feestdagen gebruik van maakten of op de zitkamer die Geo als kind nauwelijks had mogen betreden. Wat overigens ook gold voor het kantoor met het zware bureaumeubel waaraan de oude Joostens plaatsnamen wanneer het tijd was om hun administratie te verzorgen, een activiteit die ze tot het uiterste minimum wisten te beperken.

Een Haspengouwse herenwoning, kortom, die helemaal paste bij de welstellende fruithandelaars die de Joostens waren geweest en waarin Geo zich zo lekker voelde dat hij er, na de installatie van wat modern, elektrisch spul in de keuken, een tv-toestel in de zitkamer en een computer in het kantoor, nauwelijks iets aan veranderd had.

Ouderwetse degelijkheid, vond hij, kon niet verbeterd worden.

'Doornaert', merkte Lie op terwijl ze de soep uitschepte. 'Dat is geen Limburgse naam.'

'Volgens de man van de heemkundige kring kwam hij uit West-Vlaanderen. Om God mag weten welke redenen belandde hij in het kleinseminarie in Sint-Truiden en is hij in Limburg blijven hangen.'

'Er zat een Doornaert in mijn jaar in Leuven. Een West-Vlaming. Als je wilt, zoek ik op wat er van hem geworden is. Misschien is hij wel familie van jouw pastoor.'

'Petrus Doornaert was een kapelaan, geen pastoor. Een onderpastoor, als je dat liever hoort.'

'Om het even.'

'Niet om het even. Het betekent dat een kleine parochie zich toen de luxe van een pastoor en een kapelaan kon veroorloven. Ze woonden in een huis dat groot genoeg was voor twee appartementen. Waarschijnlijk met elk een eigen meid voor het huishouden!'

'Aan wie ze een hongerloon betaalden', mopperde Lie.

Sinds ze haar ingenieursbaan bij Ford kwijt was, was haar sociaal bewustzijn aangescherpt, had Geo vastgesteld.

'Die vrouwen voelden zich waarschijnlijk rijk', zei hij. 'Ze hadden een dak boven het hoofd, een comfortabel bed, ze mochten eten uit de grote, lekkere pot en ze kregen nu en dan een zakcent toegestopt. Een beter leven dan ze thuis hadden.'

'Je doet alsof je heimwee hebt naar de middeleeuwen', spotte Lie.

'Ik probeer alleen te beschrijven hoe het er destijds aan toeging. In de ogen van arme mensen leidde zo'n pastoorsmeid een luxeleven. Om van haar bazen nog maar te zwijgen!'

'De kapelaan laat je blijkbaar niet los.'

'Er is sprake van dat de paus hem heilig wil verklaren. Martelaar Petrus Doornaert, in de missie bekend als Padre Pedro. Een uit West-Vlaanderen overgewaaide boerenzoon, kapelaan in een vergeten gat in Limburg wanneer de Duitsers het land binnenvallen. Daarna missionaris in Paraguay, waar wilde indianen hem van kant maken, waarschijnlijk omdat ze geen zin hadden om zich door hem te laten bekeren.'

'Mm...' deed Lie.

'Er is zelfs een stichting met zijn naam. Tweetalig. Stichting Padre Pedro. Fundación Padre Pedro.'

'Waar houdt die zich mee bezig?'

'Volgens Bert Peeters van de heemkundige kring organiseert ze onderwijs voor arme kinderen in Paraguay. In Vlaanderen zamelt ze geld in voor haar goede werken.'

'Nooit van gehoord', mompelde Lie.

Ze aten in stilte.

'Ga je het verhaal opvolgen?' vroeg Lie toen ze klaar waren.

'Piet heeft er ook wel zin in.'

'En jij?'

'Als het interessant wordt.'

'Wie ligt na honderd jaar nog wakker van een kapelaan of van een dode Duitser?'

'Toen pater Damiaan heilig werd verklaard, stonden de kranten er wekenlang vol van.'

'Damiaan is als melaatse tussen de melaatsen gestorven. Als ik je verhaal goed begrepen heb, is jouw kapelaan op de loop gegaan nadat hij een Duitser vermoord en begraven zou hebben.'

'Een heilige met bloed aan zijn handen. Het is eens wat anders', vond Geo.

'Mm...' deed Lie.

Op de redactie van de grote nationale krant waar Geo Joosten en Piet Schraepen voor werkten, had chef nieuws Geert Brouns het verhaal van de graftombe ontdekt, nog net voor het tussen het gewone streeknieuws begraven werd.

De redacteur van de Limburgse bladzijden had er niet meer in gezien dan een banaal fait divers. Dat hij het onderwerp moest illustreren met een foto van grauwe knekels tussen grijs mergelstof, had hem niet enthousiaster gemaakt.

'Het is niet alsof ze daar het graf van een Egyptische farao hebben ontdekt', verdedigde hij zijn keuze.

'Een soldaat rust een eeuw onder de muur van een pastorie!' riep Brouns. 'Zijn lichaam wordt toevallig ontdekt op een zucht van de honderdste verjaardag van de oorlog! Begraven in de voortuin van een kapelaan die op het punt staat heilig verklaard te worden!'

'Pft', deed de redacteur.

'Het bizarre geheim van een toekomstige heilige', dicteerde Brouns de kop die al een tijdje door zijn hoofd spookte. 'Ik zet een foto van het graf en van de arbeider die het ontdekt heeft op de voorpagina. Tien regels tekst. Alleen de essentie van het verhaal. De rest mag je houden voor het streeknieuws.'

'Je gaat je belachelijk maken', waarschuwde de redacteur.

'Je denkt wat je wilt, maar ik ben de baas!' snauwde Brouns.

'De concurrentie lacht zich een oog uit', probeerde de redacteur nog.

'Bij de concurrentie denken ze zoals jij', blafte de chef hem af. 'Totaal geen verbeelding. Punt. Einde van de discussie. Bezorg me de foto's voor bladzijde één. Stuur me alles wat Schraepen over de zaak geschreven heeft, dan distilleer ik er wel tien regels uit. Ben ik zeker dat er geen onzin in staat.'

Nog voor Geo aan de chocolademousse kon beginnen (uit dezelfde winkel waar Lie de wijn had gekocht) belde zijn Duitse collega.

'Formidabel!' riep hij. 'De foto's en het nieuws van de ontdekking staan morgenvroeg in *Aachener Nachrichten* en in *Märkische Oderzeitung*. Dat is een krant uit Brandenburg, waar die grenadier vandaan komt. Misschien besteedt *Westfälischer Allgemeine* er morgen ook aandacht aan. Bij de WDR-televisie vragen ze zich momenteel nog af of ze jouw bijdrage zullen uitzenden of een ploeg van hun redactie op het graf afsturen. En bij de RBB in Frankfurt aan de Oder gebruiken ze vanavond alvast een minuut of zo van jouw materiaal in *Brandenburg Aktuell*. Dat is hun regionale nieuwsshow. Ze willen nakomelingen van Oswald Koster opsporen om een langer onderwerp te maken over de ontdekking van zijn lijk. Ik heb overal jouw nummer achtergelaten, voor het geval de collega's bijkomende informatie willen.'

Het dessertlepeltje was nog maar net schoongelikt, of de telefoon ging weer. Een redacteur van het VRT-nieuws had Geo's verslag van de ontdekking gezien op TV Limburg. Of hij dringend een kopie van zijn beeldmateriaal kon leveren?

'De kapelaan begint wereldnieuws te worden', zei hij tegen Lie.

'Of een obsessie', antwoordde ze nuchter.

'Ik zei toch dat het een prachtverhaal was.'

'Obsessie, dus.'

Archeoloog Filip Muylders van het Vlaams Instituut voor Onroerend Erfgoed onderdrukte een vloek toen de burgemeester hem de gordel met patroontasjes en het afgestofte identiteitsboekje overhandigde.

'Meneer de burgemeester! Hoe vaak moeten we het nog herhalen? Bij een archeologische vondst moet alles op zijn plaats blijven liggen! Als iedereen zomaar in een site begint te wroeten, kunnen wij onmogelijk degelijk werk leveren!'

'De mensen van het parket...' begon de burgemeester om de verantwoordelijkheid af te wentelen.

'Iedereen moet zijn handen thuishouden!' vloog de archeoloog uit. 'Ook die pippo's van het parket! Verdomme!'

Hij graaide de riem en het boekje uit de handen van de burgemeester.

'Niemand mag nog zonder mijn toelating in de buurt van het graf komen! Geef je dat door aan je personeel?'

De burgemeester haalde zijn schouders op. De fulminerende archeoloog stormde naar buiten. De burgemeester toetste het nummer van Geo Joosten in.

'Er is zopas een archeoloog aan de slag gegaan om het graf te onderzoeken', zei hij. 'Hij is nogal slecht gehumeurd. Ik weet niet of hij je iets zal laten fotograferen.'

Geo begreep de boodschap. De burgemeester en de archeoloog hadden vermoedelijk een aanvaring gehad en nu werd hij ingeschakeld om voor luis in de pels te spelen. Waarom niet, dacht hij, als hij de wraakzuchtige burgemeester daarmee aan zijn kant kreeg? Zolang het een goede, verkoopbare foto opleverde, was hij bereid een pact met de duivel te sluiten.

Muylders had zijn werkterrein een flink stuk ruimer afgebakend dan de perimeter die de man van de gemeente achtergelaten had. Boven het graf liet hij een grote tent optrekken door de studenten die straks praktijkervaring konden opdoen door de site met schrapertjes en penselen te exploreren.

'Heb jij de foto's gemaakt die vanmorgen in de krant stonden?' vroeg de archeoloog toen Geo zich aanmeldde.

'Die zijn inderdaad van mij.'

'Eindelijk iemand die respect toont voor een oudheidkundige vondst. Kun je me afdrukken van je foto's bezorgen? Op groot formaat. A4?'

'Dat kan.'

Muylders scheen opgelucht adem te halen.

'De knuppels van het parket hebben in het graf gewroet', zei hij. 'Met jouw foto's kan ik hopelijk reconstrueren hoe de site eruitzag voor die barbaren ze overhoop haalden!'

'Hoeveel...' begon Joosten, maar Muylders liet hem niet uitspreken.

'Zitten de foto's nog in het geheugen van je camera?'

'Ja.'

'Mag ik ze bekijken? Er ligt een laptop in mijn auto.'

'Nu meteen?'

'Nu, natuurlijk! Ik heb geen tijd te verliezen! Iedereen wil dat we tiptop wetenschappelijk werk afleveren, maar niemand heeft geduld. De gemeente niet. De aannemers niet. De...'

'Ik wilde eigenlijk...' probeerde Geo zijn tirade te onderbreken. Vruchteloos.

'Deal!' riep Muylders. 'We zetten alvast de foto's over op mijn computer, zodat ik een eerste indruk kan krijgen van hoe het graf eruitzag. Ik vink af wat jij afdrukken moet. Ik geef je vijf euro voor een A4-formaat op gewoon papier, meer kan ik me niet veroorloven. Het ministerie wil altijd alles, maar zonder ervoor te betalen. Deal?'

'Op voorwaarde dat ik beelden mag schieten van wat jullie onder de tent uitvoeren', stelde Geo voor.

'Zolang je ons niet voor de voeten loopt.'

'Je zult niet eens merken dat ik er ben.'

'Deal.'

Ze overliepen in sneltreintempo de foto's van het ongerepte graf.

'Vergroot de riem met de patroontasjes', beval de archeoloog.

Geo gehoorzaamde.

'Gelukkig hebben de uilskuikens van de gerechtelijke politie niet geprobeerd de tasjes open te breken!' vloog Muylders uit. 'Hoewel. Als er uitgerekend één ding is dat ze hadden moeten controleren! Oorlogsmunitie! Als die in verkeerde handen valt...'

Hij knarsetandde.

'Idioten zijn het! Nu. Anderzijds. Gelukkig maar. Ze zullen wel doorgehad hebben dat de tasjes leeg waren. Als ze geprobeerd hadden ze open te maken... Ik mag er niet aan denken! Het leer is zo hard geworden dat je die dingen niet open krijgt zonder ze in honderd stukken te breken!'

'Hoe kan je weten dat de tasjes leeg zijn zonder ze open te maken?' vroeg Geo.

Muylders viste de verzegelde plastic zak met de patroonriem uit de rommel op de achterbank van zijn auto.

'Voel', beval hij.

Geo woog de zak in zijn hand.

'Heb je er een idee van hoe zwaar oorlogspatronen wegen?' vroeg Muylders. 'Koperen hulzen, kruit, stalen kogels?'

'Mm', deed Geo.

'De tasjes zijn leeg', zei de archeoloog. 'En dat is hoogst merkwaardig!'

'Ik begrijp niet...' begon de journalist.

'Denk na!' riep Muylders ongeduldig uit. 'Een soldaat kon zowat honderd patronen in zijn tasjes opbergen, maar deze kerel had alleen lege tasjes bij zich! Op vijandelijk terrein! Waar hij tot de tanden gewapend had moeten zijn!'

'Misschien heeft iemand de tasjes leeggemaakt voor hij ze bij het lichaam in de kuil legde', veronderstelde Geo.

'Of was de soldaat op stap zonder munitie?'

Muylders genoot van Geo's vragende blik.

'Als hij enkele dagen rust had, hoefde hij niet met zware munitie te zeulen', legde hij uit. 'Het kan natuurlijk ook dat hij een sloddervos was en vergeten was zijn patroongordel te vullen, maar dat verwacht ik niet van een soldaat uit een elitekorps. Of waren de tasjes niet van hem, maar van iemand anders?'

'Veel vragen', vond Geo.

'Een lege patroongordel plus een soldatenpaspoort, schijnbaar achteloos naast het lijk gedeponeerd, maar wel zo dat je er niet naast kunt kijken!' ging de archeoloog onstuitbaar door. 'Waarom?'

'Omdat de persoon die het lichaam in het graf legde, wilde dat de dode meteen met naam en functie geïdentificeerd kon worden!' ratelde hij verder, voor Geo een antwoord kon bedenken.

'Moeten we ons niet eerst afvragen wie hem in het graf gelegd heeft?' vroeg de journalist.

Muylders deed alsof hij de vraag niet gehoord had.

'Maak vergrotingen van alle foto's waarop de gordel te zien is', beval hij. 'Van het boekje. En verder van...'

Hij noteerde driftig nummertjes op een reepje papier.

'En ook van deze opnamen', zei hij tot slot. 'Ik kan niet ernstig werken zolang we de foto's niet hebben bestudeerd. Er is haast bij. We mogen geen tijd verliezen.'

Toen Geo terugkwam met de vergrotingen, stortte de nerveuze archeoloog zich als een hongerige gier op de documenten. De studenten kregen een tsunami van instructies over zich heen.

'Mag ik nu foto's maken van jullie werk?' vroeg Geo.

Toen Muylders hem in de tent binnenliet, bleek de jas al bevrijd van de dikke stoflaag, maar hij zag er nog steeds even grijs uit.

'Feldgrau', doceerde Muylders. 'In vredestijd paradeerden de Brandenburgse grenadieren als pauwen, maar in oorlogstijd droegen ze het standaardgrijs van het Duitse leger. Niet zoals sommige Franse sukkels die in 1914 nog ten strijde moesten trekken met rode broeken en hemelsblauwe jasjes uit de tijd van Napoleon. Wandelende schietschijven.'

Studenten die plat op hun buik hadden gelegen om het stof van de jas te verwijderen, kropen overeind.

'Jij, jij, jij!' beval Muylders. 'We gaan dat ding optillen om te kijken wat eronder zit!'

Hij hield een hoekje van de uniformjas tussen duim en wijsvinger. De studenten volgden zijn voorbeeld.

'Op mijn teken. Een centimeter omhoog.'

Geo schoot foto's van de operatie. Hij verwachtte dat het kledingstuk na een eeuw in de mergelgroeve bij de eerste aanraking zou uiteenvallen, maar het hield stand.

'Nog tien centimeter omhoog en dan achteruit trekken', fluisterde Muylders.

De halswervels werden zichtbaar. Een stukje van een schouder.

'Houd je ogen open voor huidresten', fluisterde Muylders. 'Voorzichtig.'

Het kostte hem en de studenten bijna een halfuur om de jas zover te verplaatsen dat de borstkas bloot lag. Ribben. Ruggengraat. Geen spoor meer van huid of haar, zoals op de schedel.

'Duitse kwaliteit', mompelde Muylders. 'Het lijk is vergaan, maar de jas heeft het overleefd!'

Met zijn allen trokken ze de jas verder naar achteren.

'Dit klopt niet', mompelde Muylders.

De studenten hielden hun adem in.

'Hier klopt niets van!' bulderde Muylders.

Geo fotografeerde gespannen gezichten boven de beenderen en het honderd jaar oude kledingstuk.

'Til dat vod nu maar helemaal op', beval Muylders.

De studenten haalden de jas uit het graf. De archeoloog ging op zijn buik boven het graf liggen met zijn hoofd diep in de kuil. Hij keek met een stoute grijns op naar Geo.

'Het is een vrouw', zei hij.

De fotograaf en de studenten wachtten op uitleg.

'Geen twijfel mogelijk. Een vrouwenbekken. Het Duitse leger had geen vrouwelijke soldaten in dienst. En de Brandenburgse grenadieren al helemaal niet!'

Hij hing intussen zo ver over de rand dat Geo bang was dat hij in het graf zou tuimelen.

'En niet zomaar een vrouw', mompelde Muylders. 'Een zwangere vrouw! Kijk naar haar buikholte. Het geraamte van een foetus. Vijf maanden oud, schat ik. Zes, maximaal.'

Geo zoomde in op kleine, breekbare beendertjes, nauwelijks zichtbaar tussen het mergelstof. Hij schoot foto's. Dertig seconden video. Sensatie.

'Ben je zeker?' vroeg hij aan Muylders.

'Het bekken is dat van een vrouw. Geen twijfel mogelijk. De resten van de foetus moeten verder onderzocht worden om de juiste leeftijd te bepalen, maar het is niet de eerste keer dat ik het stoffelijk overschot van een zwangere vrouw opgraaf. Dus... Ja... Ik ben er zeker van. Wat we hier hebben, is niet het geraamte van een Duitse soldaat, maar van een zwangere vrouw.'

Ineens besefte hij dat Geo een videocamera op hem gericht had. Met microfoon.

'Heb je dat opgenomen?' vroeg hij.

Geo knikte. Muylders dacht even na en haalde zijn schouders op.

'Om het even', zei hij.

Hij ging rechtop staan en sloeg het stof van zijn kleren.

'Moet ik nu een persconferentie geven om aan heel de wereld kond te doen wat we ontdekt hebben?' vroeg hij aan de fotograaf.

'Voor mij hoeft het niet. Liever niet, zelfs.'

Muylders grijnsde.

'Je wilt natuurlijk de eerste en de enige zijn om met het nieuws uit te pakken', zei hij. 'Een scoop, zo noemen jullie dat toch?'

'Scoop. Primeur. Exclusiviteit.'

'Als ik jou je zin geef, krijg ik morgen de rest van de pers over me heen. De burgemeester. Politici. Ze zullen vragen waarom een ambtenaar een bepaalde journalist begunstigd heeft. Vind je dat een leuk vooruitzicht?'

Geo haalde zijn schouders op. Muylders trok een grimas.

'Ze kunnen m'n rug op', zei hij. 'Als jij de studenten op pizza trakteert en de factuur voor je foto's vergeet, dan gun ik je de scoop.'

Geo was te verbluft om meteen te reageren.

'Maak voort', spoorde Muylders zijn troepen aan. 'Geen tijd verliezen! We hebben nog veel te onderzoeken!'

'Wie zou die vrouw geweest zijn?' vroeg Geo zich af.

'Geen idee. Ik stel voor dat we eerst een inventaris maken van wat we al uit het graf gehaald hebben. Dan eten we pizza en daarna bergen we het geraamte. Intussen zullen we tegen beter weten in hopen iets te vinden waarmee we haar kunnen identificeren.'

# 3

De redacteur van de bladzijden met Limburgs streeknieuws maakte zich op om te genieten van een megaportie leedvermaak ten koste van Geert Brouns. Met stijgend genoegen had hij de reportage van het duo Joosten-Schraepen gelezen over de 'Brandenburgse grenadier' die uiteindelijk een zwangere vrouw bleek te zijn.

Hij stuurde een kopie naar de chef nieuws met de vraag of hij het bericht nu wel in het streeknieuws mocht 'begraven'?

De provocatie werkte sneller dan verwacht. Nog geen tien tellen nadat hij op de zendknop had geduwd, ging de telefoon.

'Wie is die vrouw?' vroeg Brouns.

'Dat zoeken de archeologen nog uit.'

'Waarom werd ze onder een soldatenjas begraven?'

'Dat weten de archeologen nog niet.'

'Waarom heeft Schraepen nog niet naar haar gezocht in het archief van de gemeente? Het moet toch geen kunst zijn om te ontdekken welke vrouw er in een nest van een paar honderd inwoners gestorven is tijdens de eerste weken van augustus 1914?'

De redacteur haalde zijn troefkaart boven.

'De burgemeester weigert Piet toegang tot het archief. Hij vindt dat we hem en zijn gemeente belachelijk gemaakt hebben door het nieuws van een zogenaamd sensationele vondst onder de muur van de bijna heilige kapelaan op de voorpagina uit te smeren voor we over alle feiten beschikten.'

'Mag hij dat zomaar weigeren?'

'Weet ik niet, maar hij heeft het wel gedaan. Iets met privacy en zo.'

Brouns gooide gefrustreerd de telefoon op de haak. Hij haalde diep adem en belde Piet Schraepen. De verslaggever gaf hem geen kans om een jeremiade over privacyregels en de fnuikende traagheid van administraties in te zetten.

'Ik ben intussen via andere kanalen te weten gekomen dat er in augustus en september 1914 geen vrouwen uit haar leeftijdsgroep overleden zijn in de gemeente', zei hij stoer.

'Haar leeftijdsgroep? Hoe kan je weten hoe oud ze was als je niet eens weet wie ze is?'

'Mijn informant heeft gezocht naar overleden vrouwen tussen veertien en vijftig. De leeftijd waarop vrouwen in normale omstandigheden zwanger kunnen zijn.'

Korte pauze. Diepe zucht van de chef nieuws.

'Ik smeer het verhaal uit op bladzijde drie', beloofde hij. 'Ik laat je stuk herschrijven door een van mijn beste pennen. Mysterieuze dode komt na een eeuw aan het daglicht, of zoiets. Ze zal je bellen als ze bijkomende informatie nodig heeft.'

'In orde, chef.'

Korte pauze. Geen zucht ditmaal. Schraepen had een vermoeden van wat zijn baas nu ging vragen.

'Hoeveel weet de concurrentie?'

'Alleen Joosten was erbij toen het skelet blootgelegd werd. Volgens hem heeft de archeoloog geen zin in een persconferentie. Met een beetje geluk zijn we de enige krant die het verhaal brengt.'

'Mooi. Ik zal Joosten verwittigen dat hij geen slapende honden wakker mag maken. Voorlopig geen nieuwe foto's of filmpjes op de website. Waar kan ik Joosten bereiken?'

'Hij speelt momenteel gids voor een ploeg van de Duitse televisie terwijl de archeologen het geraamte uit de kuil halen.'

'Is dat zijn nieuwe methode om met een primeur om te gaan?' foeterde Brouns.

'In Duitsland wordt onze krant toch niet gelezen', verdedigde Piet zijn collega. 'En de Duitse televisie betaalt goed.'

Filip Muylders hield de schedel met beide handen vast, alsof hij een breekbaar ei uit een nest had getild. Een student stond paraat met een piepschuimen schaaltje om de kostbare vracht van hem over te nemen.

'Er liggen nog haren en huidfragmenten tussen het stof op de vloer', waarschuwde de archeoloog.

Een student reikte hem een schepje en een penseel aan. Muylders borstelde haartjes en stukjes huid op het schepje en deponeerde ze bij de schedel in het schaaltje.

'Doodsoorzaak?' vroeg hij toen met de flair van een ervaren acteur.

Er waren twee camera's op hem gericht. Eentje van Joosten en een van de Westdeutsche Rundfunk. Genoeg belangstelling om Muylders zijn rol extra dramatisch te doen vertolken. Langzaam draaide hij de schedel om.

'Dit is de doodsoorzaak', verklaarde hij plechtig.

De archeoloog wreef met een wijsvinger over de rand van een diepe deuk in de achterkant van de schedel. Hij wees naar een fijne barst die tot bijna aan het voorhoofd liep.

'Het is een zeer harde klap geweest', zei hij. 'Schedel ingeslagen en gebarsten. Ze moet op slag dood geweest zijn.'

'Een granaatinslag?' opperde de reporter van WDR.

Muylders schudde bedachtzaam het hoofd. De rol van wijze expert leek hem op het lijf geschreven.

'Ik heb opgravingen gedaan in Ieper en omgeving. Stoffelijke resten uit de Eerste Wereldoorlog. Granaatscherven veroorzaken totaal andere verwondingen. Ik houd rekening met twee mogelijkheden. Eén. Deze vrouw is met haar achterhoofd op een hard oppervlak gevallen. Twee. Ze is neergeslagen. Mogelijk met een hamer of met een steen, maar gezien de omstandigheden mogen we niet uitsluiten dat ze met de kolf van een pistool of van een geweer is doodgeslagen. Een ongeval of een moord? We zullen het onderzoeken.'

'Kan ze vermoord zijn door de soldaat onder wiens jas ze begraven werd?' probeerde de Duitser.

Muylders keek hem verwijtend aan. De blik van een deskundige die niet kan bevatten hoe onverstandig leken kunnen zijn.

'Zou een moordenaar zijn identiteitsgegevens in het graf van zijn slachtoffer deponeren?' vroeg hij.

'Domme vraag', verontschuldigde de journalist zich.

'Niet zo dom', vond Muylders, ineens in de rol van een geduldige leraar die een vlijtige leerling niet wil ontmoedigen. 'We mogen de soldaat niet uit het oog verliezen. Waarom is de vrouw onder een soldatenjas begraven en waarom lagen de patroongordel en het boekje van grenadier Koster in haar graf?'

'Vingerwijzingen?' vroeg Joosten.

'Hopelijk niet te subtiel om ze na honderd jaar nog te begrijpen', voegde Muylders er mistroostig aan toe.

'Een dwaalspoor', opperde de journalist.

'Ook dat is mogelijk.'

Alle hoop om het verhaal van de zwangere vrouw in het honderdjarige graf alleen voor Geo's krant te houden werd de kop ingedrukt toen de burgemeester de auto van de WDR op het pleintje zag staan. Hij improviseerde prompt een haperende verklaring in steenkolenduits en trommelde daarna snel de lokale pers op om archeoloog Muylders over de opzienbarende ontdekking te laten uitweiden.

Geert Brouns' *rewriter* had intussen een spetterend stuk gecomponeerd naar de smaak van haar chef. Ze had het feitengeraamte van Joosten en Schraepen rijkelijk aangekleed met veronderstellingen en verzonnen emoties.

Ze had het over het 'raadselachtige' skelet van een jonge vrouw die 'lafhartig in de rug was aangevallen' en begraven in een 'geïmproviseerde graftombe' onder een bouwwerf terwijl 'Duitse horden' moordend en brandend het land onveilig maakten.

Ze slaagde er zelfs in 'Pedro Doornaert, missionaris, martelaar en toekomstige heilige' zodanig in haar breiwerkje te verwerken dat bij aandachtige lezers spontaan het vermoeden ontstond dat hij mogelijk een rol had gespeeld in de verdachte begrafenis, misschien zelfs in de dood van de vrouw, ook al had Schraepen dat in zijn originele bericht niet eens gesuggereerd. Lezers, had Brouns haar geleerd, wilden zo snel mogelijk weten wie de daders waren of konden zijn.

Het resultaat van haar werk was een spannend, ademloos verteld verhaal dat de droge berichten in de andere kranten tot saaie stof degradeerde. Of het correct was, zou later wel blijken. Er was immers altijd een volgende uitgave om eventuele fouten recht te zetten.

'Muylders zal zich in zijn graf omdraaien', stelde Geo sarcastisch vast toen hij het verhaal aan de ontbijttafel las.

'Hij heeft geen reden tot klagen', zei Lie. 'Dankzij jou heeft hij gisteravond vijf minuten aandacht op TV Limburg gekregen. Drie minuten op het nieuws van de VRT. Een stukje op de Nederlands-Limburgse televisie en een lang item op WDR. Tel daar de foto op de voorpagina in jouw krant bij, acht foto's op een nationale bladzijde en aandacht in een hoop andere kranten. Tot in Duitsland toe. Hoeveel archeologen krijgen zoveel publiciteit?'

Voor Geo kon antwoorden, ging de telefoon.

'Ik ben iets te weten gekomen', zei Bert Peeters van de heemkundige kring. 'Er zou een datum op de sluitsteen staan.'

'Welke datum?'

'Dat weet ik niet, maar de man die het me verteld heeft, beweert dat hij nu weer goed leesbaar moet zijn. Hij was onder de grond verdwenen toen ze het trottoir verhoogden bij de heraanleg van de straat.'

'Spreek er met de archeoloog over.'

'Zou ik dat wel doen? Hij werkt voor de gemeente. En de burgemeester...'

Geo zag het braadvet rond het spek op zijn bord stollen.

'Muylders werkt voor de Vlaamse Gemeenschap en hij heeft een hekel aan de burgemeester', zei hij korzelig. 'Je vindt hem in de tent boven het graf.'

'Ik zal het signaleren', beloofde Peeters.

Geo stortte zich op zijn ontbijt voor het helemaal verpieterd was.

Een student hoefde alleen wat aarde en aangekoekt vuil weg te krabben.

*15 VI 1914.*

Stevige, regelmatige cijfers en letters in Latijnse stijl, perfect afgemeten spaties. Muylders herkende meteen de hand van een vakman die het gewend was inscripties uit te hakken op grafmonumenten.

Opvallend, maar niet zeldzaam, dacht hij. In ieder geval minder zeldzaam of raadselachtig dan de skeletten die nu helemaal uit de tombe verwijderd waren.

Een naamloze moeder en haar ongeboren kind.

Naakt in het graf gelegd. Ontdaan van alles waarmee ze geïdentificeerd konden worden.

Geen ringetje, geen oorbel, geen sieraad.

Niets.

Hij had de studenten het mergelstof laten zeven en wat overbleef had hij zelf onder de loep genomen. Zelfs met een microscoop had hij geen textielvezel kunnen vinden die niet van de soldatenjas afkomstig was.

De burgemeester had hem wel toelating gegeven om het archief van de burgerlijke stand te raadplegen. In juni, juli, augustus en september 1914 was er geen enkele inwoonster van tussen de veertien en vijftig jaar oud gestorven. Niet in de vroegere zelfstandige gemeente, evenmin in de buurdorpen die nu deel uitmaakten van de grote gefusioneerde eenheid.

'Naamloos in een naamloos graf', zei hij tegen Geo Joosten toen die poolshoogte kwam nemen.

'Onder een steen waar iemand de datum 15 juni 1914 in gegraveerd heeft. Lang voor Oswald Koster arriveerde.'

'En wat betekent dat volgens jou?' vroeg Muylders.

'Dat de moordenaar zijn daad weken of maanden op voorhand gepland heeft? Of de moord uitgesteld heeft tot de tombe klaar was?'

'Moord?' vroeg Muylders. 'Geloof je echt wat je collega in de krant gesuggereerd heeft?'

'Ja.'

'Ik heb daar nog geen wetenschappelijk bewijs van gezien.'

'Je hebt zelf...' begon Geo.

'Ik heb duidelijk gezegd dat ze ook verongelukt kan zijn!'

'Waarom zou men haar in deze kuil begraven hebben als ze verongelukt was?' vroeg Geo.

'Het was oorlog', antwoordde Muylders. 'Mensen doen wel vaker vreemde dingen in tijden van oorlog.'

Hij zag dat zijn antwoord de journalist niet overtuigde. Zoals hij zelf ook niet overtuigd was. Maar wat kon hij anders? Toegeven dat het ook voor hem zonneklaar was dat de jonge vrouw doodgeslagen was? Dat de spullen van de Duitse soldaat meer dan waarschijnlijk dienden om een dwaalspoor te creëren? Om dan de volgende dag in de krant te lezen dat hij als 'ervaren expert' bevestigd had dat het 'raadselachtige skelet in een geïmproviseerde mergeltombe' slachtoffer van een 'wrede sluipmoord' was geweest?

'Ik doe geen definitieve uitspraken over de doodsoorzaak zonder de schedel grondig onderzocht te hebben', zei hij. 'Zolang dat niet gebeurd is...'

Joosten liet zich niet tegenhouden.

'Als ze verongelukt was, had ze ongetwijfeld een plaats op het kerkhof gekregen, om het even of het oorlog was of niet!' protesteerde hij. 'En ze zouden haar niet toegedekt hebben met een soldatenjas, maar ze zouden haar in een kist begraven hebben!'

'Welke moordenaar neemt het risico om zijn slachtoffer op een werf te begraven?' vroeg Muylders. 'Wat als iemand onder het blok was gaan kijken?'

'Wie?'

'De bouwvakkers, bijvoorbeeld.'

'Waarom zouden ze moeite doen om een tonnenzwaar blok op te tillen?'

Muylders wreef nadenkend over zijn kin.

'Je hebt een punt gescoord', gaf hij toe.

'De persoon of de personen die de vrouw in het graf legden, hadden die mogelijkheid misschien wel voorzien', draafde Geo verder. 'Het kan verklaren waarom de spullen van grenadier Koster op het lijk werden gelegd.'

'Een truc van de moordenaar... Als er sprake is van moord... Een manier om de verdenking op hem af te wentelen', zei Muylders.

'Of een truc om ervoor te zorgen dat de bouwvakkers geen kik zouden geven als ze ondanks alles de steen toch wegnamen', meende Geo. 'Stel je voor wat er door die mannen heengegaan zou zijn als ze op het lijk van een vrouw gestoten waren met de papieren van een Duitse soldaat op haar borst! Paniek! Ze zouden de tombe onmiddellijk gesloten hebben om er daarna met geen woord meer over te reppen!'

'Fantasie', wimpelde Muylders zijn redenering weg.

'Had jij het aangedurfd om een Duitse soldaat te beschuldigen van moord op een lokale vrouw? Ook al lagen de zogenaamde bewijzen voor het grijpen?'

De archeoloog wachtte met zijn antwoord.

'Had jij het gedurfd?' drong Geo aan. 'Houd er wel rekening mee dat die mannen nog maar pas de gruwelverhalen gehoord hadden over Duitse soldaten die burgers afknalden alsof het konijnen waren!'

'Wanneer zijn de metselaars weer aan het werk gegaan?' vroeg Muylders.

'Rond de tijd dat de oorlog zover gevorderd was dat Brandenburgse grenadiers in het dorp mochten uitblazen zonder volle patroongordels?' veronderstelde Joosten. 'Het moment waarop ze tijd hadden om zich te vermaken met meisjes? Al dan niet met fatale gevolgen voor de vrouwen, zoals wel vaker gebeurt in oorlogstijd. Nog een reden waarom de truc met de militaire spullen zo geniaal is. Geen hond die eraan twijfelde dat een Pruis in staat was om een meisje te vermoorden en zijn maten op te trommelen om te helpen haar lijk onder een zware steen te dumpen.'

'Geen vingerwijzing voor latere generaties, maar rekwisieten voor onmiddellijke afschrikking', mijmerde de archeoloog. 'Het ruikt verdorie naar voodootovenarij!'

'Vingerwijzing, waarschuwing en afschrikking tegelijk', zei Geo. 'Blijkbaar heeft de truc gewerkt.'

'Het graf is nooit geopend', verzekerde Muylders hem. 'Dat zou sporen nagelaten hebben en die zijn er niet. Totaal niet. We zullen dus nooit weten of de tovenarij gewerkt heeft.'

'Neen, maar ik ben er wel zeker van dat de buren vermoedden dat er iets niet pluis was', zei Geo. 'Ze voelden dat er iets geheimzinnigs aan de hand was met de steen. Waarom vertelden ze anders dat het op die plek spookte?'

'Verhaaltjes. Zoals in de kranten vandaag', spotte de archeoloog.

'De mensen houden van verhaaltjes', reageerde Geo. 'Dat was al zo in de tijd van Homeros.'

'Mensen hebben inderdaad al van in de oertijd legenden en mythen verzonnen om onprettige feiten verteerbaar te maken', trad Muylders hem bij. 'Maar mag ik wel proberen definitief uit te maken hoe die vrouw aan haar einde gekomen is, vooraleer je nog meer homerische verhalen in je krant uitsmeert?'

'Wat gebeurt er met de inhoud van het graf als je onderzoek afgerond is?'

'De spullen van Koster bewaren we voor het geval een andere instantie of onderzoeker er interesse voor toont. De stoffelijke resten gaan op de lokale begraafplaats de grond in, maar ik bewaar wel DNA-stalen van moeder en kind. Voor het geval dat... Je weet nooit... Ik ben niet de enige die in het verleden zit te wroeten.'

'Ik ben iets te weten gekomen.'

Geo Joosten herkende de zeurstem van Bert Peeters.

'Ik heb oude foto's van de kapelaan gevonden', zei de voorzitter.

Geo wachtte vijf tellen. Niet te snel interesse tonen. Vooral niet enthousiast doen. Mensen die 'oude foto's' aanboden, droomden maar al te vaak dat ze over unieke documenten beschikten waarvoor fantastische bedragen geboden werden.

'Hoe oud?' vroeg hij.

'Van omstreeks 1914. Ze zaten in een enveloppe tussen papieren van het kerkkoor. Als je wilt, mag je ernaar komen kijken.'

Geo keek snel op zijn horloge. Het was een drukke dag, de ene opdracht na de andere, de kassa rinkelde, momenteel gingen de zaken goed, dank je wel.

'Rond zeven uur?'

'Dan kijken mijn vrouw en ik naar het nieuws. Kan het om acht uur?'

Het echtpaar Peeters betrok de typische burcht van een landelijke burgerfamilie. Een vrijstaand huis uit de jaren dertig van de vorige eeuw. Donkere baksteen met stroken bleke mergel rond ramen en voordeur. Links en rechts manshoge buxushagen, vooraan een gietijzeren hek met puntige spijlen als dreigende speren gericht naar buitenstaanders.

Geo mocht meteen naar de kamer die Peeters zijn 'studievertrek' noemde. Boeken, stapels papier, klasseermappen, een ouderwets bureaumeubel, een leren fauteuil, twee stoelen, een tafeltje met twee bolle glazen en twee flesjes trappistenbier van Orval op een dienblad.

'Let niet op de rommel', zei Peeters terwijl hij de flesjes openmaakte zonder Geo te vragen of hij wel trek had in bier.

'Waar heb je de foto's gevonden?' vroeg Joosten.

'Daar.'

Peeters wees met zijn kin naar een stapel papier op het bureau.

'Toen ik over het graf zat te piekeren, herinnerde ik me dat ik ooit een bundel documenten van het Sint-Remigiuskoor had gekregen. Kapelaan Doornaert is de leider van dat koor geweest. Dus...'

Hij stak Geo een glas met een te grote schuimkraag toe.

'Ze heeft er weer mee geschud toen ze de flessen uit de kelder haalde', mopperde hij. 'Ik heb haar al duizend keer gezegd dat je Orval met eerbied moet behandelen. Heb ik gelijk of niet?'

'Ik ben niet echt een bierdrinker.'

Peeters wierp hem een afkeurende blik toe.

'Kom me niet vertellen dat je geen trappist lust! Godendrank, meneer! Iedereen vindt trappist lekker!'

Nadat ze geklonken en gedronken hadden, haalde Peeters een verhakkelde, bruine enveloppe uit een lade van het bureaumeubel.

'Stel je voor wat die enveloppe meegemaakt heeft', mompelde hij. 'Twee wereldoorlogen!'

Er kwam een tiental foto's uit. Traditionele Kodak-vierkantjes met witte kartelrandjes, glanzend, perfect geconserveerd.

'Dat is het koor', zei Peeters terwijl hij een foto naar Geo toeschoof.

Gestalten in donkere jurken tegen een grauwe achtergrond, de gezichten en handen nauwelijks meer dan heldere vlekken. Op de achtergrond stonden zeven vrouwen, een van hen een kloosterzuster. Zes vrouwen zaten voor hen op stoelen met een priester in soutane in het midden.

'Dat is Doornaert', zei Peeters.

De foto was zo klein dat Geo geen gelaatstrekken kon onderscheiden. Onder de loep die Peeters hem overhandigde, ontdekte hij dat de kapelaan er verrassend jong uitzag. Een rond knapengezicht. Piekhaar tegen zijn schedel geplakt met een akelig scherpe scheiding links. Een ingehouden glimlachje. Volle lippen.

Sensuele mond, dacht Geo.

'Een mooie man', zei Peeters, alsof hij Joostens gedachte geraden had.

Geo bestudeerde de gezichten van de vrouwen. Strenge, ernstige blikken. Sommigen keken alsof ze bang waren van de fotograaf. Slechts één gezicht vertoonde een glimlach, waardoor het jonger leek dan de andere. Leeftijden schatten op foto's uit die tijd was riskant, wist Geo uit ervaring. Om een of andere reden leken mensen toen altijd ouder dan ze in werkelijkheid waren.

'De foto is in maart 1914 gemaakt', zei Peeters. 'De datum staat op de achterkant.'

'Weet jij wie die vrouwen zijn?'

'Ik denk dat ik er twee herkend heb. Van deze hier ben ik zeker. Dat is Bertha Peeters. Zij was een zus van mijn overgrootvader. Het glimlachende meisje moet Virginie Cuyx zijn. Het jongste lid van het koor.'

Geo overliep de andere foto's. Altijd dezelfde stijve poses, dezelfde ernstige, bijna droevige gezichten. Op de achterkant datums in potlood, steeds in hetzelfde sierlijke handschrift. 1914, 1913, 1912. Zonder uitzondering met de kapelaan in het midden. In 1912 en 1913 werd hij geflankeerd door kloosterzusters in enorme, opzichtige kappen.

Geo zocht het gezicht van Virginie Cuyx, omdat zij de enige was die hij gemakkelijk kon herkennen. In 1913 vond hij haar op de tweede rij, pal achter de kapelaan, met een brede glimlach om haar mond. In 1912 ontbrak ze.

'Dit is een foto van het feestmaal in 1913', zei Peeters terwijl hij een volgend prentje naar Geo toeschoof. 'Elk jaar op de zondag na de naamdag van de Heilige Remigius. De patroonheilige van de parochie en dus ook van het koor.'

Een schimmig totaalbeeld van een kamer met mensen rond wat toen voor een feestelijk gedekte dis doorging. Alleen Doornaert was min of meer herkenbaar op de ereplaats aan het hoofd van de tafel.

'Dat moet in de grote kamer van het pastoorshuis gefotografeerd zijn', legde Peeters uit. 'Je kunt eraan zien dat de fotograaf geen flits bezat.'

'Wie was de fotograaf?' vroeg Geo.

'Meester Herman. De onderwijzer van het vijfde en zesde leerjaar in de gemeenteschool. Hij is ook gemeentesecretaris geweest. Hij heeft hopen foto's gemaakt. Helaas zijn de meeste niet bewaard gebleven.'

Hij presenteerde Geo het volgende fotootje. Links en rechts donkere gestalten met de rug naar de camera. In het midden een wit vlak met grijze en zwarte streepjes. De gestalte links droeg een rok tot op zijn voeten. Een soutane? Kapelaan Doornaert? De persoon rechts was een vrouw met een rok tot boven de enkels.

Geo las de uitleg op de achterkant.

'Bombardementen in Luik', had de persoon met het zwierige handschrift geschreven.

'De foto is in de buurt van het Kruis van de Gehangene gemaakt', zei Peeters. 'Meester Herman heeft in zijn herinneringen aan de oorlog geschreven dat dorpelingen zich in processie tot ginds gewaagd hadden om naar de beschieting van de Luikse forten te kijken en voor de soldaten te bidden.

Toen ze terugkwamen, vertelden ze dat ze de hel gezien hadden. Volgens meester Herman trilde de grond zelfs in het dorp wanneer de Duitsers hun zwaarste granaten afvuurden. Ze hadden bij Skoda speciale mortieren laten fabriceren om de forten aan flarden te schieten. En dan was er natuurlijk ook nog het kanon dat ze Dikke Bertha noemden. Dat vuurde nog zwaardere ladingen af.'

Geo probeerde zich voor te stellen wat de personen op de foto die avond gezien hadden. In zijn fantasie kreeg de heldere vlek kleuren. Hevig rood, dooraderd met kobaltblauw, feloranje, witte en zwarte strepen, kruitrook. Een inferno, inderdaad, de poort van de hel.

Hij probeerde zich ook in te leven in wat het paar op de foto gevoeld moest hebben. Op weg naar het Kruis hadden ze kilometers ver over de akkers gelopen, aangespoord door hun overtuiging dat ze de bemanning van de forten met hun gebeden moesten steunen, maar beslist ook gedreven door nieuwsgierigheid, de eeuwig menselijke zucht naar sensatie, tegelijk vechtend tegen de angst voor wat er zich in de verre Maasvallei afspeelde.

Lang voor ze de vuurzee konden zien, hadden ze de ontploffingen gehoord. Hoe hadden die geklonken? Scherp en fel of dof en dreunend? Welk geluid produceerde een projectiel van honderd of meer kilo wanneer het zich in een betonwand boorde en daar met zoveel kracht explodeerde dat de trillingen kilometers verder nog voelbaar moesten zijn?

Zou hij het aangedurfd hebben om zich buiten de nog veilig lijkende geborgenheid van zijn dorp te wagen om een blik op dat helse geweld te werpen? Zou hij het aangedurfd hebben om met een primitief cameraatje op zijn buik achter een priester en een vrouw aan te sjokken om een foto te maken waarvan hij op voorhand kon weten dat er niet meer op zou staan dan vage silhouetten en een grote, witte vlek?

'Kapelaan Doornaert en Virginie Cuyx', hoorde hij Bert Peeters zeggen. 'Na de oorlog heeft de meester een boekje gemaakt met deze foto erin. Hun namen staan eronder. Het vuur op de achtergrond is afkomstig van de beschieting van het fort Pontisse.'

'Wie was Virginie Cuyx?'

'Ze werkte als melkmeid op de hoeve van de oude Vanspauwen. Haar ouders woonden in Herderen.'

Geo hoorde een aarzeling in zijn stem. Hij wachtte op meer uitleg.

'Ik weet niet wat er van haar geworden is', zei Peeters. 'Een vreemde geschiedenis. Plots is ze verdwenen en niemand heeft daarna nog van haar gehoord.'

'Hoe is ze verdwenen?'

'Ze is als door de aardbodem verzwolgen, zoals men zegt. Het ene moment zagen haar collega's haar nog aan het werk in de melkkamer en het volgende ogenblik was ze weg. Haar schort en kapje had ze op het botervat laten liggen, alsof ze elk moment kon terugkeren.'

Hij zuchtte.

'Er gebeuren wel meer vreemde dingen in oorlogstijd', mompelde hij.

'Had haar verdwijning met de oorlog te maken?' drong Geo aan.

Peeters wachtte met een antwoord.

'Er was sprake van dat ze er met een Duitse soldaat vandoor was gegaan', fluisterde hij, alsof die veronderstelling zelfs na een eeuw niet hardop uitgesproken mocht worden.

'Ze was zeker niet de enige', zei Geo.

Peeters stak een hand uit om de foto met de twee silhouetten weg te nemen en zo een einde te maken aan de ondervraging. Geo legde een wijsvinger op het prentje. Een teken dat hij meer wilde weten over het lot van Virginie.

'Het gebeurde in het begin van de oorlog', zei Peeters. 'Als het waar is dat ze met een Pruis aangepapt heeft, was ze er heel vroeg bij.'

'Waren er Duitsers in het dorp gelegerd?'

'Generaal Sixt von Arnim gebruikte tijdelijk het kasteeltje van de notaris als hoofdkwartier. Er zijn toen enkele families uit hun woning gezet om zijn entourage te huisvesten. Maar dat was later.'

'Een melkmeid in de armen van een chique Duitse stafofficier?' vroeg Geo zich hardop af.

'Er is alleen sprake geweest van een Duitser. Of het om een officier ging, heb ik nooit gehoord.'

'Melkmeiden waren erg in trek als minnaressen bij het rijkere volk', zei Geo. 'Altijd schoon. Netjes geschrobd en geurend naar frisse karnemelk.'

'Daar weet ik niets van', mompelde Peeters. 'In het manuscript van meester Hermans memoires staat alleen dat Virginie verdwenen is kort voor de Duitsers de forten bedwongen hadden en de eigenlijke doorbraak begon. Niets over een mogelijke Duitse minnaar. Ook geen precieze datum. Zo goed als geen details. In zijn manuscript heb ik wel een zinnetje gevonden over hoeveel opschudding haar verdwijning veroorzaakt had, maar dat heeft hij niet in zijn boekje opgenomen. Misschien omdat hij het te pijnlijk vond voor haar familie. Ik heb er het raden naar...'

'Voor de val van de forten?' vroeg Geo. 'Hoe kon een Duitser dan een rol gespeeld hebben bij haar verdwijning?'

'Voor de forten zich overgaven, doken her en der al Duitse verkenners op achter de Belgische linies. Meestal cavaleristen. Huzaren en zo. Naar het schijnt ook grenadiers, van wie niemand weet of ze op verkenning waren, een voorhoede vormden of domweg verdwaald waren.'

'De jas in de tombe hoorde toe aan een grenadier', zei Geo. 'Het zou kunnen dat...'

'Inderdaad', deed Peeters. 'Het zou kunnen dat we Virginie gevonden hebben… Er waren bepaalde vermoedens… Maar niets is zeker…'

'Zeker is wel dat het kind van de vrouw in het graf verwekt is voor de oorlog losbarstte', zei Geo. 'Vijf of zes maanden voor de Duitsers arriveerden. De vader kan dus geen Duitse soldaat geweest zijn.'

Hij liet de foto los. Bert Peeters maakte geen aanstalten meer om hem weg te nemen. De mannen bleven naar het wazige beeld staren, alsof het vanzelf zijn geheim zou onthullen als ze er maar lang genoeg naar keken.

'Is er na de oorlog nog gezocht naar Virginie?' vroeg Geo.

Peeters vermeed een direct antwoord.

'Ik heb ernaar geïnformeerd bij haar familie toen ik voor de kring enkele bijdragen wilde schrijven over de gebeurtenissen in 1914. Je kunt ze lezen op onze website. Ik had gehoopt meer te achterhalen over haar verdwijning en de opschudding waar de meester plots besloot over te zwijgen. Haar familie in Herderen kon of wilde zo goed als niets vertellen. Tenzij dat Virginie na verloop van jaren officieel dood verklaard werd. Een pijnlijke geschiedenis, ook al is het allemaal zo lang geleden…'

'Kan Virginie de vrouw in het graf zijn?' vroeg Geo.

Peeters haalde zijn schouders op.

'Of zij het is… Of niet… Rijt geen oude wonden open.'

'Welke wonden?' drong Geo aan.

Peeters borg de foto's op en vouwde de oude enveloppe zorgvuldig dicht.

'Oude wonden. Praatjes. Roddels', zei hij.

Geo begreep niets meer van zijn houding.

'Wat verzwijg je voor me?' vroeg hij.

Een lange stilte.

'Ik vrees dat er nog te veel mensen zijn voor wie het verleden nog niet vergeten is', antwoordde Bert Peeters uiteindelijk.

'Na een eeuw?'

'Laat de archeoloog zijn werk doen. Daarna… Misschien…'

# 4

De gelagzaal van taverne De Vierweg zat, economische crisis of niet, zoals elke vrijdagavond vol. Enkele tafels waren ingenomen door toeristen, de meeste waren ingepalmd door lekkerbekken uit de regio, tuk op de kwaliteit en de gulle porties uit de keuken van Armand Vanspauwen.

Lie en Geo schoven aan bij een gezelschap dat zich een grote tafel in het midden van de zaal toegeëigend had. Martina De Brauwer, Jan Sleeckx, Filip Blommaert en Arnold Sauwen van de gerechtelijke politie, de gepensioneerde inspecteur van de lokale politie Lomme Clysters en verslaggever Piet Schraepen. Ze dronken cava en hadden alvast glazen laten klaarzetten voor Geo en zijn partner.

'Ben je eindelijk opgestaan uit het graf?' begroette Blommaert de journalist.

'We praten niet over het werk', berispte Lie hem.

'Blommaert werkt niet aan het graf', wees Geo haar lachend terecht. 'Ze hebben hem verboden nog iets aan te raken dat ouder is dan hijzelf.'

'De archeoloog deed alsof ik de juwelen van Toet-Ank-Amon had willen stelen!' foeterde de politieman.

'Een forel voor mevrouw en biefstuk bearnaise voor Geo?' vroeg Armand Vanspauwen.

Ze knikten. Vanspauwen leek niet gehaast om de bestelling aan de keuken door te geven. Een niet mis te verstaan teken dat hij wachtte op een uitnodiging om een nieuwtje of een roddel te onthullen.

'Nieuws, Armand?' vroeg Geo.

Voor de journalisten en politiemensen vormde Armands wijdvertakte 'Vierwegfamilie' een misschien niet onmisbare, maar altijd amusante bron van min of meer echte informatie, op smaak gebracht met sappige praatjes en intrigerend geroddel.

'Ik volg het nieuws over het graf', stak Armand van wal.

'Als je de krant leest, weet je evenveel als wij', plaagde Geo.

'Weten ze intussen al wie de vrouw in het graf is?'

'Ik heb een foto van haar', blufte Geo.

Ineens waren alle ogen op hem gericht. Armand vergat te ademen. Zijn ogen zo groot als schoteltjes.

'Grapje', zei Geo snel. 'Ik heb gisteravond foto's gekregen van de kapelaan en zijn koor uit 1914. Volgens Bert van de heemkundige kring staat zij er misschien wel op.'

Hij haalde een rol slordig vergrote en snel op papier afgedrukte foto's uit zijn binnenzak. Vanspauwen kon zich nog net inhouden om ze niet uit zijn handen te grissen.

'Ken je die mensen?' vroeg Geo.

Armand bracht de wazige prentjes tot vlak voor zijn ogen.

'Deze foto heb ik al eens gezien', zei hij uiteindelijk over de afbeelding van het duo dat naar het bombardement keek. 'Hij stond in een boekje dat een klant me cadeau gedaan heeft. Het tafereel herinnerde me aan de verhalen van tante Liza. Zij is in 1914 met een hoop anderen gaan kijken naar het bombardement. De kapelaan had een processie georganiseerd van de parochie Sint-Remi naar het Kruis van de Gehangene. Officieel om te bidden voor het heil van de soldaten in de forten, maar waarschijnlijk omdat hij getuige wilde zijn van het spektakel dat de Duitsers opvoerden en niet alleen durfde te gaan kijken. Een mirakel dat er geen doden zijn gevallen!'

'Doden?' vroeg Geo verbaasd. 'Dat kruis staat op kilometers van het dichtstbijzijnde fort vandaan.'

'De processie trok 's avonds laat door het veld', antwoordde Armand. 'Volgens tante Liza zaten er toen al overal Duitse verkenners en die schoten op iedereen die hen voor de voeten liep.'

*Voor de mensen in het dorp onder de toren van Sint-Remigius was de oorlog begonnen met flarden nieuws, naverteld uit de weinige kranten die deze uithoek van het land bereikten. De verhalen waren doorspekt met woorden die niet in het dialect vertaald konden worden, zoals 'Belgische neutraliteit', 'bondgenoten' of 'internatonale verdragen'.*

*Hoe het eraan toeging in een oorlog? Mannen met de dienstplicht achter de rug vertelden hoe ze hadden geleerd in 'gesloten formatie' op te rukken, links rechts, links rechts, in de pas, met het geweer op de schouder en de ransel op de rug. In het café vermaakten ze hun toehoorders met demonstraties van handelingen die ze wel duizendmaal hadden moeten herhalen in het kamp van Beverlo, tot ze elke greep instinctief konden uitvoeren. Geweer ontgrendelen, laden, vergrendelen, aanleggen, mikken en schieten.*

*Sommigen hadden het over tuigen die ze 'mitrailleurs' noemden, waarmee vijftig en misschien wel honderd kogels per minuut afgevuurd konden worden. Machines die in één zwaai – tak-tak-tak-rakketak! – vijftig en misschien wel honderd mensen konden doden. Per minuut!*

*Enkelingen die tijdens de bouw van de forten rond Luik een blik hadden kunnen werpen op de vestingen, hadden het over metersdikke betonmuren en ijzeren koepels die zelfs tegen directe treffers met kanonskogels bestand waren, zodat de kanonnen van de forten altijd konden blijven schieten, zelfs als ze onder vuur lagen en de granaten van de vijand boven hun hoofd ontploften. Elk kanonschot vanuit het fort kon volgens hen wel duizend vijanden doden, zodat niemand er ooit aan zou denken zulke geduchte burchten aan te vallen.*

*Hoeveel mitrailleurs de Pruisen ook bezaten en hoeveel kanonnen ze ook konden inzetten, zolang de forten standhielden, zou de oorlog nooit naar Haspengouw komen, hielden de optimisten vol.*

*En als de oorlog toch kwam?*

*Van diep uit het collectieve geheugen borrelden verhalen op over de tijd toen de Fransen het land bezet hadden. Honderd jaar geleden, maar nog niet vergeten. Napoleon had duizenden jonge mannen gedwongen dienst te nemen in zijn leger. Hij had kudden trekpaarden en duizenden wagenladingen graan, hooi en stro in beslag genomen. Hij had hele boerenfamilies in de armoede gestort en vele gezinnen in de rouw gedompeld.*

*Was dat de oorlog die hen wachtte?*

*En dan doken, midden in de zomer, uitgerekend wanneer iedereen van zonsopgang tot zonsondergang op het veld moest werken, angstaanjagende berichten op over de Duitse keizer die alle verdragen met de voeten had getreden en zijn troepen brutaal de grens had laten oversteken.*

*Oorlog!*

*Op het gemeentehuis was de telefoon gaan rinkelen.*

*Reservisten werden opgeroepen om samen met hun dappere kameraden de vijand een halt toe te roepen.*

*Er was ineens sprake van opvordering van paarden en verplichte levering van voedsel aan de verdedigers van de fortengordel rond Luik, opdat die geen honger hoefden te lijden terwijl ze het Duitse offensief langzaam maar gestaag lieten doodbloeden.*

*En dan waren de verhalen ineens geen zaak meer van horen zeggen, maar trokken echte vluchtelingen voorbij. Mannen, vrouwen en kinderen met doodsangst in de ogen en verhalen over moord en doodslag, plundering en brandschatting, de oorlogshel waaruit ze ontsnapt waren.*

*Meteen dook de hartverscheurende vraag op of ook de mensen uit het dorp moesten vertrekken om het vege lijf te redden. Maar hoe kon een boer vluchten met vee in de weide en in de stal? Met koeien die tweemaal per dag gemolken moesten worden? Met het graan rijp op de akker? Moest hij alles in de steek laten, of toch maar het hoofd intrekken en hopen dat het uiteindelijk nog zou meevallen?*

*De bewoners van het Hof Vanspauwen keken angstig, zwijgend, gespannen, vragend naar elkaar. Hoe dichtbij de oorlog was, leerden hen de onheilspellende geluiden in het zuidoosten. Eerst hadden ze alleen wat gerommel gehoord, nu en dan een doffe slag uit de Maasvallei, zinderend zoals de grote trom uit de fanfare, een herinnering aan de onschuldige oefenschoten die de kanonnen van het fort regelmatig hadden afgevuurd, maar al snel gingen de individuele schoten over in niet-aflatend trommelvuur, slag op slag, dag en nacht, zonder pauze.*

*'De Pruisen schieten met grote kanonnen op de forten van Luik', hijgde een buurman die uit het dorp was komen aanrennen. 'Ze schieten alles en iedereen kapot!'*

*Mannen en vrouwen sloegen spontaan een kruisteken.*

*'De kapelaan trekt met een processie het veld in om te bidden voor de soldaten in de forten', kondigde de buurman aan.*

*'Een processie?' vroeg boer Vanspauwen. 'Het is bijna donker!'*

*'De kapelaan wil dat we al biddend naar het Kruis van de Gehangene trekken', vertelde de buurman. 'Daar kun je het vuur boven het fort van Pontisse zien.'*

*Niemand bewoog.*

*'We gaan bidden voor het heil van de arme jongens in het fort', drong de buurman aan.*

*Boer Vanspauwen monsterde de reacties van zijn familieleden, zijn meiden, zijn knechten. Zijn volk. De mensen voor wie hij verantwoordelijk was.*

*'Bidden is het minste wat we voor hen kunnen doen', trad hij de buurman bij.*

*'Ik blijf bij de kinderen', zei zijn vrouw. 'Dat is het minste wat ik voor hen kan doen.'*

*'Ik ga mee', besliste Liza, de oudste dochter.*

*'Mijn vrouw gaat ook mee', zei de buurman. 'Waarschijnlijk gaan alle leden van het koor mee. Een processie zonder gezang is geen processie.'*

*'Mag ik?' fluisterde Liza met een schichtige blik naar haar vader.*

*'Meisjes hebben daar niets te zoeken', oordeelde hij.*

*'Met de kapelaan? Met de vrouwen van het koor?' drong ze aan.*

*'Voor onze dappere soldaten', zei de buurman.*

*Moeder Vanspauwen schudde hevig van nee.*

*'Ik zal voor haar zorgen', beloofde de buurman, alsof hij wist wat dat inhield. 'Als het gevaarlijk wordt, maken we meteen rechtsomkeer. Met of zonder de kapelaan.'*

*'Ik zorg voor haar', besloot boer Vanspauwen. 'Als er toch gebeden moet worden, moet Onze-Lieve-Heer ook mijn stem horen.'*

*De koster van Sint-Remigius had een afgedankt processievaandel opgediept om voor de stoet uit te dragen. Een versleten vod dat hij kon weggooien als hij op de vlucht moest slaan.*

*Een twintigtal dorpelingen drentelde rond het vaandel, ongemakkelijk, bang, snakkend naar een overtuigend excuus om zich alsnog uit de voeten te maken.*

*De kapelaan gaf hen geen kans. Met luide stem kondigde hij aan dat ze dwars door de velden zouden trekken, tot bij het Kruis van de Gehangene op de top van de heuvel, om daarna langs dezelfde weg terug te keren.*

*'Heer, zegen uw kudde en laat hen veilig van hun tocht weerkeren!' bulderde hij op een toon alsof niet God, maar hij de lakens uitdeelde.*

*Hij hief zijn rechterhand op en zegende de 'kudde' met het kleine kruisbeeld van zijn paternoster. Met vuur zette hij het onzevader in. Een kort hoofdknikje en de vaandeldrager zette zijn eerste stap. De parochianen volgden. Aarzelend, mompelend, prevelend, maar na enkele stappen hadden ze hun grootste angst verdrongen en durfden ze hun stem luider te laten klinken. Toen ze het pleintje verlieten, zinderden hun gebeden tussen de huisgevels van de Dorpsstraat.*

*Ze sjokten over veldwegels naar het Kruis van de Gehangene, biddend en zingend, met de ogen naar de hemel links van hen, waar de lucht rood, oranje, geel, gifgroen en kobaltblauw kleurde. Het geluid van de ontploffingen hoorden ze niet, want daarvoor zongen en baden ze te luid. Toen ze halt hielden bij het kruis, aan de rand van de steile helling naar de Jeker toe, voelden ze de aarde onder hun voeten trillen.*

*'De Duitsers hebben de grootste kanonnen van de wereld', zei kapelaan Doornaert nadat hij een laatste gebed had uitgesproken. 'Ze schieten alles kapot.'*

*'Ook de mensen in de forten?' vroeg een man.*

*'Als een granaat hen treft, zijn ze allemaal dood', antwoordde de kapelaan.*

*'Maar de soldaten zitten toch in het fort', protesteerde de man. 'Ze zeggen dat de muren meters dik zijn! Betonnen muren!'*

*'De Duitsers schieten alles kapot', herhaalde de kapelaan.*

*Alsof ze hem wilden tegenspreken, staakten de artilleristen het vuren. Het kanonnengebulder verstomde, de gloed boven de horizon doofde uit en in de plaats verschenen er heldere puntjes in de donkere hemel. Wanneer ze openspatten, verspreidden ze een verblindend wit licht, helderder dan wat de dorpelingen ooit gezien hadden. De randen van de vallei zagen eruit als getekend in Chinese inkt.*

*'Vuurpijlen', legde de kapelaan uit.*

*'Niet bewegen', beval meester Herman. 'Ik heb eindelijk genoeg licht om een foto te maken.'*

*Voor hij kon afdrukken, hervatten de Duitsers de beschieting met nog zwaardere granaten. De grond rond het Kruis van de Gehangene schokte, zelfs de lucht leek te trillen.*

*'We gaan naar huis', zei Vanspauwen tegen zijn dochter. 'Dat staat me niet aan. Straks schieten ze in onze richting.'*

*De dorpelingen volgden maar al te graag zijn voorbeeld. Zo graag zelfs dat de ordelijke processie prompt veranderde in een vormeloze troep vluchtelingen. Toen Liza Vanspauwen een laatste keer omkeek, zag ze dat alleen kapelaan Doornaert en de melkmeid Virginie aan de voet van het kruis achtergebleven waren. Hun silhouetten staken duidelijk af tegen de hellegloed boven de Maasvallei.*

'Zij zijn de figuren op de foto', zei Armand Vanspauwen.

'Wie zijn zij?' testte Geo hem.

Vanspauwen antwoordde pas na lang aarzelen.

'Kapelaan Doornaert en Virginie Cuyx', fluisterde hij uiteindelijk met een schichtige blik naar de mensen rond de stamtafel.

'Waar ben je bang van?' vroeg Geo.

'Tante Liza heeft nooit over Virginie willen praten', zei Vanspauwen. 'Behalve om te zeggen dat er toen zaken gebeurd zijn, waar best niet over gebabbeld wordt.'

'Waarom mocht er niet...'

Geo brak zijn vraag abrupt af.

'Ik snap het! De kapelaan en Virginie waren een koppel!' riep hij.

Vanspauwen deed alsof hij dringend aan het werk moest.

'Komaan, Armand, het is honderd jaar geleden!' hield Geo hem tegen.

'Wij hebben ook geen geheimen voor jou', pleitte Arnold Sauwen.

'We zullen je nooit nog een geheim verklappen als jij ons niet vertelt wat je over de kapelaan en zijn lief weet', dreigde Jan Sleeckx.

'Off the record', zei Piet Schraepen omdat hij wist dat Vanspauwen die journalistieke vakterm kende en het zijn ijdelheid streelde wanneer 'echte' journalisten hem aanspraken in de taal van hun gilde.

*Toen Liza Vanspauwen een blik over haar schouder wierp om een laatste keer naar het vuur boven de horizon te kijken, zag ze kapelaan Doornaert en Virginie Cuyx pal tegenover elkaar staan. Ze leken in een hevige discussie gewikkeld, maar Liza was te ver om hun stemmen te kunnen horen.*

*Virginie stond met gebogen hoofd voor de priester, haar armen voor haar borst gevouwen. Meermaals leek het erop dat de kapelaan weg wilde lopen, maar telkens opnieuw bedacht hij zich. Hij zwaaide met zijn armen, theatrale gebaren waarop het meisje nauwelijks reageerde. Onderdanig, onderdrukt, verpletterd onder de autoriteit van de man in soutane.*

*Virginie had gemerkt dat Liza naar hen keek. Ze gebaarde dat het meisje moest ophoepelen. De kapelaan leek te schrikken toen hij Liza zag. Virginie keerde zich met een ruk om en liep weg van het kruis. De kapelaan rende naar achterna, zijn wijde rok fladderde rond zijn benen. In de rosse schijn van de ontploffende granaten zag Liza dat hij het meisje bij de arm greep en haar met een ruk naar zich toetrok.*

*'Liza! Kom!' beval haar vader.*

*Ze gehoorzaamde met tegenzin, maar haar angst om alleen over de donkere akkers naar huis te moeten was sterker dan haar nieuwsgierigheid.*

*'Hebben de kapelaan en Virginie Cuyx ruzie?' vroeg ze.*

*'Daar bemoeien wij ons niet mee', antwoordde haar vader.*

*'Oh!' deed Liza.*

*'Dat komt ervan', zei haar vader zonder duidelijk te maken wat hij daarmee bedoelde.*

*Liza hoefde maar naar zijn gezicht te kijken om te begrijpen dat ze geen verdere uitleg hoefde te vragen.*

*Over sommige dingen werd niet gepraat, was haar ingeprent.*

'Is dat nu zo'n vreselijk geheim?' vroeg Geo. 'Dat de kapelaan van Sint-Remi honderd jaar geleden een relatie had met een melkmeid?'

Armand Vanspauwen keek nadrukkelijk in de richting van de keuken.

'Jullie eten is klaar om geserveerd te worden', zei hij.

'Heb je nog meer geheimen?' drong Geo aan.

'De kapelaan staat op het punt heilig verklaard te worden. Misschien is het best dat sommige potjes gedekt blijven.'

'Je beledigt me', sneerde Geo. 'Ik moet jou altijd alles vertellen en jij...'

'De kapelaan is die avond alleen teruggekeerd naar het dorp', zei Armand, alsof daarmee alles uitgelegd was.

'En Virginie?'

'Ook.'

*De eerste Duitsers in het dorp waren Leibhusaren van het tweede regiment 'Königin Victoria von Preussen'. Arrogante, zegezekere Pruisen die zich als 'gewapende verkenners' diep in vijandelijk gebied waagden en er vast op rekenden zoveel indruk te maken dat de 'waardeloze Belgische proleten' zonder weerstand te bieden op de vlucht sloegen. Steeds opnieuw glipten ze tussen de vijandelijke linies door, wat niet moeilijk was omdat die linies vaak alleen op kaarten van de generale staf bestonden.*

*'Een Pruis! Een Pruis!' gilde het jongetje dat de eerste ruiter van achter een haag tevoorschijn zag komen.*

*De Duitser zag er in het maanlicht uit als een grauwe spookfiguur, van top tot teen in een grijs uniform gehuld, zelfs de pin op zijn helm stak in een grijs hoesje. Het jongetje zag ook een lange speer met een lange, angstaanjagend scherpe spies, recht op hem gericht. Hij spurtte in paniek naar huis met in zijn oren het geklepper van tientallen hoefijzers op de kinderkopjes in de Dorpsstraat.*

*De verkenners keken niet om naar het jongetje. Ze vertraagden bij elke woning. Ze loerden naar gesloten deuren en naar de vensterramen met strak toegetrokken gordijnen waarachter alle leven uitgestorven leek. Ze keken over hagen en hekken heen naar verlaten binnenkoeren waar alleen nog wat kippen bewogen.*

*Traag zetten ze hun weg voort over het driehoekige plein voor de Sint-Remigiuskerk, voorbij de dubbelwoonst van de pastoor en zijn kapelaan. Ze reden langs de kerk om even later te verdwijnen in een zijstraat, nauwelijks meer dan een hobbelige veldweg naar een gesloten vierkantshoeve.*

*Een jonge vrouw haastte zich naar de hoeve. De gesloten burcht deed de ruiters onwillekeurig denken aan hun hofsteden in het oosten van Duitsland. Vlak voor ze haar inhaalden, glipte de vrouw door een deurtje in de grote, bruine poort.*

*Een ruiter tikte met zijn voet tegen de deur. Tot zijn verbazing werd ze geopend. De jonge vrouw keek hem stout aan.*

'Guten Tag, Fräulein', *zei hij en zij knalde de deur weer dicht.*

*De soldaat lachte. Zijn kameraden wenkten dat hij verder moest rijden.*

'Virginie is samen met de Duitsers thuisgekomen', vatte Geo samen.

'Het verbaast me niet dat de mensen dat verdacht vonden', zei Armand Vanspauwen.

'Volgens het verhaal dat ik gehoord heb, is ze kort daarna verdwenen', herinnerde Geo zich.

'Opgegaan in ijle lucht', bevestigde Armand.

'Wat vertelde je groottante Liza daarover?'

'Niets. Het was een van de zaken waarover volgens haar niet gepraat mocht worden. Het enige dat ze er ooit nog over verteld heeft, was dat niemand wist waarom Virginie vertrokken was of waar ze gebleven is. Roddels zijn er echter altijd geweest. Volgens de ene ging ze ervandoor omdat ze ruzie had met de kapelaan, volgens een ander omdat ze met een Pruis had aangepapt.'

'Wie roddelde er? Toch niet je o zo discrete groottante?' spotte Geo.

'Ik heb een grote familie.'

Vanspauwen kon de signalen vanuit de keuken niet langer negeren. Hij repte zich naar de wachtende schotels. In de vlucht graaide hij een dienster mee. Nog geen minuut later waren de gasten bediend en was van Armand Vanspauwen geen spoor meer te bespeuren.

'Er bestaan dus plannen om die kapelaan heilig te verklaren?' vroeg Martina De Brauwer, directeur van de gerechtelijke politie in het arrondissement.

'Omdat hij in Paraguay door inheemse heidenen aan stukjes is gehakt', antwoordde Geo.

'Wauw!'

Geo haalde een friet door de dikke bearnaisesaus. Martina trok haar neus op.

'Smakelijk', daagde hij haar uit.

'Mensen verdwijnen niet zomaar', zei De Brauwer. 'Er wordt een aangifte gedaan, een proces-verbaal opgesteld, een dossier geopend.'

'Het was oorlog', protesteerde Geo voor de friet in zijn mond verdween.

'Je hebt me nieuwsgierig gemaakt', ging De Brauwer verder. 'Ik wil wel laten uitzoeken of er een proces-verbaal of een ander document bewaard is gebleven.'

Piet Schraepen spitste de oren.

'Ik mocht zelfs de archieven van de burgerlijke stand niet inkijken!' riep hij.

'Jij niet, maar ik wel, als ik een reden heb.'

'Welke reden?' vroeg Piet.

'Het vermoeden dat de persoon in de mergeltombe Virginie Cuyx kan zijn. Het zou me verbazen als er voor de identificatie van een verdwenen persoon een verjaringstermijn bestaat', antwoordde De Brauwer.

'Een ultieme poging om uit te maken wie haar vermoord heeft?' suggereerde Geo.

'Wie beweert dat ze vermoord is?'

'Vermoord of verongelukt, we weten het nog niet', gaf Geo toe. 'Maar ze is wel in het geniep begraven. Onder de muur van de pastorie.'

De Brauwers kaakspieren spanden zich. Geo wist dat ze zijn bedoeling begrepen had.

# 5

Piet Schraepen hield niet van vraagtekens. Hij schreef neer wat hij wist, feiten die hij gecontroleerd had, zaken waar in zijn geest geen twijfel over kon bestaan. Antwoorden, geen vragen.

Het stukje dat Geo Joosten hem aangepraat had, voldeed op geen enkele wijze aan Piets criteria. Was het skelet in de mergeltombe dat van Virginie Cuyx? Was de jonge vrouw een eeuw geleden niet 'zomaar verdwenen', maar vermoord en gedumpt in het mergelgraf? Was ze om het leven gebracht door de soldaat onder wiens uniformjas ze was gevonden? Of was ze gedood door iemand die haar met een Pruisische ruiter had zien praten en dat verdacht genoeg had gevonden om haar om het leven te brengen? Of ging er een nog donkerder geheim schuil achter het 'skelet in de mergeltombe'? Een geheim dat iets te maken had met het kerkkoor en kapelaan Doornaert?

Geo had al zijn vaardigheden aangewend om de afbeeldingen van Virginie Cuyx en van kapelaan Doornaert uit de groepsfoto te isoleren, te vergroten en bij te werken tot min of meer herkenbare portretten. De silhouetten bij het kruis had hij scherper afgelijnd. In de vage gloed van het slagveld had hij de iele sporen van rookslierten en vurige wolkjes aangedikt, waardoor het beeld meer reliëf kreeg en de nachthemel eruitzag zoals hij vermoedde dat een hemel boven een slagveld er moest uitzien.

Ook Geert Brouns had een hekel aan vraagtekens en veronderstellingen, maar alleen als ze een lekker verhaal in de weg stonden of aanleiding konden geven tot een recht van antwoord of een rechtszaak.

Een eeuw na haar dood kon Virginie Cuyx geen heisa meer maken. Evenmin als de kapelaan, die ook al veilig onder de zoden stak.

Niets belette Brouns dan ook Piets voorzichtige veronderstellingen zo handig te formuleren dat de lezer ze kritiekloos als feiten zou accepteren.

Daarvoor schrapte hij hier een vraagteken en voegde er daar een toe tot hij het geheel, gecombineerd met de opgefokte zwart-witfoto's ('documenten', dat klonk beter), waardig bevond om er de helft van bladzijde vijf mee te vullen. Onder koppen zonder vraagtekens.

*Moordenaar maakte in één klap een einde aan twee mensenlevens*
*LIMBURGS MERGELGRAF GEEFT ZIJN WREDE GEHEIM PRIJS*

Hij liet ook nog een kaderstukje van een halve kolom schrijven over de potentiële zalig- en heiligverklaringen van 'Padre Pedro' Doornaert. Het las als een samenvatting van een artikel uit Wikipedia, wat het waarschijnlijk ook was, maar dat deerde de chef nieuws niet. Stukjes over religieuze zaken hoefden niet origineel te zijn, zolang ze maar als 'geleerd' overkwamen en toch door een twaalfjarige begrepen werden.

Pas toen zijn werk af was, belde hij naar Piet Schraepen om te klagen over het materiaal dat de verslaggever afgeleverd had.

'Feiten!' riep hij in de hoorn. 'Harde feiten moet ik hebben! Geen veronderstellingen! Heb je godverdomme geteld hoeveel vraagzinnen er in dat stuk van je staan? Shit!'

Piet onderging lijdzaam de tirade. Mopperen dat Brouns zelf een meester was in het gebruik van vraagtekens, had toch geen zin.

'Waarom laat je geen ooggetuige aan het woord?' vroeg Brouns.

Piet schoot in een lach.

'Hoe oud denk je dat een ooggetuige van honderd jaar geleden zou zijn?' vroeg hij.

'Dat is jouw probleem! Los het maar op!' riep Brouns.

'Ja, baas', antwoordde Piet, maar de lijn was al dood.

Carla Gronau leed aan een complex waar meer Duitsers van haar generatie last van hebben. Ze besefte niet dat ook mensen buiten de grenzen van Duitsland, Oostenrijk en Zwitserland haar taal machtig waren.

Haar Engels was zo slecht dat Geo driemaal moest vragen wie ze was en waarom ze hem opbelde. Tot ze overschakelde op haar moedertaal.

'Ik ben journaliste bij de RBB. Rundfunk Berlin Brandenburg. Ik heb zopas een reportage gemaakt over *Leibgrenadier* Oswald Koster. Zijn kleinzoon heeft zaken verteld waardoor ik aan sommige beweringen uit jouw reportage ben gaan twijfelen.'

'Dat verbaast me niet', antwoordde Geo droogjes. 'De stoffelijke resten in het graf zijn niet van Koster. De archeoloog heeft pas later vastgesteld dat het om een vrouw ging. Heeft onze collega van *Aachener Nachrichten* je dat niet laten weten?'

'Een vrouw?' zuchtte Carla Gronau geïrriteerd.

Geo begreep waarom ze zich gepakt voelde. Journalisten mogen dan wel leven van verrassende gebeurtenissen, maar ze houden er niet van persoonlijk verrast te worden door onverwachte ontwikkelingen.

'Waarom lag er dan een identiteitsbewijs van meneer Koster in het graf?' vroeg ze.

'Plus een lege patroongordel en een jas met knopen van zijn regiment', vulde Geo aan. 'Maar toch is het geraamte niet van hem.'

'Natuurlijk is het zijn geraamte niet!' riep Gronau. 'En als jullie archeoloog het niet ontdekt had, dan had ik het hem kunnen vertellen! Grenadier Oswald Koster is in 1953 overleden in het plaatsje Seelow, waar zijn familie al sinds eeuwen woonde en nog woont! Zijn kleinzoon Bernhard heeft me zijn graf laten zien.'

'Het spijt me dat ik je op een dwaalspoor heb gezet', zei Geo. 'Aanvankelijk leek het een eenvoudige zaak, maar intussen is het verhaal veel ingewikkelder geworden.'

'Ingewikkeld?'

'Met een verliefde priester, een verdacht overlijden en een nakende zaligverklaring', somde Geo op.

'Wauw', deed ze, hoorbaar opgelucht omdat haar reportage waarschijnlijk toch nog gered kon worden. 'Dat klinkt intrigerend en het past op het eerste gezicht wonderwel bij wat Oswald Koster aan zijn ouders geschreven heeft. De reden waarom ik je opbel.'

Geo spitste zijn oren.

'Veel is het niet', waarschuwde Gronau. 'Koster was duidelijk geen man van veel woorden en de omstandigheden lieten hem waarschijnlijk ook niet toe lange brieven te schrijven. Mag ik je enkele zinnen voorlezen?'

'Je mag me zelfs een kopie bezorgen.'

'Misschien... Later... Luister... Het gaat om twee brieven, de eerste dateert van 3 september 1914: "Eindelijk enkele dagen rust. Ingekwartierd bij twee priesters in de katholieke parochie Sint-Remigius. De jonge hulppastoor spreekt vloeiend Duits. Hij is vriendelijker dan we volgens onze oversten van een Belg mochten verwachten. Hij brengt zijn dagen en zelfs een deel van zijn nachten door met een hoge muur te metselen. Ze bouwen hier met een zachte, grijze steensoort die ze ter plaatse uit de bodem hakken. Vreemde bezigheid voor een priester, maar dat heb ik hem niet gezegd. Ik ben bang dat het dan uit is met wijn drinken uit de kelder van de pastoor. Echte, oude *Burgunder* uit Frankrijk!"'

'Hij heeft het over de muur waaronder het graf gevonden is', veronderstelde Geo.

'De tweede brief is vier dagen later gedateerd, 7 september. Koster vertelt dat zijn eenheid weer "met grote spoed" is opgerukt. Waarom of waarheen vertelt hij niet, maar dat is normaal, want het was verboden dergelijke details te vermelden. Hij schrijft wel dat hij het pastoorshuis halsoverkop heeft moeten verlaten en dat hij daardoor een deel van zijn uitrusting vergeten was.'

'De spullen uit het graf?' vroeg Geo.

'Hij voegde er nog aan toe dat er hem een zware straf boven het hoofd hing, vooral omdat het niet de eerste keer was dat hij stukken van zijn uitrusting kwijtgespeeld was.'

'Oswald Koster lijkt me niet echt een modelsoldaat geweest te zijn', zei Geo. 'Niet het type waar je aan denkt als je "*Leibgrenadier*" hoort.'

'Ach, die naam klinkt indrukwekkend, maar in feite waren de meesten simpele boerenzoons uit Brandenburg. Jongens die vanaf hun twaalfde in de klei wroetten.'

'Hij moet zich bij ons thuis gevoeld hebben', zei Geo.

'Niet echt', reageerde Gronau. 'In de tweede brief schrijft hij verder nog dat hij zich ondanks alles toch opgelucht voelde omdat hij niet langer in de pastorie hoefde te verblijven. "Elke nacht hoorden we dat de jonge priester zichzelf pijnigde. Een kameraad die verstand heeft van zulke zaken, vertelde dat hij zichzelf ongetwijfeld geselde, wat katholieke geestelijken volgens hem doen om voor hun zonden te boeten. Het zou een straf zijn die ze zichzelf opleggen voor wat ze 'zonden van het vlees' of 'onkuisheid' noemen. Soms hoorden we de onderpastoor als een geest door het huis spoken. We hebben op een bepaald moment zelfs besproken of een van ons niet wakker moest blijven om te beletten dat hij zichzelf iets aandeed, maar de meesten vonden het geen goed idee. Zij wilden hun nachtrust niet opofferen voor de waan-ideeën van een geestelijke." Past dat in het verhaal van het graf?'

'Zonden van het vlees?' vroeg Geo.

'Dat staat er letterlijk.'

'Die passen in elk verhaal.'

Carla Gronau lachte opgelucht.

'Mijn reportage over Koster wordt vanavond uitgezonden in *Brandenburg Aktuell*. Ik voeg er de nieuwe gegevens aan toe. Verwarrend en ingewikkeld, maar wel een mooi verhaal... Met een beetje fantasie klinkt het als een rasechte krimi. Kan je RBB bij jullie ontvangen?'

'Probleemloos.'

'Nog een laatste vraag. Ik wil de nagedachtenis van priester Doornaert niet besmeuren. Heb je er enig idee van of hij echt zware zonden had begaan?'

Geo dacht aan de gevaren waaraan Doornaert zichzelf en zijn parochianen had blootgesteld met de fanatieke, doldwaze processie naar het Kruis van de Gehangene. De preek waarmee hij zich de woede van de Duitsers op de hals had gehaald.

En bovenop dat alles kwam de vermoedelijk zwaarste zonde van allemaal. De belangrijkste reden om zich nachtenlang te geselen. Mocht hij er rekening mee houden dat de kapelaan een rol had gespeeld in de gewelddadige dood van het melkmeisje? Dat hij het arme meisje onder een mergelblok had begraven om alle sporen uit te wissen?

Hij besloot zijn vermoedens niet uit te spreken.

'Hij had het niet gemakkelijk', zei hij. 'En de oorlog maakte het hem beslist nog zwaarder om zijn lot te dragen.'

Geo hoorde Carla Gronau in papieren bladeren.

'In je bericht schreef je dat hij zijn leven als martelaar eindigde. Hoe rijmt dat met het hysterische gedrag waar Koster getuige van was?'

'Dat weet ik niet, maar hij moet wel een echte martelaar geweest zijn als de Kerk hem zalig wil verklaren.'

Carla Gronau lachte sarcastisch.

'Een martelaar... Ja, ja... Maar je noemde hem daarnet ook een "verliefde" priester. Kan een verliefde katholieke priester zalig verklaard worden?'

'Als blijkt dat hij een relatie met een vrouw had, vrees ik dat zijn kansen heel erg klein zijn', raadde Geo.

'Bedoel je een lichamelijke relatie?' vroeg Carla.

'Daar denk ik aan, ja.'

'Hoe bewijs je dat na honderd jaar?'

'Dat is een vraag voor een expert.'

'Mm...' deed Carla.

Na de vlucht van kapelaan Doornaert had zuster Esmeralda, onderwijzeres van het derde en vierde leerjaar van de 'Aangenomen Parochiale School', zichzelf aangesteld tot hoofd van het Dameskoor Sint-Remigius.

Een verademing voor Bert Peeters, want vanaf najaar 1914 bestond het 'archief' van het koor niet langer uit losse velletjes, maar werd alles in sierlijke letters genotuleerd in keurige schoolschriften.

Ledenlijsten.

Lijsten van welk lied op welke datum was aangeleerd en tijdens welke misviering of andere plechtigheid het uitgevoerd werd.

Kopieën van brieven gericht aan het bisdom, de pastoor, de gemeente en andere diensten had Esmeralda in stevige klasseermappen gestoken, samen met de antwoorden.

Voor het beheer van de financiën had ze zelfs een heus kasboek gekocht waarin ze minutieus inkomsten en uitgaven neerschreef. Elk jaar sloot ze af met een sommetje en onder de streep steevast een negatief bedrag, dat ze bij elkaar moest bedelen om de werking van het volgende jaar te bekostigen.

Een aparte map was gevuld met 'diverse brieven en documenten'. Geo vroeg Peeters of hij daartussen brieven van missionaris Doornaert gevonden had.

'Geen letter', zei Peeters. 'Het verbaast me, want in de jaren twintig heeft het koor elk jaar een concert gegeven in de parochiezaal om fondsen in te zamelen voor het zogenaamde "werk van onze Padre Pedro in Paraguay". De flyers waarmee de optredens aangekondigd werden, heeft zuster Esmeralda wel bewaard.'

Hij liet Geo een voorbeeld zien. 'De Zeer Eerwaarde Heer Monseigneur Martin-Hubert Rutten vraagt onze steun voor het missiewerk van de Eerwaarde Heer Petrus Doornaert in het verre Paraguay. Het Dameskoor Sint-Remigius zal een uitgebreide zangstonde met religieuze muziek verzorgen in onze parochiezaal op...'

Hij legde het kasboek ernaast.

'Opbrengst: 189 frank', las hij.

'Was dat veel?' vroeg Geo.

'Zogenaamde gulle schenkers hebben honderd frank gegeven. De rest kwam van het publiek. Een volwassene betaalde vijfentwintig centimes entree, kinderen tien. Tel maar uit. De zaal moet overvol gezeten hebben.'

'Zijn parochianen hadden hem niet vergeten', veronderstelde Geo.

'Op het eerste gezicht niet, maar je mag de invloed van zuster Esmeralda en haar moeder-overste Clementina niet onderschatten. Als zij bevalen naar de parochiezaal te komen, bleef niemand weg.'

'Vreemd dat Esmeralda het koor draaiende hield, maar dat ze geen correspondentie wenste te voeren met haar voorganger...'

'Of heeft ze hem wel geschreven, maar op een bepaald ogenblik besloten de correspondentie te vernietigen?' opperde Peeters.

'Waarom zou ze dat gedaan hebben?'

'Mensen met heimwee laten zich wel eens gaan... Een sentimentele bui... Een verkeerd begrepen woord over zaken uit het verleden... Het minste volstaat dan om oude wonden open te rijten. Zulke brieven bewaar je niet in een archief dat misschien ook voor andere leden van het koor of van de kloostergemeenschap toegankelijk is.'

'Mm', deed Geo. 'Oude wonden...'

'Heb je al contact gehad met de familie Cuyx?' vroeg Peeters.

'Ik denk er nog over na.'

Te vaak had Geo mensen pijn moeten doen door hen uit te vragen over gebeurtenissen waar ze liever niet over praatten. Nabestaanden na een verkeersongeval. Verwanten van personen die een misdaad gepleegd hadden. Slachtoffers of daders, mensen die nog niet eens begonnen waren aan de verwerking van een trauma, maar die wel door hem gedwongen werden te wroeten in nog lang niet geheelde wonden. Het pijnlijkste onderdeel van zijn werk.

'Odilon Cuyx is van 1914', zei Peeters. 'Men zegt dat hij nog helder van geest is.'

Geo's schroom werd nog groter. Regelmatig maakte hij mee hoe bejaarden hun herinneringen koesterden. Hoe ouder ze werden, stelde hij dan vast, hoe rooskleuriger hun verleden er in hun verbeelding uitzag en hoe pijnlijker het voor hen werd als ze krampachtig verdrongen feiten moesten opgraven.

'Ik heb laatst met Odilon gesproken toen we een brochure samenstelden over de cafés van vroeger en nu', zei Peeters. 'Hij is altijd bierhandelaar en cafébaas geweest. De officiële naam van zijn café was Boven op de Berg, maar de klanten noemden de zaak Bij Maria omdat Maria Vanspauwen met het café begonnen was. Ze was getrouwd met Jef Cuyx, een nonkel van Odilon. Jef en Maria waren de ouders van Virginie.'

Geo keek verbaasd.

'Odilon spreekt over Maria alsof ze zijn moeder is', zei Peeters.

'Waarom praten we niet samen met hem?' stelde Geo voor.

'Akkoord.'

Geo voelde zich in één klap tien kilo lichter worden.

Bert Peeters bleek in het bejaardenhuis even populair te zijn als Sinterklaas in een kleuterschool. De schatbewaarder van verblekende herinneringen.

Odilon Cuyx zat rechtop in een leunstoel. Hij keek niet op toen de bezoekers zijn kamer binnenkwamen, maar Geo besefte dat het lange leven in een Haspengouws boerendorp hem ongetwijfeld geleerd had te zien zonder te kijken.

'Daar hebben we de man van het boekje', zei hij.

Zijn stem klonk luid en vast. Zijn gezicht verraadde niets van wat hij dacht en voelde. Zijn starende blik bleef muurvast gespijkerd aan een punt in de verte.

'Ik heb een reporter meegebracht', zei Peeters. 'Iemand van de televisie.'

'Ik kijk niet meer naar de televisie. Allemaal prul en gezever.'

'Hij maakt ook foto's voor de krant.'

'Wie wil er nog een foto van mij zien?'

'We zijn gekomen om iets over vroeger te vragen.'

Voor het eerst keek de oude man zijn bezoekers aan.

'Ik ben Geo Joosten', zei Geo. 'Van de fruitboeren uit Borgloon. Misschien heb je mijn grootvader gekend. Hij kocht hier in de streek appelen en peren op.'

'Niet bij ons. Wij hadden geen fruit. Wij hadden niks. Alleen onze handen. Wij moesten werken voor een baas of van de honger creperen.'

'We willen over Virginie spreken', zei Bert Peeters.

'Wat valt er nog over Virginie te vertellen? Hoe lang is ze al dood, denk je?'

'Bijna honderd jaar. 1914. Het begin van de oorlog.'

Odilons blik ging heen en weer van Peeters naar Joosten en terug. Lichtgrijze ogen. Kil. Waterig. Slim. Sluw?

'Ik ben van oktober 1914', zei hij. 'Toen ik geboren werd, was Virginie al verdwenen. Zij was de dochter van nonkel Jef en tante Maria. Ze hebben haar dood laten verklaren. Ze zeggen dat ik veertien dagen te vroeg geboren ben omdat mijn moeder geen seconde rust meer had toen ze hoorde dat Virginie nergens te vinden was.'

Hij hapte hevig hijgend naar adem. Peeters wilde iets zeggen, maar de oude man deed teken dat hij nog niet uitgesproken was.

'Een kind dat zomaar verdwijnt, is nog erger dan een kind dat doodgaat', ging hij verder. 'Het minste geluid op straat. De wind tegen de luiken. Een stem in de verte. Een trap die 's nachts kraakt. Je denkt iedere keer weer dat zij het is. Dat ze terug is gekomen. Tiktak doet de klok, tik ze is weg en tak ze is daar, maar ze is nooit teruggekomen.'

Zijn blik boorde zich in Geo's ogen.

'De smeerlappen', fluisterde hij.

'Welke smeerlappen?' vroeg Joosten, maar hij kreeg geen antwoord.

'Spraken Jef en Maria veel over Virginie?' vroeg Peeters.

'Jef was een zatlap', antwoordde Odilon. 'Hij zoop om zijn verdriet te verdrinken. Dat probeerde hij de mensen toch wijs te maken. Tante Maria was anders. Zeker als er klanten in het café waren. Bij Maria was er altijd ambiance. De mensen zegden dat Virginie een aardje naar haar moeder had.'

'Bedoelden ze dat als compliment?' wilde Geo weten.

'De ene wel, de andere niet.'

De waterige ogen staarden de journalist weer strak aan. Alsof de oude man hem uitdaagde om de volgende, onvermijdelijke vraag te stellen.

'Maria kon plezier maken om haar klanten hun zorgen te doen vergeten', zei Geo om de vraag te ontwijken.

'Dat kon ze', bevestigde Odilon.

'Deftig plezier', zei Peeters snel.

'Natuurlijk', zei Odilon. 'Lachen. Gekscheren. Moppen tappen. Liedjes zingen. En als het kermis was, kwam er een man met een accordeon en werd er gedanst in het café. Maar altijd deftig, hé!'

Hij fleurde zichtbaar op bij de herinneringen.

'Dat waren de mooie momenten', besloot hij met een diepe zucht.

'Wat waren de kwade momenten?' fluisterde Geo.

Stilte. Het eentonige getik van een ouderwetse klok. Odilons vochtige ogen staarden naar een punt in de verte.

'Virginie was hun enige kind', zei hij. 'Een moeilijke geboorte. Mijn moeder heeft me verteld dat de bevalling wel drie dagen geduurd heeft. De vroedvrouw had alle hoop opgegeven voor moeder en kind. Iedereen noemde het een mirakel dat de baby gezond ter wereld is gekomen. Maria was, hoe noemen ze dat, helemaal gescheurd van onderen. Het was een wonder dat ze niet doodgebloed is. Naar het schijnt heeft ze in het kinderbed tegen nonkel Jef gezegd dat ze dat nooit meer wilde meemaken en dat hij er een knoop in mocht leggen.'

De klok tikte.

'Nonkel Jef was toen nog een flinke man', ging Odilon verder. 'Een beer van een vent in zijn beste jaren. Tante Maria heeft voor hem een bed opgemaakt in de andere slaapkamer. Die waar het kind had moeten slapen. Hij heeft haar niet meer mogen aanraken. Of hij goesting had of niet. Niets aan te doen. Volgens mij is hij daarom beginnen te zuipen.'

'En toch bleef Maria lachen en zingen in het café', zei Geo.

'Als er volk was', wees Odilon hem terecht. 'Alleen als er volk was.'

'En Virginie had haar karakter geërfd?' vroeg Geo. 'Welk karakter? Wat Maria aan haar klanten toonde of wat ze voor hen verborgen hield?'

De oude man sloot zijn ogen. Geo en Bert keken elkaar aan. Was hij in slaap gevallen?

'Odilon', fluisterde Bert Peeters.

De deur ging open. Een bejaardenhelpster.

'Maak hem niet te moe', zei ze tegen Bert en Geo.

Odilons ogen gingen plots weer open.

'Bemoei je met je eigen zaken', siste hij naar de vrouw.

'Hij wordt lastig als hij moe is', zei ze nog voor ze zich snel terugtrok.

'Een echt serpent', grommelde de oude man. 'Niets van aantrekken.'

Hij stak een vinger uit naar Bert Peeters.

'Heb jij pastoor Rutten nog gekend?' vroeg hij.

'Van Sint-Remi? Neen. Dat was voor mijn tijd.'

'Op een dag stond hij ineens in het café bij tante Maria. Hij had een doos bij zich met een gleuf in het deksel. Of ze er geld wilde insteken voor de kapelaan?'

*'Waarom zou ik geld geven voor de kapelaan?' vroeg Maria.*

*'Om zijn werken in de missie te steunen.'*

*'Geen haar op mijn hoofd! Niet voor die smeerlap!'*

*De pastoor schrok zichtbaar, want boze uitbarstingen en scheldpartijen was hij niet gewend, zelfs niet van cafébazinnen.*

*'Let op je woorden', berispte hij haar. 'Een missionaris een smeerlap noemen! Hoe durf je?'*

*Maria gooide resoluut de deur open.*

*'Buiten!' riep ze. 'En durf het niet je schijnheilige smoel hier nog te laten zien!'*

*'Ik ben een priester', beet Rutten terug. 'Ik laat me niet behandelen als een landloper.'*

*'Buiten!' schreeuwde Maria, zo luid dat de overburen aan het raam kwamen kijken.*

*De pastoor stak een hand naar haar uit in een vruchteloze poging om haar te kalmeren, maar Maria gilde alsof hij op het punt stond haar aan te randen.*

*'Blijf met je bokkenpoten van mijn lijf!'*

*'Daar zul je spijt van krijgen', dreigde de pastoor. 'Ik zal iedereen laten weten wat voor een gemeen wijf je bent!'*

*Maria haalde haar schouders op.*

*'Eerst moeten trouwen met de knecht en daarna weigeren je echtelijke plichten te vervullen!' fulmineerde de priester.*

*Maria sloeg de deur dicht. De pastoor vluchtte de straat uit, tot groot jolijt van de buren.*

'Een vrouw met karakter', vond Geo.

Odilon giechelde met het compliment.

'De jongelui van tegenwoordig trekken zich er niets meer van aan als er onverwacht een pistolet in de oven zit', vertelde hij verder. 'Wie "moet" er vandaag nog trouwen? De tang die jullie daarnet wilde buitengooien, heeft vier kinderen van drie verschillende vaders. Met de laatste is ze getrouwd. De anderen gebruikte ze om te "repeteren", zoals ze het noemt.

Nonkel Jef en tante Maria zijn moeten trouwen toen Virginie op komst was. Ze hadden elkaar leren kennen toen hij bij boer Vanspauwen kwam werken om de tarwe binnen te halen. Zijn ouders hielden het café Boven op de

Berg. Ze verkochten ook brandhout en kolen en in de winter stookten ze jenever in een hok achter de varkensstal. Toen Maria opbiechtte dat ze in verwachting was en met Jef moest trouwen, heeft het maar een haar gescheeld of pa Vanspauwen had haar het hoofd ingeslagen! Een dochter van de rijke Vanspauwen en de zoon van een arme cafébaas!'

'Was haar vader familie van Armand? Van De Vierweg?' vroeg Geo.

'Familie? De grootvader van Armand moest nonkel zeggen tegen de vader van Maria. Haar familie was in die jaren nog rijker dan die van De Vierweg. Ze bezaten hectaren en hectaren grond. Bij nonkel Jef hadden ze niets behalve een café en een stal om jenever in te stoken.'

'Het liefdesverhaal van de rijke boerendochter en de arme knecht', zei Peeters. 'Het kon een romannetje zijn.'

'Vader en moeder Vanspauwen hebben na de trouwpartij nooit meer met hun dochter gesproken', ging Odilon verder. 'Zelfs niet na de geboorte van Virginie. Hun eerste kleinkind! Het schijnt dat ze niet eens naar de doop van het wicht wilden komen.'

'Geen wonder dat de pastoor er alles van wist', zei Peeters.

'De pastoor? De smeerlap, bedoel je!' foeterde Odilon. 'Nadat Maria hem aan de deur had gezet, heeft hij wraak genomen. De zwartrokken durfden alles in die tijd. De volgende zondag schepte hij in zijn preek tijdens de hoogmis op over hoeveel hij ingezameld had voor missionaris Doornaert. Alle gelovigen uit de parochie en de verre omgeving hadden gul geschonken, zei hij, behalve heidense vrijmetselaars, socialisten en een zekere lichtzinnige, overspelige cafébazin. Zo heeft hij het letterlijk gezegd!'

'Zat Maria in de kerk?'

'Ze heeft nooit een voet gezet in de kerk van Sint-Remi! Ze ging in haar eigen dorp naar de mis. Maar ze hoorde natuurlijk al snel de roddels en ze snapte meteen dat de mensen maar deden alsof ze niet doorhadden dat de pastoor haar te schande had gemaakt!'

Hij sloot weer zijn ogen.

'Het arme schaap is er ziek van geworden', fluisterde hij.

'Heeft ze jou ooit verteld waarom ze de pastoor aan de deur gezet heeft?' vroeg Geo.

Hij schrok van de woede die ineens in de vochtige, helder grijze ogen verscheen.

'Doornaert!' spuwde de oude man uit. 'Door zijn schuld is Virginie van de wereld verdwenen. Tot op haar sterfbed heeft tante Maria volgehouden dat die smeerlap de dood van haar dochter op zijn geweten had.'

'Bedoelde ze dat de kapelaan haar dochter vermoord had?' vroeg Geo.

Odilons ogen gingen weer dicht. Zijn ademhaling klonk zwaar.

'Of...' begon Geo.

'Of dat hij haar tot zelfmoord had gedreven? Dat had ze nog veel erger gevonden, want een mens die zichzelf van kant maakt, begaat een doodzonde die hij niet kan biechten en gaat dus recht naar de hel', fluisterde de oude man.

'Moord... Zelfmoord...' zei Geo. 'Dat waren zware beschuldigingen. Hoe kwam ze erbij?'

'Tante Maria heeft nooit willen zeggen wat Virginie haar over Doornaert verteld heeft, maar ze heeft er geen seconde aan getwijfeld dat hij schuld had aan haar dood', antwoordde Odilon.

'Wist Maria dat Virginie een verhouding met de kapelaan had?' durfde Geo te vragen.

'Dat wist iedereen', antwoordde Odilon droog en zakelijk. 'Dat en nog veel meer.'

Weer een lange stilte. De fotograaf keek vragend naar Bert Peeters. Die ontweek zijn blik.

'Wist je tante Maria dat Virginie in verwachting was?' vroeg Geo.

Odilons handen klemden zich rond de armleuning van zijn stoel.

'In verwachting?' vroeg hij.

'Er is een vermoeden...' begon de journalist.

Odilon ging verzitten. De spanning stond op zijn gezicht te lezen.

'We vermoeden dat Virginie onder de muur van de pastorie begraven werd', ging Geo omzichtig verder. 'Je weet wel, het skelet onder een Duitse soldatenmantel waarover de laatste tijd zoveel te doen is geweest in de kranten en op de televisie.'

'Ze heeft nooit met Duitsers aangehouden', vloog Odilon uit. 'Nooit!'

'De vrouw in het graf was vijf maanden zwanger', fluisterde Geo. 'Dat betekent dat het kind niet van een Duitser geweest kan zijn.'

Er ging een zichtbare schok door Odilons lichaam. Hij hapte moeizaam naar adem. Geo zocht tevergeefs hulp bij Bert Peeters.

'De archeoloog probeert uit te maken hoe ze omkwam', ging hij dan maar verder. 'Heeft ze haar schedel gebroken door een ongelukkige val? Of werd ze...'

Er blonken tranen in Odilons ogen. Geo maakte de zin niet af.

'Weten ze... Kunnen ze...' stamelde de oude man.

'Er moet nog veel onderzoek gebeuren', zei Geo. 'De beenderen zijn begraven op het kerkhof van Sint-Remi, maar de archeoloog heeft de gebroken schedel bewaard om de doodsoorzaak vast te stellen. Hij heeft DNA-stalen genomen om later, misschien, met absolute zekerheid te bepalen wie de vrouw was.'

'Hoe doen ze dat?' vroeg Odilon.

'Door DNA uit haar beenderen te vergelijken met DNA van naaste familieleden', legde Bert Peeters uit.

'Waarom is dat nog niet gebeurd?'

'Tsja...' hield Geo de boot af. 'De archeoloog moet toelating krijgen van zijn oversten... Een DNA-onderzoek kost geld... En...'

'Als ze Virginie gevonden hebben, moet ik het weten!' riep Odilon.

'Ik zal...' begon Geo, maar de oude man leek door het dolle heen.

'En het kind?' riep Odilon tegen Bert Peeters. 'Kunnen ze nog achterhalen wie de vader van het kind was?'

'Ik weet het niet', bekende Bert.

'Godverdomme!' bulderde Odilon. 'Ik moet het weten! De smeerlappen! Al moet ik erbij doodvallen!'

De bejaardenhelpster kwam ongerust kijken.

'Nu hebben jullie hem echt kwaad gemaakt!' keef ze tegen Geo en Bert. 'Dat mag niet. Niet bij een man van zijn leeftijd!'

Odilon barstte in tranen uit.

'Ik moet het weten', snikte hij. 'Doen jullie wat jullie moeten doen. Ik moet het weten!'

De bejaardenhelpster legde een hand op zijn schouder. Hij sloeg ze weg.

'Ik spreek vanavond nog met iemand die kan helpen om het onderzoek te laten vooruitgaan', beloofde Geo.

Odilon wreef de tranen uit zijn ogen.

'Lieg niet tegen me', smeekte hij. 'Alstublieft. Lieg niet tegen me zoals die smeerlappen altijd gelogen hebben. Alstublieft!'

'Ik zal nooit tegen je liegen', beloofde Geo. 'Maar ik kan geen ijzer met blote handen breken.'

‘Doe het voor Virginie en voor tante Maria,’ snikte Odilon.

‘Je zult een DNA-staal moeten geven,’ zei Geo. ‘Daarmee kunnen ze bepalen of de vrouw in het graf familie van je is. Een beetje speeksel, meer is het niet.’

‘Al moet ik er een hand voor laten afhakken!’ riep de oude man.

‘Wat bedoelde Odilon toen hij zei dat “iedereen” nog veel meer wist?’ vroeg Geo aan Bert Peeters toen ze op het parkeerterrein voor het bejaardenhuis stonden.

De man van de heemkundige kring schudde meewarig zijn hoofd.

‘Oude wonden,’ zei hij.

Geo begreep dat hij niet op een ander antwoord hoefde te wachten.

# 6

'Wil je het archief van het bisdom Luik-Limburg inkijken?' vroeg misdaadverslaggever Arsène De Bye van *La Meuse*.

De vraag van zijn collega had hem hoorbaar verrast.

'Tussen de wereldoorlogen heeft Luik missies in Paraguay gesteund', legde Piet Schraepen uit. 'Er was daar een zekere kapelaan Doornaert aan het werk. Een priester van het bisdom. Ik probeer meer over hem te achterhalen.'

De Bye had in de loop van zijn carrière een adressenbestand aangelegd waarin zowat elke flik uit Luik en omgeving een plekje had, naast alle magistraten en advocaten van de gerechtelijke arrondissementen Luik en Verviers, plus honderden figuren uit de onderwereld over wie hij ooit geschreven had. Missionarissen kwamen er niet in voor.

'Gaat het om een zedenzaak?' vroeg De Bye gretig. 'Jongetjes of meisjes?'

'Doornaert is al dood sinds 1937', antwoordde Piet om zijn enthousiasme te temperen.

'Wat is er na zoveel jaren nog interessant aan die kerel?'

'De Kerk wil hem zalig verklaren. Heilig, misschien. Tenzij er zaken aan het licht komen waaruit blijkt dat hij helemaal niet zo heilig was.'

'Gaat het bisdom daarvoor niet zelf het archief uitkammen?' vroeg De Bye.

'Ik wil hen voor zijn.'

'Voor ze de minder appetijtelijke gegevens hebben laten verdwijnen! Ik zie waar je naartoe wilt.'

'We begrijpen elkaar, Arsène.'

De Luikenaar dacht even na.

‘Ik ken niemand bij het bisdom’, bekende hij. ‘En ik vrees dat ze mij daar ook niet kennen. De katholieke kerk is niet meteen een specialiteit van onze krant. Ik zal rondvragen of iemand op de redactie kan helpen.’

‘Een tip, een naam, iets om mee te beginnen’, zei Piet Schraepen.

‘Als je iets vindt waarmee je die Doornaert in zijn hemd kunt zetten, dan mag ik het toch weten?’

‘Je zult de eerste zijn.’

‘Een DNA-test om een honderd jaar oud geraamte te identificeren?’ vroeg Jacques Cloos van de technische recherche. ‘Ben je op je hoofd gevallen?’

‘Het slachtoffer van een moord’, zei Piet Schraepen.

‘Moorden van honderd jaar geleden zijn geen zaak voor het parket. Je luistert te veel naar Joosten.’

‘Heeft hij je er ook al over aangeklampt?’

‘Neen, maar het klinkt als een idee dat alleen uit zijn koker kan komen. Over wie gaat het? Toch niet de dode onder de muur over wie jullie al dagen aan het schrijven zijn?’

‘Geo heeft een familielid van haar opgespoord. Die wil een monster leveren om te vergelijken.’

‘Weet je wat een DNA-test kost?’

‘Doen jullie dat niet zelf?’

‘Neen. We laten die tests uitvoeren door specialisten. En die zijn niet goedkoop.’

‘Een vriendendienst?’ probeerde Piet.

Cloos zuchtte.

‘Als ik niet zo nieuwsgierig was door wat je over de zaak geschreven hebt, zou ik opnieuw neen zeggen. Maar ja...’

‘Je bent een echte vriend.’

‘Ik heb gesproken met de archivaris’, zei De Bye. ‘Je kunt hem bereiken via het algemeen nummer van het bisdom.’

‘Mooi’, zei Piet Schraepen.

‘Maar hij vreest dat hij niet kan helpen. De zaligverklaring van meneer Doornaert is een zaak van het bisdom Limburg. Hasselt heeft de stukken al opgevraagd.’

'De dossiers over kapelaan Petrus Doornaert bevinden zich in Hasselt', bevestigde de archivaris in Luik.

'Ook de dossiers over zijn missie in Paraguay?' vroeg Piet Schraepen.

'Alles. Ik heb de zending persoonlijk klaargemaakt. Ik stel voor dat je contact opneemt met de instanties in Hasselt. Al wil ik je niet veel hoop geven, want zolang het onderzoek voor de zaligverklaring loopt, zullen de archieven gesloten blijven voor buitenstaanders.'

'Is daar een reden voor?' wilde Piet weten.

'Een archief uitpluizen is een secuur werk. Zeker als het gaat om een gevoelige materie zoals een zaligverklaring. Inmenging van buitenstaanders kan storen.'

'Ik stel voor dat we vrijdagavond een hapje eten in De Vierweg', zei Jacques Cloos. 'Mijn collega zal dan de uitslag van het DNA-onderzoek in haar bezit hebben.'

'Zo snel?' vroeg Piet Schraepen.

'Nieuwe technieken', zei Cloos. 'En vlotte medewerking. Meneer Muylders was meteen enthousiast om materiaal af te staan. En meneer Cuyx ook. Vind je het goed dat meneer Muylders meekomt? Dan kunnen we de zaak in één ruk afhandelen.'

Met wie hij ook belde bij het bisdom Hasselt, Piet Schraepen kreeg telkens hetzelfde antwoord.

'We zullen de zaak voorleggen aan de bisschop.'

'Ik moet wel een deadline halen', drong Piet aan.

'We zullen het melden aan de bisschop.'

'Waarom doen jullie zo geheimzinnig?' had Piet eenmaal gevraagd.

'Het bisdom heeft niets te verbergen, meneer', had hij als antwoord gekregen. 'U moet wel begrijpen dat een onderzoek in verband met een zaligverklaring een zeer gevoelige procedure is. We kunnen ons geen fouten veroorloven. We moeten zelfs vermijden dat de schijn gewekt wordt dat er fouten gemaakt kunnen zijn.'

'Mag ik mijn vraag voorleggen aan de persoon die het onderzoek leidt?'

'Later, meneer Schraepen. Nadat de bisschop een beslissing genomen heeft.'

Filip Muylders, Jacques Cloos, zijn collega Julie Terdonck, Joosten en Schraepen samen aan een tafel. Armand Vanspauwens nieuwsgierigheid raakte in overdrive.

'Hoe ver staat het onderzoek naar het lichaam onder de pastoriemuur?' vroeg hij.

'Ik heb iets over jouw familie ontdekt', deed Geo Joosten geheimzinnig. 'Zegt de naam Maria Vanspauwen je iets?'

'De cafébazin!' riep Armand uit. 'We noemden haar tante Maria, ook al was ze niet echt een tante van ons. Ze komt uit een zijtak van onze familie. Ze schijnt ooit de pastoor van Sint-Remi uit haar café gegooid te hebben!'

Hij boog zich over de tafel heen. Vertrouwelijke mededeling.

'Die van onze kant moesten niet veel van tante Maria hebben', fluisterde hij. 'Ze was nogal...'

Zijn ogen bleven even hangen bij Julie Terdonck. Er waren woorden die hij liever niet uitsprak in aanwezigheid van een deftige jongedame.

'Hoe moet ik het zeggen? Verontschuldig me de uitdrukking. Ze had nogal poeier in haar broek.'

'Niet volgens Odilon Cuyx', protesteerde Geo. 'Hij vertelde dat ze haar vent na de geboorte van hun dochter op droog zaad gezet heeft.'

Armand vertrok zijn gezicht in een pijnlijke grimas.

'Hoe oud is Odilon?'

'Bijna honderd en zijn geest is nog zo helder als een glas water.'

'Een gezonde mens vertelt zulke dingen niet over zijn eigen familie!' foeterde Armand.

Hij leek te schrikken van de harde toon die hij onbewust had aangeslagen. Helemaal in tegenspraak met zijn rol van gladde, vriendelijke horecabaas.

'Ik mag het Odilon waarschijnlijk niet kwalijk nemen', verontschuldigde hij zich. 'Op zijn leeftijd...'

Met de cava op tafel en Armand in de keuken spreidde Julie Terdonck de grafieken uit het laboratorium op de tafel uit.

'De vergelijking tussen het DNA uit het graf en dat van Odilon', zei ze. 'Een bijna perfecte match. Zo perfect als de overeenkomsten tussen een neef en een nicht maar kunnen zijn.'

'Definitief resultaat?' vroeg Muylders.

'Zo goed als.'

Geo Joosten leunde met een tevreden glimlach achterover.

'Het skelet heeft een naam', zei hij. 'Virginie Cuyx. Nu de baby nog.'

Cloos keek naar hem met paniek in zijn ogen.

'Een vaderschapstest, Jacques', zei Geo. 'Om eens en voor altijd uit te maken of de kapelaan de papa was of niet.'

'Nee, Geo, dat kan ik me niet veroorloven! Eén rekening van het laboratorium kan ik nog wegmoffelen, maar twee...'

'Wat hebben we nodig om de vader te identificeren?' vroeg de journalist.

'DNA van de baby hebben we', antwoordde Muylders. 'Hoe komen we aan materiaal van de vermoedelijke vader of van een heel naaste verwante?'

Cloos haalde opgelucht adem.

'Dat vind je nooit', zei hij, overtuigd dat de zaak van de baan was, maar Geo wilde niet opgeven.

'Ik heb Odilon beloofd dat ik mijn best zal doen.'

'De kapelaan had waarschijnlijk geen andere kinderen', opperde Muylders. 'Tenzij, misschien, in Paraguay?'

'Als de kapelaan broers of zussen had en als die kinderen hadden en als die nog in leven zijn, dan kunnen we met enige waarschijnlijkheid vaststellen...' mijmerde Julie Terdonck.

Cloos legde haar met een nijdig handgebaar het zwijgen op.

'Met hoeveel waarschijnlijkheid?' vroeg Geo alsof hij Cloos' nerveuze reactie niet opgemerkt had.

Julie trakteerde haar chef op een sarcastische grijns.

'Omdat ik je vraag verwachtte, heb ik er alvast met de experts over gesproken', zei ze. 'Ze noemden het een boeiend experiment, maar ze wilden er geen slaagpercentage op plakken. "De waarschijnlijkheid waarmee je bereid bent in het resultaat te geloven", zo heeft een van hen het geformuleerd. Een beleefde manier om te zeggen dat hij het eigenlijk een hopeloze onderneming vond.'

'Ik steek mijn nek niet uit om geld van de dienst in te zetten op wetenschappelijke spelletjes', zei Cloos.

'Voor mij is een "waarschijnlijk" resultaat goed genoeg', vond Geo. 'Omdat de kapelaan de hoofdverdachte is, is alles wat in zijn richting wijst...'

'Wetenschappelijke onzin', schoot Muylders zijn redenering af.

'Ik doe niet meer mee', besliste Cloos.

Armand Vanspauwen kwam aanzetten met zijn opschrijfboekje.

'Hebben de dame en heren gekozen?' vroeg hij.

'Het geraamte in het mergelgraf is van Virginie Cuyx', deelde Geo hem mee. 'Ik vertel het je nu, zodat je het morgenvroeg niet in de krant hoeft te lezen.'

Vanspauwen smolt van dankbaarheid en trots.

'Een scoop!' stootte hij uit.

'Doe me een lol', zei Schraepen. 'Houd je kaken op elkaar tot morgenvroeg. De concurrentie hoeft niet te weten wat we ontdekt hebben.'

Vanspauwen knikte.

'En stel het eten een halfuur uit, zodat ik mijn stukje op tijd naar de krant kan sturen', zei Schraepen.

Vanspauwen knikte met nog meer overtuiging.

'Schrijf je stuk maar in mijn bureau', stelde hij voor. 'En ik trakteer iedereen op een verrassingsmenu!'

'Christina Doornaert van Stichting Padre Pedro', zei de boterzachte stem.

Bij het horen van 'Doornaert' en 'Padre Pedro' sloeg Piet Schraepen instinctief de krant open op de bladzijde met zijn artikel over de identificatie van het skelet. Zachte stemmen stemden hem altijd wantrouwig. Verkoopsters spraken op zo'n toon. Of, in dit geval, vreesde hij, klaagsters. Hij zette zich schrap om vervelende vragen te ontwijken en nog vervelender klachten te weerleggen. Beroepsmisvorming.

'Kan ik je in de loop van de dag ontmoeten?' vroeg Doornaert.

Nog even zacht, maar wel met een vastberaden ondertoon. Het maakte de verslaggever nog wantrouwiger.

'Na vijf uur, bij mij thuis', stelde Piet voor in de hoop dat ze het voorstel zou afwijzen.

Ze leek even te moeten nadenken.

'Waarover wil je praten?' vroeg Piet.

Nu hoefde ze niet na te denken.

'Over de Padre. En over de Stichting.'

'Ik stel voor dat mijn collega Geo Joosten komt meeluisteren. Hij kent het dossier beter dan ik.'

'Geen probleem.'

'Heb je mijn adres?'

'Ja.'

Ze haakte in. Piet belde vliegensvlug naar Joosten.

'Als zij familie is van de kapelaan, kan ze ons een DNA-staal leveren!' juichte de fotograaf.

'Dat mens komt ons het vuur aan de schenen leggen!' waarschuwde Piet.

'Hoe kom je erbij?'

'Ik heb het aan haar stem gehoord.'

'Je blijft een eeuwige pessimist.'

'Onthoud mijn woorden!'

Oudere dame, discreet en stijlvol, was Piet Schraepens eerste indruk. Een vriendelijk gezicht. Opvallende jukbeenderen. Nauwelijks kraaienpootjes in de hoeken van haar levendige, zwarte ogen. Een eenvoudig kapsel. Discreet gestifte lippen. Een strakke, zwarte pantalon onder een grijs hesje. Een witte blouse met lange mouwen.

Minder subtiel waren een kraagje dat de vorm van een priesterboordje suggereerde en een opvallend zilveren kruis aan een gouden halsketting.

'Zuster Christina Doornaert', stelde ze zich voor.

Ze was het gewend de leiding te nemen, voelde Piet Schraepen meteen. Ze liep hem niet zomaar voorbij, maar ze bezette doelbewust de meest strategische plaats in de gang. Aan de voet van de trap, tegenover de deur naar zijn kantoor, in de doorgang naar de woonkamer en de keuken. Piet gebaarde dat ze mocht doorlopen.

De werkster had Piets woonkamer nog maar pas een beurt gegeven. Boeken in het rek, kranten en tijdschriften in de werkkamer, asbakken gewassen, kussens en plaids netjes geschikt op de sofa's, kopjes en schoteltjes op het lage, ronde tafeltje.

De non drukte Geo Joostens uitgestoken hand. Stevig, lang en nadrukkelijk. Alsof ze hem haar kracht wilde inprenten. Toen hij zich als persfotograaf voorstelde, keek ze hem vrank aan. Wilde ze peilen wat hij waarnam met zijn fotografenogen, die haar schaamteloos monsterden?

Ze nam plaats op de sofa waar Piet wel eens in slaap durfde te vallen. Een gedeukt, keihard meubelstuk. Ze drukte haar knieën stevig tegen elkaar en hield haar rug kaarsrecht. Een oerdeftig elegante houding die geen fotomodel had kunnen verbeteren. Piet schonk koffie in en presenteerde driehoekjes fruittaart met slagroom. Christina Doornaert proefde voorzichtig van een puntje.

'Goede taart', mompelde ze, maar ze liet de rest van het driehoekje onaangeroerd.

'Ben je familie van de kapelaan?' vroeg Geo.

Ze glimlachte.

'Zijn naam staat links bovenaan in de stamboom en de mijne vind je rechts onderaan. Onze namen zijn de enige zonder x-teken erachter en zonder een streepje naar beneden. Ongehuwd, geen nakomelingen.'

'Hoe voelt dat aan, familielid zijn van een potentiële heilige?' vroeg Geo.

'Ik zal het als een grote eer beschouwen als Pedro heilig wordt verklaard. Een zeer grote eer.'

'Leeft de herinnering aan Petrus nog binnen je familie?' wilde Piet weten.

Ze haalde gelaten haar schouders op.

'Zijn generatie is uitgestorven. Oudere familieleden herinneren zich nog de verhalen die destijds over hem verteld werden. Sommigen hebben zijn verslagen in missietijdschriften of in *Averbodes Weekblad* bijgehouden. Enkele foto's. Een zeldzame brief.'

Ze zuchtte.

'Weinig', zei ze toen.

Voor de journalisten een volgende vraag konden stellen, ging ze resoluut verder.

'Hij is natuurlijk ver van zijn familie actief geweest. Eerst in een uithoek van Limburg. Jullie provincie was in die tijd voor West-Vlamingen veraf. Daarna in Paraguay, dat was ver voor iedereen.'

'Hoe lang was hij actief in Paraguay?' vroeg Geo.

'Van 1914 tot 1937. Drieëntwintig jaar.'

'En hij is nooit op familiebezoek gekomen?'

'Missionarissen vlogen toen niet zomaar even heen en weer', wees ze Geo terecht. 'Ik heb gehoord dat hij ooit van plan is geweest naar huis te komen, maar de oorlog heeft blijkbaar roet in het eten gegooid.'

'Oorlog?' vroeg Geo.

'De Chaco-oorlog tussen Bolivia en Paraguay. 1932 tot 1935.'

'Hij is van de ene oorlog in de andere beland', merkte Piet op.

‘Gods wegen zijn ondoorgrondelijk.’
De journalisten knikten instemmend.
‘Ik ben gekomen om een gunst te vragen’, zei Doornaert. ‘De procedure tot zaligverklaring van Padre Pedro is in een beslissende fase beland. Een niet-aflatende stroom van banale nieuwtjes en sensatie kan ons werk schade berokkenen.’
De journalisten hoefden elkaar niet eens aan te kijken. Piets voorspelling leek uit te komen. Christina Doornaert was inderdaad op oorlogspad.
‘De ontdekking van een verborgen graf uit de Eerste Wereldoorlog onder de muur van een pastorie is geen banaal nieuwtje’, verdedigde Piet zich.
‘En geen opgeklopte sensatie’, vulde Geo aan.
‘Ik heb geleerd tussen de regels te lezen’, zei Doornaert met extrazachte stem. ‘Ik ben niet de enige. Daarom wil ik voor discretie pleiten.’
‘Tussen de regels leest iedereen wat hij wil’, protesteerde Geo. ‘Ik verkies te lezen wat er werkelijk geschreven staat.’
Ze las voor uit Piets stukje over de identificatie van het skelet.
‘In een brief aan zijn familie schreef de Duitse *Leibgrenadier* Oswald Koster in 1914 dat kapelaan Petrus Doornaert blijkbaar nog weken na de Duitse inval aan de muur boven de mergeltombe gewerkt heeft. De jonge moeder in het graf is rond dat tijdstip verdwenen. Hoe ze aan haar eind is gekomen, is nog niet met absolute zekerheid vastgesteld. Wel is het zeker dat haar dood het gevolg was van een zware schedelfractuur... Archeoloog Filip Muylders hoopt alsnog definitief vast te stellen wat de schedelbreuk veroorzaakte. Een ongelukkige val of een moordaanslag? Tegelijk worden pogingen gedaan om te achterhalen wie de vader was van het kind dat Virginie Cuyx droeg op het ogenblik dat ze het leven liet...’
Ze keek de twee mannen aan.
‘Waarom insinueren jullie dat Pedro op de hoogte geweest moest zijn van het lijk onder zijn muur?’
‘Ik schrijf alleen dat een getuige verklaard heeft dat de kapelaan aan de muur gewerkt heeft nadat het meisje eronder begraven was. Als je daaruit afleidt dat hij op de hoogte “moet” zijn geweest, ga je te kort door de bocht. Als je eruit wilt afleiden dat hij op de hoogte “kan” zijn geweest, dan heb je gelijk. Een logische deductie.’
‘Een logische deductie?’ vroeg Doornaert. ‘Als je schrijft dat hij op de

hoogte “kan” zijn geweest, kan ik dat alleen een insinuatie noemen. En als we verder gaan met wat jij “logische deducties” noemt, dan moet je uit de tekst afleiden dat hij dat meisje ook kan hebben vermoord en zelfs de vader van haar kind kan zijn.’

‘Dat heb ik niet geschreven!’ riep Piet verontwaardigd uit.

‘Geïnsinueerd’, antwoordde de vrouw.

Geo grinnikte.

‘Wat is er fout aan Piets redenering?’ vroeg hij uitdagend.

Doornaert keek hem met samengeperste lippen aan. Trillend van onderdrukte woede.

‘De familie van Virginie Cuyx is er al honderd jaar van overtuigd dat de kapelaan iets met haar verdwijning te maken had’, zei Geo.

Christina Doornaert reageerde alsof hij haar een klap in het gezicht had gegeven.

‘Schande!’ hijgde ze.

‘Virginies moeder heeft op een bepaald ogenblik de pastoor van Sint-Remi de deur gewezen omdat hij bij haar kwam bedelen voor de missie in Paraguay’, vertelde Geo. ‘Haar reactie was zo ongehoord hevig dat haar familie er vandaag nog over spreekt. Waarom zou ze de pastoor aangevallen hebben, als ze niet op de hoogte was van bepaalde feiten?’

‘Van hardnekkige vermoedens’, verbeterde Piet hem.

‘Geen vermoedens, maar de rotsvaste overtuiging van een rouwende moeder dat de kapelaan een fatale rol gespeeld had in de verdwijning van haar dochter’, ging Geo melodramatisch voort.

‘Vermoedens!’ riep Christina Doornaert. ‘Vermoedens! Tegen een priester en martelaar die op het punt staat zalig verklaard te worden!’

Ze was rood aangelopen. Haar rechterwijsvinger tikte onophoudelijk op haar knie.

‘Ik wil helemaal niet insinueren dat kapelaan Doornaert betrokken was bij de gewelddadige dood van Virginie Cuyx’, probeerde Piet Schraepen haar gerust te stellen. ‘Welk belang heb ik daarbij? Maar als journalist moet ik een eerlijke poging doen om klaarheid in deze zaak te scheppen. Ik ben niet de enige. Archeoloog Filip Muylders wil ook het hele verhaal uit de doeken doen. Niet voor de sensatie, zoals jij schijnt te denken, maar uit serieuze wetenschappelijke belangstelling!’

Piets emotionele pleidooi verraste Joosten. Zijn collega was tijdens interviews meestal een meester in het versluieren van zijn gevoelens. Had Doornaerts twijfel aan zijn beroepsernst de verslaggever doen overkoken? Of was het een trucje om haar air van zoeterig devote ernst te kraken? Het resultaat was in elk geval dat de tikkende vinger beschuldigend omhoogvloog en de vrouw haar zoeterig toontje opgaf.

'Meneer Muylders zal helemaal niets meer onderzoeken!' snauwde ze de journalisten toe. 'Ik heb met zijn minister gesproken en hij zal verbieden dat zijn ambtenaren nog geld verspillen aan zinloze projecten.'

Ze keek haar gesprekspartners uitdagend aan.

'Wil je ons ook verbieden ons werk te doen?' vroeg Geo, helemaal niet onder de indruk van haar uitval.

'Neen. Ik vraag jullie positief mee te werken aan een groot en waardevol project.'

'Welk project? De zaligverklaring van je familielid?' vroeg Geo.

'Het werk van Padre Pedro en zijn zaligverklaring. Allebei.'

'Werk?'

'De Stichting Padre Pedro ondersteunt tientallen scholen in onder meer Paraguay. Ons werk wordt bekostigd door vrijwillige giften en schenkingen. Positieve belangstelling voor de nalatenschap van Padre Pedro zal de harten van onze weldoeners nog verder openen. Hun gulheid zal ons toelaten onze werking uit te breiden. Meer scholen. Meer leerlingen. Onderwijs voor duizenden kinderen in nood.'

'Om het simpel uit te drukken, je vraagt dat wij reclame maken voor je Stichting', zei Geo.

'Ik vraag geen ordinaire reclame!' beet ze hem toe. 'Ik vraag alleen de negatieve berichtgeving stop te zetten en niet langer twijfel te zaaien in de harten en geesten van onze weldoeners.'

'En als blijkt dat Petrus Doornaert geen heilige was?' pestte Geo haar.

'Hij is gestorven voor zijn geloof en voor zijn idealen! Een martelaar!'

'En Virginie Cuyx? Voor wie of wat is zij gestorven?'

'Je bent cynisch, meneer Joosten. Ik heb medelijden met je. Je leeft in een wereld waarin ik het geen dag zou uithouden.'

Geo hield zijn open handpalmen naast elkaar als een weegschaal.

‘Aan de ene kant de status van een kapelaan. Aan de andere de reputatie van een zwangere vrouw die in verdachte omstandigheden om het leven is gekomen. Wat weegt het zwaarst?’ vroeg hij.

Doornaert haalde diep adem. Geo verwachtte een woedende uitval, maar de vrouw pareerde zijn provocatie met een meewarige glimlach.

‘Wat valt er na een eeuw nog te wegen?’ vroeg ze. ‘Een opwindend schandaalstukje om de oplage van je krant op te drijven tegenover het lot van tienduizenden arme kinderen? Wat weegt het zwaarst?’

‘Goede werken verrichten op basis van leugens’, zei Geo. ‘Is dat een correcte manier om je hemel te verdienen?’

‘Wie liegt?’ vroeg Doornaert. ‘Ik heb in jouw krant nog geen regel gelezen waaruit blijkt dat jullie de waarheid schrijven! Vermoedens, ja. Insinuaties, ja. Leugens?’

‘We kunnen snel uitmaken hoe waar onze vermoedens zijn’, zei Geo.

‘Snel?’

‘Binnen enkele dagen’, antwoordde de fotograaf.

‘Dagen? Weken!’ deed Piet Schraepen.

Geo negeerde de waarschuwing.

‘Enkele dagen’, herhaalde hij. ‘De tijd die nodig is om op basis van haar verwondingen uit te maken of Virginie al dan niet door een Duitse soldaat vermoord is. Doodgeslagen worden met een hamer of met een geweerkolf, het is een wereld van verschil. Daarmee kennen we de naam van de moordenaar nog niet, maar we zullen dan wel weten of hij in de omgeving van Sint-Remigius gezocht moet worden of bij de bezetter.’

‘Nog meer insinuaties!’ riep Doornaert woedend uit.

‘Als de moordenaar een soldaat blijkt te zijn geweest, zal niemand nog insinueren dat de kapelaan iets te maken had met Virginies dood’, hakte Geo op haar in. ‘Als we ook nog aanwijzingen vinden dat Petrus Doornaert niet de vader van haar kind was, dan hoef jij je nergens nog zorgen over te maken en kan je Stichting ongestoord doorgaan met haar werk.’

‘Hoe durf je!’

‘Geef me een DNA-staal.’

Christina Doornaert zocht hulp bij Piet Schraepen.

‘Laat je deze walgelijke vertoning zomaar toe?’ vroeg ze.

De verslaggever haalde zijn schouders op.

'Een beetje speeksel op een wattenstaafje', zei Geo. 'Meer hebben we niet nodig.'

Doornaert vloog overeind.

'Nooit van mijn leven!' riep ze. 'Ik ben nog nooit in mijn leven zo beledigd!'

Ze rende naar de deur. Voor Piet of Geo konden reageren, stond ze al in de gang.

'Onmensen!' gilde ze en knalde de deur dicht.

'Was het verstandig om haar zo op stang te jagen?' vroeg Piet.

'Er zit lippenstift op haar koffiekop', antwoordde Geo onbewogen. 'Zou dat genoeg materiaal zijn voor de bollebozen van Cloos?'

'Weet ik veel! En hoe ga je dat van die Duitse soldaat waarmaken?'

'Muylders moet de schedel maar laten onderzoeken door een expert als hij het zelf niet kan.'

'Wat gaat Muylders nog uitvoeren met de hete adem van de minister in zijn nek?'

'Hij lijkt me niet het type om zich veel van ministers aan te trekken.'

Piet Schraepen sloeg gefrustreerd met beide handen op tafel.

# 7

'Missietijdschriften? Waar heb je die voor nodig?' vroeg Bert Peeters korzelig.

'Ik heb vernomen dat kapelaan Doornaert regelmatig stukken schreef voor missiebladen', zei Geo.

'Of ik oude missietijdschriften heb?' riep Bert. 'Meer dan me lief is!'

De wanhopige toon van de voorzitter van de heemkundige kring zette een domper op Geo Joostens optimisme. Peeters nam hem mopperend mee naar een hok in de tuin. Verweerde betonwanden, bemost dak van asbestplaten, deur van kromgetrokken plankjes. De muffe stank van oud papier sloeg naar buiten zodra de deur nog maar een handbreed openging.

'Hier steken missietijdschriften in', zei Peeters met een theatraal gebaar naar de stapels kartonnen dozen die drie wanden in beslag namen. 'Het archief van de meisjesschool. De zusters wilden het weggooien toen ze de school opgaven, maar ik hoopte dat sommige leden van de kring er nog iets mee konden aanvangen. Ze wachten blijkbaar tot ik de rommel gesorteerd heb. Alsof ik alle tijd van de wereld heb.'

Hij wrikte een doos uit een stapel.

'DIVERSE' was met kleurkrijt op het deksel geschreven.

'De zusters bewaarden alles', legde hij uit. 'Brieven, leerlingenlijsten, tijdschriften, krantenknipsels... Wanneer een doos vol was, verhuisde ze naar de zolder. Dit is het resultaat. Driehonderdvierenveertig dozen vol ongeordend papier.'

Om te illustreren wat 'ongeordend' betekende, deed hij de doos open. Bovenop lag een exemplaar van het weekblad *Ons Volk Ontwaakt* met op de cover een tekening van Jezus in een kribbe en Maria en Jozef onder een ster met oranje staart. Kerstnummer. Eronder een kaart van 'Het nieuwe Europa in 1936' waarmee een krant haar lezers bij het begin van het jaar wegwijs hoopte te maken in het wankele internationale landschap. Een schrift met reclame voor de Algemene Spaar- en Lijfrentekas op het kaft bevatte namen en adressen van leerlingen, gerangschikt per leerjaar. Nog een exemplaar van *Ons Volk Ontwaakt*, met een staatsieportret van een bisschop op de cover.

En dan, als een goudkorrel tussen kiezelstenen, verscheen een tijdschrift met een kaart van Afrika op de cover en een fors kruis in de gearceerde contouren van Belgisch-Congo geramd. *Onze Missies.*

Peeters liet zijn ogen over de inhoudsopgave glijden.

'Niets over Doornaert', zei hij.

Hij schudde het hoofd bij de aanblik van de stinkende papierberg waar hij zich doorheen moest worstelen om meer pennenvruchten van de kapelaan/missionaris aan de oppervlakte te brengen.

'Ik zal zien wat ik kan doen', beloofde hij zonder veel overtuiging.

'Is dat het beste wat je hebt?' vroeg Jacques Cloos toen Piet Schraepen hem een koffiekop in een diepvrieszakje overhandigde.

'Er zit lippenstift van een familielid van Petrus Doornaert op', zei Piet.

'Naaste familie?'

'Niet echt, voor zover ik weet.'

Cloos zuchtte moedeloos.

'Geo dacht dat we binnen enkele dagen een resultaat zouden krijgen', zei Piet.

Cloos zuchtte nog harder.

'Ik zal zien wat ik kan doen', mompelde hij. 'Als het laboratorium moeilijk doet omdat dit geen officieel politieonderzoek is, dan...'

'Als je een probleem hebt met het labo, laat ik Geo aan Martina De Brauwer vragen dat zij je een officiële toelating geeft om het onderzoek te laten uitvoeren en de rekening door haar dienst laat betalen', zei Piet om de politieman te paaien.

De fotoreporter en de directeur van de gerechtelijke dienst hadden ooit iets gehad wat beiden ironisch omschreven als een 'bijna-relatie'. Er was een vorm van 'bijna-vriendschap' van overgebleven.

'Hoeft niet', antwoordde Cloos. 'Ik heb haar op de hoogte gebracht van ons gedoe. *Cold cases* zijn in de mode. En nieuwsgierig is ze ook. Dus... Maar...

Officieel wil ze nergens van weten… En over betaling heeft ze helemaal niet gesproken…'

Een diepe zucht.

'Ach… Als puntje bij paaltje komt, zal ze me wel rugdekking geven', besloot hij zonder veel overtuiging.

'Op hoop van zege dan maar', besloot Piet.

Bert Peeters installeerde zich in het kille betonhok en begon dozen te sorteren. Oud, ouder, oudst. Of: vuil, vuiler, vuilst. Of: gebonden met rafelige touwtjes, meer uitgerafelde touwtjes en touwtjes die al bij de eerste aanraking braken.

Toen het te donker werd, nam hij twee dozen uit de 'oudere' stapel mee naar zijn werkkamer.

'Wat moet die rommel? Straks stinkt alles in huis naar oud papier!' keef zijn vrouw.

'Het is belangrijk', zei Peeters. 'Het gaat over kapelaan Doornaert.'

'Pas maar op dat je geen last krijgt met de kapelaan.'

'Last?' vroeg hij.

'Ik heb op de markt in Tongeren mensen horen afgeven op wat er in de krant over hem en het lijk onder zijn muur geschreven wordt. Ze noemden het een schande dat er zo over onze martelaar geroddeld wordt. Een vrouw zei dat ze van haar pastoor gehoord had dat het bisdom zal ingrijpen, want daar wil men absoluut dat Doornaert heilig wordt verklaard. Onze eigen, Limburgse pater Damiaan! Misschien komt de paus persoonlijk de heiligverklaring uitspreken. Pas dus maar op!'

'De paus kan mijn rug op', zei Bert Peeters.

'En de burgemeester zou ook gezegd hebben dat jij en je vrienden van de krant alleen maar op sensatie uit zijn', fulmineerde de vrouw verder. 'De heilige Padre Pedro zou ons dorp op de wereldkaart zetten en jullie doen niets anders dan dat saboteren!'

'De burgemeester kan de pot op', antwoordde Bert.

Minuten later diepte hij een exemplaar van *Onze Missies* op van tussen de rommel. Even had hij het voor een 'Vlaams Filmpje' gehouden, de brochures waarmee Uitgeverij De Goede Pers uit Averbode decennialang scholieren had verblijd. Toen hij het blad opensloeg, las hij een kop die zijn hart sneller deed slaan.

'Mijn lange reis naar het verre Paraguay, door de Eerwaarde Heer Petrus Doornaert, missionaris.'

*Na een week op zee had kapelaan Doornaert ontdekt hoe eenvoudig het was onaangename herinneringen uit zijn geheugen te wissen.*

*Terwijl hij naar de golven staarde, verweekten de verschrikkingen van de voorbije maanden tot fragmenten uit koortsdromen, zo schandelijk en zo pijnlijk dat hij weigerde te geloven dat hij het allemaal echt beleefd had.*

*Meermaals overwoog hij een einde te maken aan de pijn door overboord te springen, maar de angst voor het eeuwige hellevuur dat een zelfmoordenaar wachtte, hield hem tegen. In plaats van over de reling te springen, besloot hij schoon schip te maken in zijn hoofd. Grondiger en oprechter dan destijds in Luik tegenover de biechtvader die de bisschop hem aangewezen had, toen de koortsdromen hem nog in hun greep hadden.*

*Eerst aarzelend, maar steeds sneller en met meer zelfvertrouwen, naarmate de uren en dagen vorderden, nam hij zichzelf de biecht af. Oprechte spijt. Berouw.*

*Hele stukken van zijn verleden vertrouwde hij aan de wind en de golven toe. Wat gebeurd was, was gebeurd. Hij had er spijt van, maar hij kon er niets aan doen dat de zaken gelopen waren zoals ze gelopen waren. En niets, niets wat hij nu nog ondernam, kon de schade herstellen. God zou hem wel begrijpen, overtuigde hij zichzelf, zoals God elke berouwvolle zondaar begreep. Elke zondaar die boete deed, zoals hij boete ging doen in het verre Paraguay.*

*Toen hij daar eenmaal van overtuigd was, plakte hij in zijn geheugen een nieuwe, kraaknette versie van wat hem in de voorbije maanden overkomen was. Een versie waarmee hij aan een nieuw leven kon beginnen, niet een leven waar hij voor gekozen had, maar dat hem opgedrongen was en dat hij aanvaard had, zoals hij destijds aanvaard had dat hij priester moest worden omdat zijn ouders het zo gewild hadden.*

*'Gods wil', hadden ze hem voorgehouden en hij had niet de moed opgebracht hen tegen te spreken.*

*'Gods wil', prevelde de kapelaan.*

*Het klonk als een verlossing.*

*Met de zoute smaak van het zeewater op zijn lippen en de wind in zijn oren, herhaalde hij de woorden, tot hij zich totaal bevrijd voelde van het verleden waarvan hij met groeiende overtuiging weigerde aan te nemen dat het 'echt' was.*

*Veel van wat de herboren kapelaan Doornaert zich herinnerde, was nochtans de zuivere waarheid.*

*Hij was inderdaad als een dief in de nacht uit de pastorie van Sint-Remi vertrokken, zonder zelfs van de pastoor afscheid te nemen.*

*Op weg naar Luik was hij langs ruïnes geslopen waaruit nog de stank van springstof en pas gedoofde branden opsteeg.*

*Tientallen keren was hij tegengehouden bij wegversperringen, maar zijn priesterkleding en zijn in rad Duits afgeratelde verhaal over een 'dringende missie in opdracht van zijn eminentie de bisschop' hadden telkens weer de wachtposten kunnen overtuigen.*

*Maar het was geen paniekerige vlucht geweest, maakte hij zichzelf wijs, eerder een heldhaftige tocht.*

*Op het bisschoppelijk paleis had hij om hulp gesmeekt. De bisschop had naar zijn noodkreet geluisterd en hem een missie in Paraguay als oplossing aangeboden.*

*Geen laffe noodsprong, maar een zuivere afspraak over een nobele opdracht.*

*Hij had een brief met het wapenschild van het bisdom Luik gekregen, te openen bij aankomst in Buenos Aires.*

*Een onbekende gids had hem geholpen de grens over te steken.*

*Een Nederlandse pater had hem naar een klooster in Rotterdam begeleid.*

*Een vertegenwoordiger van de Belgische ambassade in Den Haag had hem daar een paspoort overhandigd met visa voor Argentinië en Paraguay.*

*Hij was aan boord gegaan van een vrachtschip met een lading van de oliemaatschappij Shell.*

*Minuten voor de trossen werden losgegooid, had een afgevaardigde van de ambassade hem een brief voor de consul in Buenos Aires toevertrouwd.*

*'Persoonlijk te overhandigen aan de heer consul Xavier Onclin.'*

*Hij was op een kooi gaan liggen in de kleine passagierskajuit en was wakker geworden toen een zeeman hem kwam vragen of hij wilde eten. Hij had achtenveertig uur geslapen.*

*'Waar ben ik?' had hij gevraagd.*

*'Op zee.'*

*'Dank God.'*

*De zeeman had gelachen.*

*'De kok heeft bonensoep, aardappelen, rode kool en worst klaargemaakt. Je bent geïnviteerd bij de kapitein.'*

*Hij had zich als een slaapwandelaar naar de kajuit van de gezagvoerder laten leiden en had als een automaat het eten binnengeschrokt. Hij had gepraat zonder te beseffen waarover het gesprek ging. Als een slaapwandelaar was hij teruggekeerd naar zijn hut.*

*Dagenlang had hij zo zijn tijd gesleten, tot hij uit zijn verdoving ontwaakte en vaststelde dat hij pijnlijke herinneringen naar hartenlust kon verdringen en vervangen. In plaats van te piekeren over zijn schandelijk gedrag, laafde hij zich aan zoete dromen over wat er gebeurd kon zijn als het noodlot zich niet zo wreed tegen hem gekeerd had.*

*Pijnlijke feiten vervaagden en werden vervangen door nette verhalen waarin hij een zorgvuldig bescheiden gehouden hoofdrol speelde. Tegen de tijd dat een scheepsknecht kwam aankondigen dat er land in zicht was, was kapelaan Petrus Doornaert verveld tot een man met een gereinigde ziel en een vlekkeloos verleden.*

*Het was lente toen de kapelaan in Buenos Aires aankwam. De haven stonk naar rotte vis en modder. Het weer was warm, klef, onaangenaam. Hij schrok van zijn spiegelbeeld in het grote venster van het immigratiekantoor. Een bleke, haveloze priester in een versleten soutane. In de ene hand het gedeukte koffertje met de weinige persoonlijke spullen die hij van huis had meegenomen, in de andere een tas van het bisdom met de noodzakelijkste voorwerpen om zijn taak als priester te kunnen vervullen. Een goedkope kelk en pateen, een simpele houder met ongewijde hosties, een flesje met Heilige Olie, een houten kruisbeeld, een stola en een missaal op extra dun papier.*

*De ambtenaar in het kantoor keek nauwelijks naar zijn papieren. Priesters genoten blijkbaar vertrouwen, hoe beroerd ze er ook uitzagen.*

*In gebroken Frans legde de ambtenaar uit waar hij de ambassade kon vinden. 'Neem een taxi', stelde hij voor, maar Doornaert had geen geld op zak. Geen frank, gulden of peso.*

*Hij dwaalde urenlang langs havenloodsen, fabriekjes, kroegen, winkeltjes en de povere huisjes van dokwerkers en andere arbeiders.*

*Op marktpleintjes staarden mannen, vrouwen en kinderen hem nieuwsgie-*

*rig aan. Niet omdat hij een vreemdeling was, voelde hij instinctief aan, want iedereen zag er in deze stad als een vreemdeling uit. Neen, ze staarden naar hem omdat hij een priester was! Een wezen uit een andere wereld! Wat voerde hij in het schild? In hun wijk? Op dit uur? Wat wilde hij van hen, wanneer hij op vraagtoon de woorden 'Ambassade de la Belgique' uitsprak?*

*Wat antwoordden ze? Hij had er geen idee van. De kapitein had hem een boekje geleend om Spaans te leren, maar in wat hij hier hoorde, herkende hij geen enkele van de woorden of zinnen die hij zo zorgvuldig uit het hoofd geleerd had.*

*En dan stond hij ineens toch voor de ambassade, een statig gebouw in een chique straat. De driekleur wapperde aan de vlaggenmast en het wapenschild pronkte boven de deur. Doornaert was zo onder de indruk dat hij tweemaal langs de gevel liep voor hij durfde aan te bellen.*

*Een portier deed open. Hij was groot, gespierd en besnord. Zijn zwarte, glanzende haar leek met vet tegen zijn schedel geplakt. Zijn uniform met gouden knopen en tressen straalde de macht, de rijkdom en de glorie van het Koninkrijk België uit.*

*'Komt u binnen, eerwaarde', zei hij in vlekkeloos Frans nadat hij een blik had geworpen op de enveloppe gericht aan 'consul Onclin persoonlijk'.*

*De kapelaan kon zijn ogen niet geloven. Pracht en praal zoals hij nooit eerder gezien had. Gigantische spiegels in goudkleurige lijsten. Immense schilderijen. Enorme kristallen luchters.*

*'Hierlangs, eerwaarde', zei de portier en ging hem voor op een brede trap.*

*De kapelaan voelde de koelte van de marmeren treden door zijn schoenzolen heen. Ze hielden halt bij een enorme deur met een koperen plaatje: 'X. Onclin, Consul'. Een kamer met vloer en lambrisering in glanzend, donkerrood hout. De geur van boenwas. Tafels en stoelen rijkelijk versierd met beeldhouwwerk. Een reusachtige luchter onder een uitbundig beschilderde zoldering.*

*'Bezoek uit het vaderland. Dat is helaas zeldzaam geworden', begroette de consul hem.*

*De diplomaat droeg een pak zoals Petrus Doornaert alleen kende uit de geïllustreerde bladen die nu en dan hun weg tot in de pastorie vonden. Nieuwste Engelse herenmode.*

*De consul drukte hem de hand. Hij geurde naar parfum. De kapelaan sloeg beschaamd zijn ogen neer. Hij stelde vast dat zijn schoenen er dof, vuil en afge-*

*trapt uitzagen. Even sjofel als zijn soutane.*

*'Wilt u me verontschuldigen voor mijn kledij?' fezelde hij. 'Ik heb nog geen tijd gehad...'*

*Hij keek de consul onderdanig aan. De blik van een angstige straathond.*

*'De waarheid is, ik ben vertrokken zonder een schone soutane mee te nemen', bekende hij.*

*'Geen probleem, eerwaarde!' riep de consul. 'Ik begrijp dat je zware tijden achter de rug hebt. De oorlog. De lange reis. Ik laat vandaag nog een afspraak maken met de kleermaker van de aartsbisschop. Tegen morgenavond steek je helemaal in het nieuw!'*

*Doornaert prevelde een bedankje.*

*'Vind je het goed dat ik je vanavond inviteer voor een diner met de ambassadeur?' ging de diplomaat enthousiast verder. 'In kleine kring. We willen uit eerste hand vernemen welke beproevingen onze medeburgers in het vaderland ondergaan. En natuurlijk willen we horen hoe je erin geslaagd bent aan de Duitsers te ontkomen!'*

*'Ik heb in Rotterdam deze brief gekregen', zei de kapelaan.*

*De consul ritste de enveloppe open. Zijn ogen vlogen over de tekst.*

*'Je bent hier in opdracht van monseigneur Rutten persoonlijk?' vroeg hij.*

*'Ja... Dat wil zeggen... Ik denk...' stamelde Doornaert.*

*Hij haalde zijn eigen brief met het wapenschild van het bisdom uit zijn zak.*

*'Ik heb sinds mijn aankomst in Buenos Aires nog geen gelegenheid gehad om mijn brief te lezen. Ik vermoed dat er in staat wat mijn opdracht is.'*

*De consul slaagde er nauwelijks in zijn verbazing te onderdrukken. Was het echt mogelijk dat een dorpskapelaan de halve wereld was rondgereisd zonder te weten wat zijn opdracht was? Had hij weken op zee doorgebracht, zonder in bekoring te komen om in het geniep te lezen wat zijn overste voor hem in petto had?*

*'Doe dat dan, eerwaarde!' riep hij spontaan uit.*

*Te ruw. Te brutaal. Helemaal niet op een toon die bij een diplomaat paste, maar hij herstelde zich bliksemsnel.*

*'Ga zitten, eerwaarde', nodigde hij Doornaert uit. 'Hoe lomp van me! Na alles wat je meegemaakt hebt, vergeet ik je een stoel aan te bieden. Koffie? Thee?'*

*'Koffie, dank u.'*

*De brief van de bisschop klonk kil, formeel, officieel.*

*'In Buenos Aires zal de E.H. P. Doornaert zonder te dralen de Belgische ambassade opzoeken en contact opnemen met de heer consul Xavier Onclin.*

*De heer consul Onclin zal van ons een apart schrijven met betrekking tot de missie van de E.H. P. Doornaert ontvangen, ofwel uit handen van de E.H. P. Doornaert, ofwel verstuurd via diplomatieke post door de Belgische ambassade in Den Haag.*

*Ik verleen de heer Onclin in bedoeld schrijven volmacht om ten voordele van de E.H. P. Doornaert de tegenwaarde van tienduizend Franse francs te innen bij het hoofdkantoor van de Banco Central in Buenos Aires, bedrag door de Banque de Paris overgemaakt in opdracht van het bisdom.*

*Deze som zal door consul Onclin aan E.H. P. Doornaert overhandigd worden ter betaling van de kosten verbonden aan het stichten van een missiepost.*

*E.H. P. Doornaert dient zich zo snel mogelijk naar de stad Puerto Casado in Paraguay te begeven.*

*E.H. P. Doornaert neemt ter plaatse contact op met het secretariaat van de heer José Casado, dat door de heer consul Onclin van zijn komst op de hoogte wordt gebracht.*

*E.H. P. Doornaert sticht een missiepost met een kerk en een lagere school op een door de heer J. Casado aangewezen plaats in het territorium van de Guaraní-indianen.*

*E.H. P. Doornaert bericht maandelijks over de voortgang van zijn onderneming via consul Onclin.'*

*'Tienduizend Franse francs? Is dat veel geld?' wilde de kapelaan weten.*

*'Een mooi bedrag. Zeker in de wildernis, waar ik je volgens monseigneur naartoe moet helpen reizen.'*

*'Ik moet naar Puerto Casado in Paraguay. Bij de Guaraní. Kent u dat?'*

*De consul lachte.*

*'Ik snap al wat monseigneur met je van plan is. Hij wil ongetwijfeld dat je de protestanten een pad in de korf zet. Er is sprake van dat Paraguay hele lappen grond cadeau wil doen aan de mennonieten. Een sluwe truc. Ze halen op die manier goedkope experts binnen om de wildernis vruchtbaar te maken, ze knagen aan de macht van señor Casado en ze dwarsbomen de plannen van Bolivia om invloed te verwerven in het gebied van de Gran Chaco. Zuid-Amerikaanse politiek op zijn best.'*

*Doornaert staarde hem niet-begrijpend aan.*

*'Casado is Argentijn, maar hij is heer en meester over honderdduizenden hectare wildernis in het noorden van Paraguay', legde de consul uit. 'Hij oogst er bomen als grondstof voor zijn tanninefabriek, maar er zit ook een schat aan olie onder zijn grond. Wie mag straks die olie oppompen? Shell, zoals de regering in Asunción verkiest? Of de Amerikanen van Esso, die door Bolivia gesteund worden? En wat wil señor Casado zelf? De mennonieten van zijn land weghouden, dat is zeker. Daar zul jij hem mee helpen door de indianen aan je te binden.'*

*'Ik vrees dat ik niet veel begrijp van politiek', deed Doornaert zwakjes.*

*'Het is een ingewikkeld kluwen', gaf de consul toe. 'Sinds uitgemaakt is dat er in die streek olie te winnen valt, hebben de Bolivianen hun oude aanspraken op het gebied opgerakeld. Ze beweren dat het hele noorden van Paraguay eigenlijk van hen is. Sommige scherpslijpers dromen zelfs van een oorlog om de Gran Chaco te veroveren. Of te heroveren, zoals het in hun propaganda heet.*

*Casado heeft al verklaard dat hij de kant van Paraguay kiest, maar in Asunción is men daar niet zo zeker van. Grootgrondbezitters hebben in dat deel van de wereld wel vaker dure eden gezworen om daarna toch van kamp te wisselen. Ruilt Casado Shell voor Esso? Laat hij Paraguay vallen voor Bolivia? Of zet hij de deur open voor zijn vaderland Argentinië?*

*Jouw monseigneur hoopt blijkbaar dat de stichting van een katholieke missie señor Casado zal overhalen om verder de concessie van Shell te steunen, tot vreugde van de aandeelhouders, waar het bisdom zich vermoedelijk bij mag rekenen. En jij mag daarbij een helpend handje toesteken, kapelaan. Als soldaat van Christus, natuurlijk, met het kruis in de hand.'*

*'Ik vrees dat ik niet op de hoogte ben van die plannen', zei Doornaert.*

*'Heb je aan boord van het schip dan niet met mensen van Shell over de situatie gesproken?' vroeg de consul.*

*'Eigenlijk niet...'*

*'Heb je voor je vertrek geen briefing gekregen?'*

*'Neen. Het spijt me...'*

*'Tijdens je opleiding?' probeerde de consul nog.*

*'Er was geen tijd', fluisterde de kapelaan.*

*Hij voelde zich ongemakkelijk worden onder de verbaasde blik van Onclin.*

*'Natuurlijk', besloot de diplomaat met nauwelijks onderdrukte frustratie. 'Inderhaast gevlucht. De Duitsers. Paniekmaatregelen... Geen tijd...'*

*Hij herpakte zich.*

*'Typisch. Jouw monseigneur is een studiegenoot van me geweest op het college. Terwijl andere leerlingen in paniek raakten wanneer er onverwacht een zware overhoring werd aangekondigd, had hij de leerstof al onder de knie. Hij had altijd een oplossing op zak, om het even met welk probleem hij geconfronteerd werd. Altijd vijf, zes, tien zetten vooruitdenken, zo ken ik hem. Hij zal de Duitsers het leven niet gemakkelijk maken.'*

*'Inderdaad', fluisterde Doornaert.*

*'Hij rekent er blijkbaar op dat de mennonieten en de Bolivianen een taaie klant aan je zullen hebben', zei de consul.*

*'Ik zal mijn best doen om de inboorlingen tot het ware geloof te bekeren', declameerde de kapelaan op forse toon.*

*'Ik twijfel er niet aan', mompelde de consul.*

*Hij had nog niet definitief uitgemaakt waarom zijn studiegenoot uitgerekend deze man naar Casado's rijk had gestuurd, maar enkele dingen begonnen hem intussen toch duidelijk te worden.*

*Een priester die zich zo holderdebolder overzee liet verschepen, had iets uitgevreten waardoor zijn oversten hem totaal in hun macht hadden.*

*En deze priester, die duidelijk niet wist in welk wespennest hij zich ging wagen, hadden ze zo stevig in hun klauwen dat ze er gerust in waren dat hij alle bevelen blindelings zou uitvoeren, om het even of ze van een 'monseigneur' kwamen of van een Argentijnse grootgrondbezitter in Paraguay.*

*De E.H. Petrus Doornaert, concludeerde de consul, was een hondstrouwe, geïntimideerde dienaar. Een onnozele ziel met een beperkte greep op de realiteit.*

*Volstonden die eigenschappen om een opdracht, die hij nauwelijks leek te begrijpen, tot een goed einde te brengen? De consul stelde zijn oordeel uit.*

*'Ik laat een kamer voor je klaarmaken', zei hij. 'Je logeert bij ons tot je naar de missiepost kunt vertrekken. Ik regel alles voor je. Akkoord?'*

*Doornaert knikte.*

*'Ik stel voor dat je nu enkele uren gaat rusten. Als je er geen bezwaar tegen hebt, leen ik je een pak tot je nieuwe soutane klaar is.'*

*Zonder op een antwoord van de kapelaan te wachten drukte hij op een belknop onder de tafel. Bijna onmiddellijk zwaaide een deur open.*

*'Ernesto!' zei de consul tegen een man in een strak, donker pak en smetteloos witte handschoenen. 'Neem jij de eerwaarde heer Doornaert onder je hoede?*

*De maat nemen voor de nieuwe soutane die je voor hem laat maken door de kleermaker van zijne eminentie. Siësta. Bad. Een van mijn lichtgrijze pakken klaarleggen voor het diner bij zijne excellentie.'*

*De nieuwe herinneringen waarmee Petrus Doornaert zijn geheugen opgevuld had, borrelden moeiteloos op tijdens het diner met de ambassadeur.*

*Hij vertelde uitgebreid over het doffe gedreun waarmee de granaten zich in de forten geboord hadden. Hij beschreef het hellevuur boven de Maasvallei. Hij wijdde uit over de Duitse gruweldaden en de vluchtelingen die er in doodsangst aan ontsnapt waren. Hij schokte zijn toehoorders met beschrijvingen van Pruisische cavaleristen die zich ongegeneerd tussen en achter de Belgische linies hadden kunnen bewegen.*

*Van zijn ondoordachte preek en de doldwaze processie naar het Kruis van de Gehangene maakte hij moedige, patriottische daden. Zijn panische vlucht naar Luik stelde hij voor als een dappere reis dwars door de frontlinies. Met geen woord repte hij over wat er tussen hem en de bisschop besproken was. Het bevel om naar het onbekende Paraguay te reizen beschreef hij niet als een verlossing uit zijn problemen, maar als een nobele keuze om zich met hart en ziel te wijden aan de verspreiding van het Woord van de Heer.*

*Tegen de tijd dat Ernesto koffie, cognac en sigaren mocht serveren, had kapelaan Doornaert zo feilloos zijn nieuwe, smetteloze persoon gepresenteerd dat in zijn geest nog nauwelijks sporen van de etterende schande en pijn overgebleven waren.*

*'Op de toekomst', toostte de ambassadeur.*

*'De nieuwe toekomst', vulde consul Onclin met een bemoedigende knipoog aan.*

*'De toekomst', zei Doornaert zwakjes, niet gerust over wat die knipoog beduidde.*

*Als 'gast van señor Casado' kreeg de kapelaan de meest luxueuze kajuit op de rivierstomer toegewezen. Hij ontbeet, lunchte en dineerde aan de tafel van de kapitein, een zorgeloze Italiaanse Argentijn die geen moment slaap liet omdat zijn boot overladen was en nauwelijks opgewassen bleek tegen de door hevige tropische regens in Brazilië en Noord-Paraguay gezwollen rivier.*

*'Genoeg eten en wijn aan boord voor dag of twee langer', deelde hij in zijn*

*koeterwaals mee aan Doornaert, die hij steevast als 'Padre' aansprak.*

*De kapelaan knikte schaapachtig. Wat kon hij anders? Op de zeldzame momenten dat hij nog eerlijk kon zijn met zichzelf, besefte hij maar al te goed dat hij zich als een naïeve, kleine jongen had laten overplaatsen naar een land dat hij een maand geleden zelfs niet had kunnen aanwijzen op de wereldbol.*

*Hij had zichzelf gelukkig geprezen toen hij in Buenos Aires ongevraagd een zacht bed had gekregen, in ruil voor verhalen die andere verhalen uit zijn geheugen als in rook lieten opgaan.*

*Zonder dat het hem ook maar een cent had gekost, had een kleermaker in een chic pak hem in een nieuwe soutane gestoken, licht en luchtig, aangepast aan de duffe, vochtige hitte.*

*Consul Onclin had snel en efficiënt zijn geldzaken geregeld. Hij had in het protserige kantoor van de Banco Central een deel van het bedrag van het 'Obispado de Lieja' laten omwisselen in Argentijnse peso's. Voor de rest van de som had de bank de kapelaan een kredietbrief gegeven om een rekening te openen bij een bijhuis in Puerto Casado.*

*Het geld en de kredietbrief waren opgeborgen in een linnen tas die de kapelaan op zijn borst moest dragen om gauwdieven geen kans te geven, zoals de consul uitlegde.*

*'Je rapporten mag je met de gewone post naar mij op de ambassade sturen', had Onclin aangeboden. 'Ik laat ze via Zwitserland aan Luik bezorgen.'*

*Een personeelslid van de ambassade had Doornaert naar de rivierhaven Rosario begeleid en passage geboekt op een stoomboot waar hij nu als 'geëerde gast' werd vertroeteld. Reiziger in eerste klasse, ver van het gewone volk dat op britsen in te kleine kajuiten of in hangmatten tussen de vracht moest slapen.*

*Hij bracht uren in zijn eentje door op het exclusieve bovendek, ellebogen op de reling, diep onder de indruk van de rivier, in zijn ogen eerder een binnenzee, een onmetelijke bruine, glanzende watermassa in een eindeloos landschap van moerassen en laagliggende gronden waar vaak zelfs geen spoor van een oever te bekennen viel.*

*'Groot!' zei de kapitein, die ongemerkt naast hem was komen staan.*

*Hij kende een massa Franse woorden, maar slaagde er niet altijd in ze tot zinnen te smeden, zoals de kapelaan intussen hopen Spaanse woordjes had geleerd, maar evenmin een behoorlijke zin kon brouwen. Hun gesprekken klonken alsof twee woordenboeken met elkaar praatten.*

*'Zeer groot', beaamde Doornaert.*

*'Morgen Puerto Casado. Vandaag storm. Wachten.'*

*Hij gebaarde met zijn hoofd naar de donkere horizon.*

*'Storm? Gevaar?' vroeg de kapelaan.*

*'Niet bang. Goed slapen. Morgen haven', stelde de kapitein hem gerust.*

*Minuten later voelde de kapelaan de stoommachine trager stampen. Het schip naderde omzichtig verzopen struikgewas en lage boompjes met hun wortels diep in het water, dat Doornaert tot aan de horizon tussen het groen zag glinsteren.*

*Twee boegankers verdwenen met oorverdovend kettinggeratel in het modderige water. Een derde anker werd aan een stalen lijn over de achtersteven neergelaten. Lieren trokken kettingen en lijnen strak. De kapitein stak een duim op naar de kapelaan.*

*'Wachten! Storm!' riep hij.*

*Uit het struikgewas dook een prauw op. Een rechtopstaande man boomde het wankele vaartuig een eind naar het schip toe. Met een forse zwaaibeweging van zijn armen en bovenlichaam gooide hij een net uit.*

*Doornaerts handen spanden zich rond de reling.*

*De man had hem opgemerkt en wuifde naar hem.*

*Doornaert beantwoordde aarzelend zijn groet.*

*Bedrogen zijn ogen hem, of was de man inderdaad naakt?*

*Was dit een van de heidense inboorlingen die hij geacht werd te bekeren?*

*De visser haalde met forse, geroutineerde bewegingen het net weer op. Doornaert kon zijn blik niet van hem losmaken.*

*Een levende versie van de pentekeningen van Romeinse en Griekse beelden in het handboek over antieke kunst, waar hij in het seminarie met zoveel wellust naar gekeken had.*

*Een van zweet en water blinkend lichaam.*

*Soepel bewegende spieren.*

*Schouders, borstkas, buik.*

*Teelballen.*

*Een slingerende penis.*

*Het was de eerste keer dat de kapelaan de piemel van een andere man zag.*

*De kapitein dook plots naast hem op.*

*'Parochiaan?' vroeg hij met een sarcastisch lachje.*

*'Geen broek', waren de enige woorden die de verlegen kapelaan wist te stamelen.*

*'Ja. Visser. Altijd nat. Altijd bloot. Pastoor niet kijken', plaagde de kapitein hem.*

*Doornaert bloosde. De kapitein lachte om zijn verlegenheid.*

*'Ook meiden bloot', zei hij met een vettige knipoog. 'Meisjes heel mooi. Niet aankomen!'*

*De kapelaan voelde zich duizelig worden.*

*Herinneringen waarvan hij dacht dat hij ze weggeborsteld had zoals hij destijds het mergelstof van Sint-Remi van zijn kleren borstelde, doken plots weer op. Hij kneep nog heviger in de reling. De kapitein had zijn reactie gezien. Een meewarig trekje speelde rond zijn mond. De glimlach van een man van de wereld die er straks tegen 'de mannen' prat op zou gaan dat hij een priester voor schut had gezet.*

*De visser schudde glinsterende visjes uit het net in de prauw. Enkele minuten, meer had hij niet nodig gehad om een rijkelijk avondmaal uit het bruine water te halen. Hij rolde het net op en boomde terug naar de oever.*

*'Storm nu', kondigde de kapitein droogweg aan, alsof hij het nodig vond iets onschuldigs te zeggen om het weer goed te maken bij het slachtoffer van zijn spot.*

*Doornaert staarde nog altijd naar de in het avondlicht roze glanzende rug en billen van de visser. Een bliksemschicht flitste door de zwarte wolken. Donder rolde over het waterland. Een windstoot. Het bruine water rimpelde.*

*'Binnen beter', zei de kapitein.*

*De naakte man verdween tussen het groen. De kapelaan verdreef de zoete smaak van de zonde. Vergat dat wellust aan de oorsprong lag van de gebeurtenissen die hem gedwongen hadden naar dit vreemde land te vluchten. Nog voor hij de deur van het passagiersdek achter zich gesloten had, barstte het onweer los en vulde hij zijn hoofd met andere gedachten.*

*Was de visser op tijd thuisgeraakt? En 'thuis', waar was dat?*

'Op het eerste gezicht ziet het land er leeg en verlaten uit', las Geo Joosten in het missieblaadje uit Berts stinkende collectie. 'Vlakten met vaalgroene bomen en struiken strekken zich uit zover het oog reikt. Volgens mijn medereizigers slagen alleen indianen erin in deze wildernis te overleven, dankzij hun kennis van de eigenschappen van bepaalde planten en hun vermogen om te jagen op wilde dieren die in het moeras leven. Toen ik opmerkte dat ik een visser had gadegeslagen die in luttele minuten voldoende vis had opgehaald om een hele familie een rijkelijk maal te bezorgen, wierpen ze op dat mensen niet van vis alleen leven. Zij zijn de mening toegedaan dat alleen moderne landbouw het land kan redden. Wanneer bomen en struikgewas gerooid zijn en het overtollige water afgevoerd is via een netwerk van kanalen, kan het land volgens hen plaats bieden aan "*estancias*", zoals zij bedrijven van veefokkers noemen. Op hoger gelegen plaatsen zou de bodem geschikt gemaakt kunnen worden voor het verbouwen van graangewassen, maar de grote afstanden waarover de oogst vervoerd moet worden, maakt deze vorm van landbouw moeilijk. Sommige medereizigers hopen dat het voorbeeld van de heer Casado navolging krijgt, want deze ondernemer heeft dwars door de wildernis een eigen spoorlijn aangelegd om hout naar zijn fabriek te vervoeren. Haast ademloos hoorde ik de verhalen over de aanleg van deze spoorweg aan. Ongelooflijk dat een persoon zoveel rijkdom kan vergaren in deze troosteloze omgeving dat hij een spoorbaan kan aanleggen zonder hulp van de staat of van de banken!'

*Tegen de morgen ging de storm liggen. Slaapdronken na een doorwaakte nacht nam de kapelaan weer zijn vertrouwde plaats op het bovendek in. Onder zijn voeten stampte de stoommachine. Bootslui schreeuwden naar elkaar. De lieren kreunden. Het schip schokte heen en weer. Eindelijk lieten de ankers los.*

*De kapitein gaf Doornaert een vriendelijk tikje op de schouder.*

*'Ontbijt nu', zei hij. 'Casado straks.'*

*'Waar woont de visser die ik gisteravond gezien heb?' vroeg de kapelaan.*

*'Daar', deed de kapitein met een vaag gebaar naar de oever. 'Wilde. Hut.'*

*Het laatste anker werd aan boord gehesen.*

*'Varen', zei de kapitein.*

*Petrus Doornaert wierp een laatste blik op de plek waar de naakte man de vorige avond verdwenen was. Hij dacht een smalle doorgang in het groen te onderscheiden, maar het kon ook inbeelding zijn. Zoals hij zich die nacht in een droom had ingebeeld dat hij stond te preken voor een kerk gevuld met allemaal blote mensen...*

*Hij genoot van de frisse wind die pal uit het zuiden leek te komen. Voor het eerst had hij geen kousen of schoenen aangetrokken, maar alleen de sandalen die de consul hem had aangeraden. Onder zijn soutane droeg hij niet langer een pantalon, maar een korte onderbroek en het mouwloze vestje dat Ernesto ongevraagd in zijn koffer had gelegd. Hij haalde diep adem en voelde zich in de frisse bries even naakt als de visser was geweest.*

*In de lounge wachtten brood, omelet, spek en koffie. Zijn laatste ontbijt aan boord. En daarna?*

# 8

Het kantoor van archeoloog Filip Muylders zag er in Geo's ogen uit zoals kantoren van archeologen er hoorden uit te zien. Een half ondergronds vertrek in een aftands gebouw uit de negentiende eeuw met bestofte ramen en verweerde meubels van voor de Tweede Wereldoorlog.

'Ik heb de schedel onderzocht', zei Muylders.

Op zijn bureau stond een kartonnen doos met de in bubbelplastic verpakte schedel uit het mergelgraf.

'Het bewijs dat ze vermoord werd en niet door een ongelukkige val om het leven is gekomen', ging hij verder.

Uit een lade nam hij een roestige, afgesleten hamer met gebroken steel.

'Ken je dit?' vroeg hij.

'Een hamer.'

'Een versleten hamer van een halve kilo. Ik heb hem ooit meegenomen uit een mergelgroeve. Iemand had hem tientallen jaren gebruikt om stenen uit de bodem te hakken en daarna vergeten. Of weggegooid.'

Hij hield de onderkant van het werktuig voor Geo's ogen.

'Toen deze hamer nieuw was, was de onderkant vierkant met rechte hoeken. Het oppervlak was lichtjes bollend. Nu is hij zo afgesleten dat de hoeken en randen afgerond zijn en het oppervlak hol aanvoelt. Voel maar.'

Geo liet zijn wijsvinger over de hamer glijden. De randjes vertoonden scherpe bramen, sporen van intensief gebruik. Hij voelde ook kleine inkervingen in het staal, product van ontelbare slagen op het nog hardere metaal van beitels.

'Bekijk nu de deuk in de schedel door een vergrootglas', nodigde Muylders hem uit.

'Wat moet ik zien?' vroeg Geo na minutenlang naar de schade aan de schedel gestaard te hebben.

'De dader heeft de vrouw met één slag geveld', legde Muylders uit. 'Hij heeft haar van beneden naar boven geraakt, net boven de plek waar de schedel verbonden is met de ruggengraat. Dat betekent dat ze beiden rechtop stonden. De moordenaar achter zijn slachtoffer. Het betekent ook dat ze allebei ongeveer even groot waren en dat degene die de slag toediende zeer sterk geweest moet zijn om zoveel schade te kunnen veroorzaken met een enkele opwaartse slag.'

Hij haalde met de hamer uit van beneden naar boven.

'Probeer het. Dan begrijp je wat ik bedoel.'

Geo gehoorzaamde.

'Op die manier sla je geen mens dood', gaf hij toe.

'Tenzij je beresterk bent en perfect weet hoe je met een hamer moet omspringen', zei Muylders. 'Er is me nog een detail opgevallen. De sporen van de impact verlopen van linksonder naar rechtsboven. De dader was linkshandig.'

Geo staarde naar de gedeukte, gebarsten schedel.

'Ik heb een afdruk gemaakt om je een en ander beter te laten zien', zei Muylders.

Een brok grijze boetseerklei met daarin, gestoken scherp, de details van de schedelwond. De archeoloog wees met een balpen aan waar de fotograaf op moest letten.

'Het bot is niet versplinterd op de plaats van de impact, maar ingedeukt', legde hij uit. 'Zie je ook dat de scherpe randen van de hamer bijna microscopisch kleine sporen in het bot nagelaten hebben. Bijna alsof ze in het been gesneden hebben?'

'Bedoel je dat Virginie Cuyx vermoord is door een beresterke, linkshandige steenhouwer die ongeveer even groot was als zij en haar onverhoeds te lijf is gegaan met een afgesleten, vierkante hamer?' vroeg Geo.

Muylders knikte.

'Een steenhouwer met een hamer', bevestigde hij. 'Geen Duitse soldaat met de kolf van een pistool of van een geweer.'

Hij legde de schedel weer voorzichtig tussen het bubbelplastic.

'Wat een trieste manier om te sterven', fluisterde hij.

'Een zekere Christina Doornaert wil je spreken', zei de baliebediende. 'Ze is van de Stichting Padre Pedro.'

Geert Brouns wierp een snelle blik op zijn horloge. Een halfuur voor hij de middagbriefing van de redactie zou leiden.

'Wat wil ze?'

'Ze wil met je spreken over de berichtgeving in verband met een zekere kapelaan Doornaert.'

De chef nieuws kreunde.

'Een kwartier, meer tijd heb ik niet.'

Het kamertje waarin hij ongewenst bezoek ontving straalde het summum van ongezelligheid uit. Een tafel met formicablad en metalen buispoten, drie verschillende stoelen, kale wanden, een naakte tl-buis tegen het plafond. Een ruimte om zo weinig mogelijk tijd in door te brengen.

'Ik wens mijn onvrede uit te drukken over de campagne tegen Padre Pedro', begon Christina Doornaert.

'Welke campagne?' vroeg Brouns.

'De negatieve berichtgeving van de heren Joosten en Schraepen tegen kapelaan Petrus Doornaert.'

'Wat wil je dat ik doe?'

'Als overste van beide heren kunt u hen aanzetten om ook aandacht te besteden aan de positieve kanten van eerwaarde heer Doornaert.'

'Zoals?'

'Ik heb de heer Schraepen al aangesproken over de sensationele toon van zijn berichten. Ik heb hem gevraagd aandacht te besteden aan de belangrijke aspecten uit het leven van de kapelaan, zoals zijn missiewerk bij de indianen, zijn martelaarschap en het feit dat het bisdom Hasselt een procedure tot zaligverklaring heeft ingeleid. En natuurlijk de verbondenheid van de Padre met het werk dat zijn naam draagt.'

'Deze krant houdt zich bezig met nieuws', antwoordde Brouns ongeduldig. 'Wanneer de kapelaan zalig wordt verklaard, zullen we daarover uitgebreid berichten.'

'Intussen besmeuren jullie wel zijn reputatie.'

'Ik zal nog eens nalezen wat we tot nog toe gepubliceerd hebben. Mochten we fouten gemaakt hebben, zullen we die rechtzetten.'

Hij keek instinctief op zijn horloge. Nog enkele minuten voor hij aan de voorbereiding van de vergadering moest beginnen.

'Morgen heb ik een gesprek met een lid van de raad van bestuur van jullie uitgeverij', zei Doornaert. 'Mag ik haar meedelen dat de berichtgeving voortaan positiever en evenwichtiger zal zijn?'

Brouns zette instinctief zijn stekels recht.

'Je mag haar meedelen wat je wilt, maar houd er wel rekening mee dat "evenwichtig" in deze krant betekent dat we zowel positieve als negatieve aspecten van het nieuws aan bod laten komen.'

'Maar...' wilde ze zich verweren, maar het geduld van Brouns was op.

'Bedankt voor het gesprek', zei hij. 'Ik moet nu weer aan het werk. Zeg maar aan de dame van de raad van bestuur dat onze redactie belooft alle regels van de journalistieke deontologie te respecteren. Zoals we altijd gedaan hebben.'

Hij drukte haar vluchtig de hand.

Op zijn bureau overliep hij de laatste berichten die de redactie ontvangen had. Eén kop trok meteen zijn aandacht.

'Archeoloog ontrafelt eeuw oude moord'. Door G. Joosten en P. Schraepen. Tot zijn opluchting zonder verwijzing naar kapelaans, missionarissen, martelaars of toekomstige heiligen. Tot zijn tevredenheid wel met een beeldrijke beschrijving van hoe een geweldenaar zijn tengere, jonge slachtoffer van achteren benaderd had en haar met één welgemikte hamerslag de schedelbasis had ingeslagen. Oud nieuws, maar wel moderne sensatie.

'Heb je een foto van de hamer?' vroeg hij aan Joosten.

'Van een hamer en van de schedel, wat had je verwacht?' antwoordde de fotograaf.

'Mooi stukje speurwerk', vond Martina De Brauwer. 'Heeft die archeoloog geen zin om voor ons te werken?'

'Met verse doden?' vroeg Geo.

'Ik maakte een grapje.'

'Ik ook.'

'Ik heb net het resultaat van het nieuwste DNA-onderzoek gekregen.'

'Heeft Jacques...' begon Geo.

De Brauwer antwoordde voor hij de vraag kon stellen.

'Laten we het erbij houden dat ik hem in bescherming heb genomen. Je weet even goed als ik dat hij geen materiaal van derden mag laten testen.'

'Hij niet en jij wel?'

'Een directeur heeft eigen wegen en middelen.'

'Mag ik nu weten wat het labo heeft gevonden?'

'Er bestaat een relatie tussen het DNA uit de babybeenderen en dat in de lippenstift op de koffiekop, maar volgens het lab bevat jullie staal zoveel anomalieën dat een sluitende uitspraak onmogelijk is.'

'Wat bedoelen ze daarmee?'

'Dat het staal niet goed genoeg is, veronderstel ik. Kun je geen staal van de kapelaan zelf bemachtigen?'

'Hij is in Paraguay begraven.'

'Probleem.'

'Kun je op basis van iemands handschrift uitmaken of hij links- of rechtshandig is?' vroeg Geo.

De Brauwer zuchtte. Joostens hersenkronkels bleven haar verbazen.

'Ik bezorg je het adres van een grafoloog die wel eens voor ons gewerkt heeft', beloofde ze om van hem verlost te zijn.

'Natuurlijk zie ik of iemand met zijn linker- of zijn rechterhand schrijft!' riep Martina's grafoloog, alsof Geo's vraag hem in zijn beroepseer gekrenkt had.

'Ook wanneer een linkshandige geleerd heeft met zijn rechterhand te schrijven?'

'Hangt ervan af. Ken je de persoon? Van wanneer dateert de tekst die je me wenst voor te leggen?'

'De tekst is zowat honderd jaar oud. Van de hand van een kapelaan.'

Een onheilspellende stilte.

'Ik wil een poging doen, maar ik vrees dat ik je niet veel wijzer zal kunnen maken. De methodes in het onderwijs van toen... Iemand die het gewend was geraakt te schrijven met zijn rechterhand... Iemand die regelmatig schreef en gelegenheid te over had om zijn aangeleerde vaardigheden te oefenen... Mm...'

'Ik heb iets ontdekt', zei Bert Peeters. 'Nog een brief van de kapelaan. Hetzelfde blad, maar drie maanden later. Het tijdschrift verscheen maar drie of vier keer per jaar. Daarom.'

*'Puerto Victoria' stond er boven de aanlegsteiger. De oude naam voor de plaats die steeds vaker Puerto Casado werd genoemd, naar de eigenaar van het haventje, de fabriek en van alle grond zover het oog reikte.*

*Mannen met indiaanse trekken wachtten de boot op. Arbeiders met bloot bovenlijf, katoenen broeken tot net onder de knie en blote voeten. Ertussen enkele mannen met openhangende hemden en Europese gezichten. De ploegbazen.*

*De kapelaan probeerde zich bij een van hen stamelend verstaanbaar te maken met het beetje lokale Spaans dat hij tijdens de reis opgestoken had.*

*'Spreek je Engels?' vroeg de man om hem uit zijn lijden te verlossen.*

*'Ik ben een missionaris uit België. Ik wens de heer Casado te spreken.'*

*De man wees naar een persoon die de drukte rond de steiger van op een afstand in de gaten hield. Witte sombrero, getaand gezicht, grote snor, wit hemd met donkere das, wit pak en bruine rijlaarzen. Kille, grijze ogen monsterden Doornaert toen die hem aansprak.*

*'Het bisdom Luik stuurt me om een missiepost te openen bij de Guaraní', legde de kapelaan uit. 'Consul Onclin heeft me verzekerd dat ik daarbij uw steun zal genieten.'*

*'Eindelijk!' riep Casado. 'Waarom heeft het zo lang geduurd?'*

*'Het was een lange reis', verontschuldigde de kapelaan zich. 'Met de Duitsers… De overtocht…'*

*'Duitsers!' spuwde Casado uit. 'Je bent toch niet een van de Duitsers?'*

*'Ik ben voor de Duitsers gevlucht. De oorlog…'*

*'O! Die Duitsers! Verontschuldig me. Als ik het woord "Duitser" hoor, denk ik dat het over die verdomde mennonieten gaat met wie de regering ons opzadelt.'*

*'Ik ben een katholieke priester!' protesteerde de kapelaan.*

*'Zo zie je er ook uit in je lange jurk', besloot Casado.*

*Hij wenkte naar een indiaan die blijkbaar een hogere positie in de hiërarchie bekleedde, want behalve een broek en een katoenen hemd droeg hij ook nog schoenen.*

*'Dat is de padre', zei hij. 'Hij rijdt mee naar het huis. Laad zijn bagage alvast in de koets. We vertrekken zodra de spullen van mijn dochter gelost zijn.'*

*Indiaanse arbeiders droegen pakken en kisten aan land. Een Europese bediende vinkte de geleverde goederen af. Casado overlegde met de kapitein.*

*Een vrouw te paard hield halt aan de steiger. Ze had dezelfde lichtgrijze ogen als Casado, dezelfde olijfkleurige huid en dezelfde arrogante houding. Ze riep iets in snel, ratelend Spaans naar de kapitein, die zich meteen tussen de arbeiders door naar het schip wurmde.*

*'Vrouwen!' deed Casado spottend tegen de kapelaan. 'Koffers uit Parijs! De nieuwste mode! Ze kunnen niet zonder. Zelfs niet op een plek zoals deze.'*

*'Wie is je gast?' vroeg de jonge vrouw in het Frans.*

*'De padre voor de nieuwe missiepost. Hij komt uit België. Met de groeten van de bisschop van Luik.'*

'Enchanté', *zei de jonge vrouw. 'Ik heet Clarissa Casado. Ik ben de jongste dochter.'*

*'Petrus Doornaert.'*

*'Pedro.'*

*'Goede naam!' riep Casado. 'Padre Pedro. Is het goed als we je voortaan zo noemen?'*

*'Zo noemde de kapitein me ook al.'*

*Clarissa glimlachte.*

*Padre Pedro voelde zweet over zijn rug lopen. Vlak bij het in de blakende zon blinkende water was het heter dan in het stomende washok thuis.*

*'Je moet dringend een hoed kopen', zei Casado. 'Zonder hoed ben je in dit land een vogel voor de kat.'*

*De kapitein kwam aanzetten met arbeiders die een enorme kist torsten.*

*'Uw bestelling,* mademoiselle*!' riep hij.*

*Ze slaakte een gilletje, blij als een onnozel schoolmeisje.*

*'Komt u vanavond bij ons dineren, padre?' vroeg ze. 'Dan laat ik u zien wat ik gekocht heb!'*

*Haar vader wierp haar een boze blik toe.*

*'Toe, papa! Padre Pedro komt recht uit Europa', protesteerde Clarissa. 'Hij kent natuurlijk de nieuwste mode. U zult me toch helpen om geen fouten te begaan, padre?'*

*'Mode...' deed Doornaert schuchter.*

*'Pastoors hebben geen verstand van vrouwenmode', grommelde haar vader.*

*De kapelaan verstond net genoeg Spaans om de essentie te begrijpen van wat hij tegen zijn dochter gezegd had.*

'De woning van de familie Casado bevindt zich op een kleine verhevenheid met uitzicht op de rivier en het omringende land. Mijn gastheer bood me een aperitief aan op een veranda, waar grote waaiers een weldoende koelte verspreidden. Ze werden bewogen door kleine jongens die blijkbaar geen andere taak te vervullen hadden.

De mij aangeboden maaltijd overtrof alles wat ik tot dan toe had mogen proeven in dit vreemde land. Grote stukken rundvlees, geroosterd op vuren in de openlucht. Aardappelen in de schil, gebakken in de houtskool waarop het vlees was toebereid. Een keur aan groente, voortbrengsels van de tuin die de heer Casado nabij zijn woonst heeft laten aanleggen. Als drank bij het eten liet hij me kiezen tussen bier uit Buenos Aires en Franse wijn. Ik heb natuurlijk voor het bier gekozen, hoewel de smaak ervan op geen enkele wijze te vergelijken is met die van het gerstenat dat wij in Vlaanderen brouwen.

Toen ik informeerde naar de herkomst van de speciale geur rond het domein, legde de heer Casado uit dat die afkomstig was van zijn fabriek, waar hij tannine laat distilleren uit hout van een lokale boom, de *quebracho*. Dit product, dat bij ons voornamelijk uit eikenhout wordt gepuurd, speelt een belangrijke rol bij het looien van huiden voor de vervaardiging van leder. De tannine uit de fabriek van de heer Casado wordt overal ter wereld verkocht, waardoor hij uiterst rijk is geworden. In totaal zou zijn familie meer dan zes miljoen hectare grond bezitten in de streek die men El Chaco noemt. Mijn missiepost zal gevestigd worden op dit domein, nabij het eindpunt van de spoorweg waarover het hout voor de fabriek aangevoerd wordt.'

Bert Peeters keek op van zijn lectuur.

'Dineren bij een miljardair, straffe kost voor een dorpskapelaan', zei hij tegen Geo.

'Jammer dat hij niets schrijft over de modeshow van Clarissa', vond de fotograaf.

'Er zijn zaken waar een vrome missionaris geen aandacht aan hoort te besteden.'

'Of waren zijn pijnlijke ervaringen met vrouwen nog te recent?'

'Hebben jullie er al aan gedacht dat hij misschien helemaal niet om vrouwen gaf?' kwam Lie tussenbeide.

'Virginie uitgezonderd?' vroeg Geo.

'Er werd over hen geroddeld, meer weten we niet', reageerde Lie. 'Haar familie kan de roddels opgeklopt hebben om haar raadselachtige verdwijning te verklaren. Wanhopige mensen klampen zich aan elke strohalm vast.'

'Jammer dat er geen getuigen meer in leven zijn', meende Peeters.

'Ik vind het vooral jammer dat we het archief van het bisdom niet mogen uitvlooien', vond Geo.

'Alsof ze daar ontboezemingen over zijn liefdesleven bewaard hebben', spotte Lie.

'Het bisdom heeft hem in oorlogsomstandigheden over de grens gesmokkeld om hem naar het andere eind van de wereld te verschepen', redeneerde Geo. 'Dat kan slechts één ding betekenen. Het bisdom had dringende redenen om de kapelaan weg te werken. Ver weg. Het kan niet anders of het hoogste niveau heeft dat beslist. En op dat niveau gebeurt er niets zonder motiveringen en beslissingen officieel op papier te zetten.'

'Ik vrees dat je naïef bent', meende Lie. 'Een bisdom is geen bedrijf en een bisschop is geen CEO. Zeker niet in die tijd.'

'Ik blijf hopen dat ik gelijk krijg', zei Geo.

'In zijn verslag over de oversteek vertelde de kapelaan in geuren en kleuren dat hij met een schip van Shell naar Buenos Aires is gereisd', merkte Peeters op. 'Waarom liet het bisdom hem niet met een gewoon passagiersschip reizen?'

'Misschien omdat ze zo gehaast waren om van hem verlost te zijn, dat ze hem aan boord van het eerste het beste vrachtschip onderbrachten', veronderstelde Geo.

'Of er bestond een speciale band tussen het bisdom en Shell', meende Lie.

'Wat voor band?' vroeg Geo.

'Financieel', antwoordde ze.

De mannen keken haar verwonderd aan.

'De Nederlandse koninklijke familie was altijd al een belangrijke aandeelhouder van Shell', probeerde Lie, maar Geo liet haar niet uitspreken.

'Luik ligt niet in Nederland en het Nederlandse koningshuis is niet katholiek', wees hij haar terecht.

'Ik probeer je aan het verstand te brengen dat aandelen van Shell in die jaren eerste keuze waren voor kapitalisten en vorsten die hun geld veilig wensten te beleggen', beet Lie terug. 'Je hoeft in Luik maar een vinger uit te steken en je bent al over de Nederlandse grens! Handig voor een kerkvorst om aan risicobeheer te doen wanneer de oorlogsdreiging met de dag toeneemt.'

'Waren de mensen in die tijd al zo slim?' vroeg Bert Peeters.

'Hoe denk je dat de Kerk rijk is geworden?' spotte Geo.

'Risico's spreiden', bracht Lie hen terug bij de les. 'Beleg in gevaarlijke tijden je reserves in een maatschappij die wereldwijd actief is met een product dat in oorlogstijd waardevoller is dan goud. Als de Hollandse poot brak, beschikte de Koninklijke Shell nog altijd over serieuze poten in Groot-Brittannië en in Nederlands-Indië, om niet te spreken van haar belangen elders in de wereld, zoals in Zuid-Amerika. Het lijkt me perfect logisch dat Luik financiële connecties gehad kan hebben met Shell.'

'Logisch?' riep Geo. 'Vind jij het logisch een beroep te doen op de diensten van een multinational om een onnozele kapelaan met een gedeukte reputatie als missionaris naar een uithoek van de wereld te sturen?'

Lie haalde haar schouders op.

'Misschien was het schip van Shell inderdaad toevallig het eerste dat naar Buenos Aires afvoer en gebruikten ze het omdat ze Doornaert dringend in veiligheid wilden brengen. Tenzij de kapelaan niet zo onnozel was als wij denken en er meer achter de connectie met Shell schuilgaat dan jullie kunnen vermoeden op basis van wat de kapelaan in zijn artikels geschreven heeft.'

Peeters en Joosten keken elkaar aan.

'Een Shellconnectie?' vroeg Geo zich af.

Hij trok een gezicht alsof een rumbonbon op zijn tong smolt.

'Nog een dringende reden om het archief te raadplegen...' mompelde Bert Peeters.

'Er moet een weg zijn om daar binnen te raken', veronderstelde Joosten.

# 9

Twee vingers whisky, drie vingers koud kraanwater. De geur van de pasgedrukte krant in zijn neusgaten. Geert Brouns liet zich lui in de sofa zakken. Lang na middernacht. Het was stil in huis. Het moment dat hij de kersvers gedrukte krant waar hij een dag lang als een gek aan gewerkt had, probeerde te bekijken met de ogen van een gewone lezer.

*Archeoloog ontrafelt raadsels van honderd jaar oude moord*

De kop liet het incident met Christina Doornaert als een zure oprisping naar boven komen. Niet omdat ze gedreigd had haar gal uit te storten bij een lid van de raad van bestuur. Er waren haar al honderden klagers voorafgegaan. Zonder resultaat, tenzij, soms, een zeldzame keer, een beleefd verzoek om uitleg. Altijd via de hoofdredacteur, leden van de raad van bestuur respecteerden de hiërarchie. Brouns antwoordde dan, opnieuw via de hoofdredacteur, met een kort briefje of een telefoontje. Zaak afgehandeld. De eigenaars van de krant voelden zich niet geroepen om zich met details van de redactie bezig te houden. Toch niet zolang hun onderneming winst maakte.

Geert had Schraepen en Joosten van haar bezoek op de hoogte gebracht. Het duo had hem verteld dat Christina Doornaert ook bij hen was komen klagen en dreigen.

'Ze is bij de minister geweest om het werk van de archeoloog te laten stopzetten', had Schraepen verteld.

'Ze wil de zaligverklaring van de kapelaan gebruiken om de Stichting extra leven in te blazen', had Joosten uitgelegd.

De chef nieuws deed wat zijn vrouw en zijn dokter hem streng hadden verboden. Hij dronk zijn glas in één keer leeg en mengde een tweede portie whisky en kraanwater. Daarna belde hij Piet Schraepen op. Of de verslaggever nog wakker was op dit late uur, vroeg Brouns zich niet af. Schraepen was, zo wilde het de legende, altijd wakker.

'Ik vertrouw de non Doornaert niet', zei Brouns.

'Jij vertrouwt niemand.'

'Ik vertrouw haar zogenaamde Stichting niet.'

'Waarom laat je ze niet doorlichten door een van de gediplomeerden op de redactie?'

Schraepen wist dat hij met die vraag een gevoelige snaar raakte. Hij en zijn baas waren studenten van de 'universiteit van het leven', mannen van de praktijk die nooit een seminariezaal vanbinnen gezien hadden.

'Waarom zou ik?' foeterde Brouns. 'Ik krijg dan toch alleen rommel die ze van het internet hebben gehaald.'

'Op de site van de Stichting staan een adres van Christina Doornaert, het nummer van een bankrekening waarop je giften kunt storten, vijf regels biografie van de eerwaarde Petrus Doornaert, alias Padre Pedro, een lijst van scholen in Paraguay die geld ontvangen van de Stichting en een postbusadres van de Fundación Padre Pedro in Asunción, Paraguay', somde Schraepen op.

'Je hebt je huiswerk al gemaakt', besloot Brouns. 'En?'

'Dat is alles.'

'Weinig.'

'Weinig, maar daardoor wel vertrouwenwekkend', meende Piet. 'Oplichters stellen hun zaakjes meestal anders voor. Met meer blabla. Foto's van meelijwekkende kinderen om de traanklieren van potentiële schenkers te prikkelen. Een kaart van Paraguay met echte of fictieve locaties van scholen om hen ervan te overtuigen dat de Stichting het groots en professioneel aanpakt. Die soort van shit.'

'Een bescheiden site, maar ze wil wel dat wij in de krant de trom roeren om haar winkel te doen draaien', wierp Brouns op.

'Misschien is ze naïef', zei Piet.

'Geloof je dat?'

'Nee.'

'Moet zo'n Stichting niet ergens officieel geregistreerd zijn?' vroeg Brouns zich af.

'Op de site van de Fundación/Stichting Padre Pedro staat te lezen dat ze "*registrado en Asunción, Paraguay*" is.'

'Officieel geregistreerd, maar met een postbusadres?'

'Ja.'

'Nog een reden om dat mens te wantrouwen', vond Brouns.

'Ze geniet blijkbaar de steun van het bisdom.'

'Blijkbaar? Heb je dat al gecontroleerd?'

'Neen.'

'Waarom niet?'

Piet voelde zich betrapt.

'Ik ben niet thuis in die wereld', gaf hij toe. 'En ik wil geen argwaan wekken met vervelende vragen omdat ik toegang tot het archief probeer te krijgen. Dat schijnt geblokkeerd te zijn zolang het onderzoek voor de zaligverklaring loopt.'

'Wat hoop je daar te vinden?'

'De ware reden waarom het bisdom Luik Petrus Doornaert in 1914 naar de wildernis verbannen heeft. In het beste geval een bekentenis van de kapelaan zelf.'

'Als hij die ooit op papier gezet heeft...'

'En als het document intussen niet vernietigd is.'

De chef nieuws voelde het effect van de whisky.

'Misschien vind je toch nog iets dat de moeite loont', gaf hij vermoeid toe. 'Er werken tenslotte katholieken bij het bisdom. Met hen weet je nooit...'

'Christina Doornaert wil beletten dat wij de waarheid aan het licht brengen', zei Piet om zijn chef weer wakker te schudden. 'Volgens mij weet ze dat er belastend materiaal in het archief zit.'

'Hoe kan ik je helpen?' vroeg Brouns enthousiast.

'Ken jij iemand die de hand kan leggen op de archiefstukken over de kapelaan?'

De grafoloog schudde lang en nadrukkelijk met zijn hoofd.

'Hopeloos', zei hij.

Bert Peeters had Geo meerdere voorbeelden van Doornaerts handschrift bezorgd. Een schriftje met de ledenlijst van het vrouwenkoor en een kattebelletje over liederen die het koor zou vertolken tijdens een 'concert' in de parochiezaal.

'Rechts of links?' vroeg Geo.

'Ik doe geen uitspraak. Onmogelijk. Beide teksten zijn met de rechterhand geschreven, daar twijfel ik niet aan. Maar of de schrijver spontaan rechtshandig was of dat hij geleerd heeft met zijn rechterhand te schrijven...'

'Bedankt', deed Geo teleurgesteld.

'Een detail wil ik je toch meegeven', zei de grafoloog. 'Aangeleerd of spontaan, de kapelaan had een stevige, vaste hand. Na honderd jaar kun je nog altijd zien hoe diep hij het potlood in het papier gedrukt heeft.'

Hij liet Geo door een vergrootglas naar punten en komma's kijken.

'Wat betekent dat?' vroeg de fotograaf.

'Wat ik zei. Dat hij een stevige, vaste hand had. Sterke kerel. Als hij spontaan bezig was, slaagde hij er niet altijd in zijn kracht te doseren.'

'Sterk met zijn rechterhand?'

'In ieder geval.'

'En links?'

'Hangt ervan af. Een linkshandige blijft zijn linkerhand vaak gebruiken, ook nadat hij met zijn rechterhand heeft leren schrijven. Zijn beide handen zouden dus even sterk kunnen zijn.'

Joosten bromde tevreden.

'Vraag het aan een tennisleraar', stelde de grafoloog voor. 'Zij moeten alle eigenschappen van links- en rechtshandigen kennen, veronderstel ik.'

'Het is een vervolgverhaal!' meldde Bert Peeters. 'In elk nummer van het jaar 1919 is een aflevering van de avonturen van Doornaert afgedrukt!'

'Na een korte, maar weldoende rust ten huize van de familie Casado, was de tijd gekomen om mijn reis naar de missiepost voort te zetten', las Geo. 'Aan een trein beladen met materiaal voor de firma Shell waren twee wagons gekoppeld met alle benodigdheden om een kapel, een degelijk schoollokaal en een comfortabele woning voor mezelf te bouwen. Ik mocht plaatsnemen in een luxewagon die normaal gebruikt werd door Europese verantwoordelijken van het bedrijf. Een tiental inheemse arbeiders nam plaats op een platte wagen, omdat zij zich niet op hun gemak voelden in de onmiddellijke nabijheid van blanken, vertrouwde de heer Casado me toe.'

*De materiaaltrein schokte en schommelde als een ongeveerde boerenkar op een bevroren akker. Om de paar uur hield de locomotief halt om water te tanken en brandhout in te laden. De machinist, naast Doornaert de enige blanke aan boord, schreeuwde en tierde dat de arbeiders moesten opschieten, zonder zichtbaar resultaat. De mannen bewogen zich loom in de verlammende hitte.*

*'Luie indianen!' foeterde de machinist tegen de kapelaan.*

*Hij sprak Duits en ging er prat op dat hij samen met de locomotief uit Duitsland was gekomen.*

*'Het is heet', probeerde Doornaert de mannen te verdedigen.*

*'Als je dit heet noemt...' spotte de machinist. 'Kom maar eens op de voetplaat van de loc staan. Dan weet je wat heet is!'*

*Hij slenterde terug naar zijn machine. Halverwege keek hij nog eens om naar Doornaert. Met een mengeling van spot, onbegrip en medelijden, vond de kapelaan.*

*Uiteindelijk hield het konvooi halt bij een verzameling slordig in elkaar geflanste gebouwen. Tegen ruwe, houten palen leunden wanden van golfplaten. De daken van golfplaat waren bedekt met dorre takken, als isolatie tegen de zonnestralen. Een pleintje met platte wagens, muilezels en indiaanse arbeiders. Een Europese man met een gebruind gezicht torende op een paard boven hen uit. Ruitjeshemd. Leren broek. Rijlaarzen. Ogen in de schaduw van de brede rand van een sombrero. Waakzaam. In een foedraal aan het zadel stak een karabijn, opvallend binnen handbereik. Een zweepje bungelde in de rechterhand. Hij reed tot naast Doornaerts wagon en boog zich voorover om naar binnen te kijken.*

*'Missionaris?' vroeg hij.*

*'Padre Pedro', antwoordde de kapelaan.*

*'Kom.'*

*Wolkjes donkerrood stof wervelden rond Doornaerts voeten. De ruiter reed voor hem uit naar een golfplaten hok met een grote veranda.*

*'Drinken', zei de ruiter. 'Rusten.'*

*Uit de duisternis van het hok dook een indiaanse vrouw op, gekleed in een vormeloze jurk die Doornaert herinnerde aan de wijde slaapjurken van de vrouwen thuis. Ze repte zich naar een kookplaats naast de hut. Vier scheve palen hielden een afdakje van golfplaat overeind. Ruwe stenen met gloeiende houtskool ertussen. Een zwarte ketel met dampend water. Ze schepte een mok vol en rende terug naar het hok. Even later kwam ze naar buiten met een kop donkerbruin vocht.*

*'Thee.'*

*'Zit', beval de ruiter en Doornaert nam plaats op een bank in de schaduw onder de veranda terwijl de ruiter zich weer midden op het plein opstelde.*

*Zijn zweepje en geweer boezemden de arbeiders duidelijk meer ontzag in dan de tirades van de machinist. Ze werkten als bezetenen om het materiaal voor de missiepost over te laden op de platte wagens, hijgend, druipend van het zweet, altijd met een schuwe blik op de kerel te paard die hen geen seconde uit het oog verloor.*

*Toen ze klaar waren, lieten ze zich als uitgeputte trekhonden in de schaduw onder de wagens vallen. De indiaanse vrouw bracht hen emmers met drinkwater. De ruiter gebaarde dat de machinist mocht vertrekken. Een schok, geratel, wielen slipten op de sporen, de trein zette zich in beweging naar het eindpunt van de lijn om een vracht quebrachohout op te pikken. De ruiter steeg af en kwam naast Doornaert zitten.*

*'Alejandro', stelde hij zich voor. 'Voorman. Chef.'*

*'Padre Pedro.'*

*Alejandro wees met een vuile vinger naar het golfplaten hok.*

*'Hier eten. Slapen. Morgen missie. Bouwen.'*

*'Waar?'*

*'Ginds.'*

*Hij gebaarde naar een aardeweg aan de overkant van de sporen. De bomen op de vlakte leken groener en frisser dan de povere begroeiing die de kapelaan tijdens het laatste deel van zijn reis gezien had.*

*'Water. Schaduw', legde Alejandro uit. 'Goede plek.'*

*De kapelaan knikte.*

*'Een dag reizen met de karren', vulde Alejandro aan. 'Dorp met indio's. Werkers.'*

*'Hoe heet het dorp?' vroeg Doornaert.*

*Alejandro haalde zijn schouders op.*

*'Nieuw Dorp?'*

*De kapelaan lachte.*

*'Nieuw Dorp is geen naam voor missie! Waarom niet Misión San Remi?'*

*Sinds zijn vertrek uit Buenos Aires had hij over de naam zitten piekeren.*

*Kende men in Paraguay de Heilige Remigius wel? Kon hij zijn toekomstige parochianen warm maken voor een vreemde heilige? Of moest hij het houden bij een plaatselijke sint?*

*'Misión San Remi', herhaalde Alejandro traag, alsof hij van elk woord wilde proeven.*

*'Misión San Remi', bevestigde Doornaert.*

*'Waarom niet?' deed Alejandro.*

*Hij sloeg de kapelaan op zijn schouder, stond op, wipte met een soepele sprong op zijn paard en verdween tussen de golfplaten hutten.*

*'Nog thee?' vroeg de indiaanse.*

*'Waarom niet?' antwoordde Doornaert.*

*Hij leunde met zijn hoofd tegen de wand, strekte zijn benen uit en vocht tegen de slaap.*

*'Teresa', zei de vrouw terwijl ze naar zichzelf wees.*

*'Padre Pedro.'*

*Ze lachte haar tanden bloot. Een wit, sterk gebit. Doornaert genoot van de warme thee. Teresa installeerde intussen een hangmat tussen de palen waarop de veranda rustte. Een deken. Een muskietennet.*

*'Siësta', nodigde ze haar gast uit.*

*Onhandig kroop de kapelaan in de hangmat. Hij viel bijna onmiddellijk in slaap, ondanks de luid taterende arbeiders, het geblaf van honden, de fluitstoot van de trein die de terugweg naar Puerto Casado had aangevat en het gevoel dat hij plots helemaal afgesloten was van de beschaafde wereld.*

*Een donderslag maakte hem wakker. Bliksem. Wind. Ineens ratelde regen oorverdovend op het golfplaten dak.*

*De bliksemschichten en donderslagen volgden elkaar zo snel op dat het nooit donker werd. Elk detail van de vlakte kon hij zo scherp zien als was het met pennenstreken op wit papier getekend. Bomen, struikgewas en zelfs de schrale plantengroei eronder. Het povere stationsgebouw. De karren. De mannen die eronder schuilden, spookgestalten, dicht bij elkaar gedrumd.*

*De veranda. De bank waarop hij thee had gedronken. Een koppel. Hij herkende Teresa. Ze lag op haar rug, het hoofd achterover, haar ogen op hem gericht. Tussen de donderslagen hoorde hij het hijgende steunen van de man boven op haar. De kreetjes die zij slaakte. Hij liet zich weer op zijn rug vallen.*

*De herinneringen aan de dagen en avonden in Sint-Remigius overweldig-*

*den hem. De wellust nam weer bezit van zijn lijf. Het dierlijke genot waar hij zich eerst tegen verzet had en waaraan hij dan toch toegegeven had. Omdat hij niet anders kon. Gevoelens die hij dacht vergeten te hebben. In paniek greep hij naar zijn kloppende lid. Het was sterker dan zijn schroom of de angst om betrapt te worden. Hij kwam en kreunde zoals de man boven op Teresa.*

*'Heer Jezus', bad hij toen het al te laat was.*

*Het onweer trok weg naar het oosten. Op de bank was het stil geworden. Doornaert waagde een blik. Teresa en de man zaten naast elkaar. Zijn handen kneedden haar borsten.*

*Grote, volle borsten, dacht de kapelaan, terwijl de opwinding weer begon te tintelen in zijn onderbuik.*

*Teresa voelde dat hij naar haar loerde.*

*'Sst!' deed ze tegen de man en trok vliegensvlug haar jurk aan.*

*Haar minnaar protesteerde. Nukkig omdat ze hem ruw had weggeduwd. Nijdig omdat een vreemde pottenkijker hem had gestoord in het liefdesspel. De vrouw gebaarde dat hij stil moest zijn. Zonder zijn broek aan te trekken liep hij mokkend de hut in.*

*Doornaert kon de slaap niet meer vatten. Hij kreeg het koud. Koele wind over zijn bezwete huid. Kil sperma in zijn onderbroek. Waar kan ik me wassen, vroeg hij zich af.*

*De arbeiders hadden hun schuilplaats onder de wagens verlaten. Ze zaten her en der op het plein bij vuurtjes waarop vrouwen maaltijden bereidden. Er werd heen en weer geroepen in het Guaraní. Onverstaanbare woorden, maar de schunnige gebaren die sommige mannen maakten, lieten er geen twijfel over bestaan wat ze beduidden.*

*Teresa scheen met een lantaarn in zijn gezicht.*

*'Eten', zei ze met een uitnodigend gebaar.*

*Voor de bank waarop ze nog maar pas met haar minnaar (haar man of haar verloofde?) had liggen stoeien, had ze een kleine tafel gedekt. Een smetteloos wit kleed, een glas, een bord, mes, lepel en vork.*

*De kapelaan nam plaats met zijn rug naar de openstaande deur. Er kwam warme lucht uit, als uit een bakoven.*

*Teresa zette een mandje met brood en een schotel met vlees voor hem neer. Hij rook haar lichaam. Zweet. Seks. Ze schonk wijn uit. De kapelaan herkende het etiket. Een fles uit de voorraad van Casado.*

*'Smakelijk', zei ze snel.*

*Ze verdween in het hete hok. De kapelaan hoorde een man fluisteren. Een gilletje. De golfplaten wand kraakte toen de man Teresa er met geweld tegenaan duwde.*

*'Heer Jezus, niet opnieuw', bad Petrus, maar zijn gebed werd niet verhoord.*

'Al op de dag van mijn aankomst maakte ik kennis met de bandeloze zeden van de inheemse bevolking', las Geo in het missieblaadje. 'Deugden als bescheidenheid, kuisheid of echtelijke trouw, die voor ons zo belangrijk zijn, schijnen deze mensen niet te kennen. Voor iedereen zichtbaar rond de vuren waarop ze hun avondmaal bereid hadden of nauwelijks verborgen in hun steeds openstaande hutten, botvierden ze schaamteloos hun lusten. Met grote moeite slaagde ik erin het avondmaal tot mij te nemen. In mijn hoofd groeide intussen de tekst van de preek die ik na voltooiing van mijn kapel zou uitspreken. Woorden van afkeer en strenge vermaningen aan het adres van de vele zondaars die ik had aangetroffen op weg naar de Missie Sint-Remi.'

'In welke taal preekte hij?' vroeg Bert Peeters zich af.

'Die van zijn frustratie', antwoordde Geo. 'Zijn parochianen zullen onder de indruk geweest zijn, vooral omdat ze er geen woord van verstonden. Een bulderpreek door een wezen van een andere planeet.'

Zes fotoreportages, werken zonder pauze. Mensen met een verhaal, mensen met een passie, mensen met herinneringen. Het kleine nieuws dat voor de betrokkenen Groot Nieuws werd omdat het een plaats kreeg in de lokale pagina's van een belangrijke krant.

Geo Joosten tikte het laatste puntje achter het laatste bijschrift. Even geduld tot de laptop verbinding maakte met de redactie. Verzenden. Klaar.

Voor hij naar huis reed, maakte hij een omweg langs het plein van Sint-Remi. De aannemer had het puin van de muur opgeruimd. De zware sluitsteen van het mergelgraf lag nog altijd op zijn zij naast de lege kuil. Een buurtbewoner rookte een sigaret op de bank onder de gedenkplaat voor Padre Pedro.

'Ligt het werk stil?' vroeg Geo.

'Ze weten blijkbaar niet wat ze met de kuil moeten aanvangen', zei de buurman. 'Dichtgooien, de steen terugleggen of er een monument op plaatsen?'

'Wat voor monument?' vroeg Geo.

'Dat weten ze nog niet. Daarom ligt het werk stil.'

'Toch geen monument voor de kapelaan?' deed Geo ironisch.

De buurman lachte bitter.

'Dat kieken van de Stichting zou het wel willen', zei hij. 'Om na de zaligverklaring bedevaarten te organiseren en zo.'

'Kieken? Bedoel je Christina Doornaert?'

'Ze was vanmorgen hier. Ze heeft lange tijd gediscussieerd met de burgemeester. Ik heb haar horen vragen of de gemeente haar wilde betalen om een standbeeld voor de kapelaan boven op de kuil te plaatsen.'

'Het zou leven brengen op het plein', opperde Geo.

'We hebben geen leven nodig', mopperde de man. 'Rust hebben we nodig. Geen heiligen, bedevaarders of spoken uit het verleden.'

'Jij hebt ook van de spoken gehoord?'

'Iedereen van mijn leeftijd heeft ervan gehoord. Als kind durfden we 's avonds niet langs die muur te lopen, zo bang waren we.'

'Wat vertelde men dan?'

De man wees met zijn duim naar de gedenkplaat achter hem.

'Mijn grootmoeder had het over hem. De kapelaan. Ze maakte de kinderen wijs dat de wilden hem in een grote ketel hadden gegooid om hem te koken en op te eten. Omdat ze het deksel niet goed gesloten hadden, kon hij ontsnappen. Hij is op een wolk naar Sint-Remi gevlogen om zich in een kuil onder de muur te verbergen, zodat de wilden hem niet konden vinden om hem toch nog op te eten.

Wie goed luisterde kon hem horen kreunen, vertelde men. En als je te dicht langs de muur liep, kon je zelfs de wind van zijn zuchten voelen. Vooral meisjes moesten oppassen, want als zijn geest onder hun rokken raakte, dan waren ze verloren.'

'Het lijkt erop dat je oma wist dat er een jonge vrouw in het graf lag', zei Geo.

'De mensen wisten toen veel, maar ze spraken er niet over. Voor pastoors moest je op je hoede zijn.'

'Weet je of iemand ook echt door zijn geest aangeraakt is?'

De man grinnikte.

'Ik in elk geval niet en ik ben jarenlang elke morgen voor dag en dauw langs de muur gelopen, wat ze ons ook probeerden wijs te maken. Ik was misdienaar, zie je. In die tijd was er nog elke werkdag een vroegmis. Pastoor Mertens. Na hem was het gedaan. Nu hebben ze hier zelfs geen eigen pastoor meer. Hoeveel parochies moet een pastoor vandaag bedienen? Vijf? Zes?'

'Wanneer was je misdienaar?'

'In de jaren vijftig.'

'Werd er toen nog altijd over de kapelaan gesproken?'

De buurman trok aan zijn sigaret. Tot tegen de filter. Gulzig en zuinig tegelijk.

'Eén keer', antwoordde hij. 'Eén keer, ik zal het nooit vergeten. De koster kwam met het nieuws dat de gemeente een gedenkplaat op de muur van zijn pastorie wilde hangen. Toen al! Pastoor Mertens heeft zich ferm kwaad gemaakt. Hij wilde niets horen over dat "vies menneke". Zo noemde hij Doornaert. "Vies menneke." En hij wilde zeker geen plaat tegen zijn gevel!'

Geo wachtte zwijgend op het vervolg. Vaak de beste strategie om mensen meer te laten vertellen dan ze van plan waren.

'Weet je wat Mertens zei? "In Luik hebben ze hem een schop onder zijn kont gegeven om van hem verlost te zijn." Kont! Een pastoor die dat woord gebruikte! In die tijd! Zijn voorganger zou het nooit gedurfd hebben. Die liep de streek af om te bedelen voor de missie van Doornaert. De gemeente heeft de gedenkplaat pas na het vertrek van Mertens durven ophangen.'

'Heeft je oma ook gezegd waarom de geest het vooral op meisjes gemunt had?' vroeg Geo.

'Mijn oma was een speciale.'

Hij stak een verse sigaret op.

'In een klok hangt de klepel ook niet altijd stil, dat zei ze', ging hij voort. 'Haar manier om te zeggen dat ook pastoors wel eens, hoe noemen ze dat tegenwoordig, van bil gingen.'

'Had ze het over de kapelaan of over priesters in het algemeen?'

'Denk je dat ik dat had durven vragen? In die tijd?'

'Ze heeft je wel proberen te waarschuwen. In die tijd.'

'Ik snapte niet wat ze wilde zeggen. Dat besef is pas later gekomen. Toen ze al een tijdje bij de pieren lag.'

'Lees je in de krant over Doornaert en het graf?'

'Elke letter.'

‘De zaligverklaring…’ begon Geo, maar de man snoerde hem meteen de mond.

‘Pure geldklopperij! Allemaal gedoe van die Stichting!’

Hij keek Joosten onderzoekend aan.

‘Mag ik je iets vertellen? Christina Doornaert is ook bij me thuis geweest. Vijftig euro per persoon vroeg ze om levenslang lid van het comité te worden. Honderd om erelid te zijn. Ik heb eens naar mijn vrouw gekeken en toen hebben we haar wandelen gestuurd. We zijn niet de enigen die niet meegedaan hebben, maar ik weet toevallig dat een stuk of tien koppels uit de buurt wel betaald hebben om levenslang erelid te worden. Dat is twintigmaal honderd euro. Waarvoor?’

Geo antwoordde niet.

‘Er is zelfs iemand, ik ga zijn naam niet noemen, die samen met zijn vrouw lid geworden is van het zogenaamde overkoepelende erecomité. Tweemaal tweehonderd euro! Daarvoor mogen ze op de eerste rij zitten als de zaligverklaring gevierd wordt! Als! Maar volgens mij zal dat nooit gebeuren. Niet als uitkomt wat de koster zich destijds heeft laten ontvallen!’

‘Dat Luik de kapelaan een schop onder zijn kont gegeven heeft?’

‘En de rest.’

‘Wat is “de rest”?’

‘Het is niet aan mij om dat te verklappen.’

‘De relatie van Doornaert met Virginie Cuyx? Het vermoeden dat hij de vader was van haar kind?’

De man keek wantrouwig naar Geo. Hoe kon een buitenstaander zoveel weten?

‘Dat heb ik de koster inderdaad tegen Mertens horen zeggen’, gaf hij na een lange pauze toe. ‘Hij dacht dat ik hem niet kon horen. Maar ja. Kinderoren.’

Weer een lange stilte.

‘Wat denk je? Is het waar?’ vroeg de man.

‘Ik heb het ook maar gehoord van mensen die het hadden van andere mensen die iets gehoord hadden’, gaf Geo toe.

‘Het is ook zo lang geleden.’

‘Lang’, beaamde Geo.

Hij draaide zich om, om naar zijn auto te lopen. De buurman hield hem tegen.

'Ik wil je iets laten zien. Op de dikke steen.'

De archeologen hadden de sluitsteen ontdaan van alle vuiligheid. De inscriptie *15 VI 1914* zag er smetteloos uit, maar de buurman toonde meer interesse voor enkele onduidelijke krassen in een hoek onderaan op het blok.

'Je moet er ondersteboven naar kijken', zei hij.

Geo slaagde er niet in de vage tekens te ontcijferen.

'Dit is de letter P en ernaast staat een D', zei de buurman. 'Met een beitel in de steen gekrast. Stenenbewerkers doen dat om te meten waar ze later letters zullen uithakken.'

'P.D. Doornaerts handtekening', zei Geo.

'Zo kun je het bekijken.'

'Mogelijk een bewijs dat hij toch niet van plan was het meisje onder deze steen te begraven', mompelde Geo.

'Wat?' deed de buurman.

'Als hij het mergelblok op maat gemaakt had om de tombe te sluiten zou hij er zijn initialen niet in gekerfd hebben.'

'Tombe?' vroeg de buurman.

'Wel ja... Een graf... Een sluitsteen met schuine randen om het graf luchtdicht af te sluiten...'

'Ik denk dat je je vergist', zei de buurman. 'De vorm van de steen heeft niets met een tombe te maken. Hij diende gewoon om het fundament te verstevigen. Toen ze aan de muur wilden beginnen, hebben de metselaars waarschijnlijk ontdekt dat er zich onder hun voeten een kelder bevond. Volgens mij is de vloer van de kuil geen tien centimeter dik. Als ze de muur gebouwd hadden zonder hem op die steen te laten rusten, was de zaak gegarandeerd ingestort!'

'Hoe weet jij dat?'

'Ik ben hier thuis. En ik ben misdienaar geweest, vergeet dat niet. Onder de kuil ligt de oude wijnkelder van de pastoor! De steen is zo gekapt dat hij het gewicht van de muur wegdrukt van de holle ruimte eronder.'

'Kan Doornaert dat blok vervaardigd hebben?'

'Waarom zou hij er anders zijn letters in gekrast hebben? Als je twijfelt aan zijn kunde, zou je eens moeten kijken naar de kapel die hij onder de pastorie uitgehouwen heeft! Als ze nog bestaat.'

'Kapel?'

'Zeker tien meter op vijf meter. Drie meter hoog, schat ik. Compleet met communiebank en altaar. Alles in mergel uitgehouwen.'

'Hoe lang heeft hij daaraan gewerkt?'

'Geen idee. Hoe lang is hij hier kapelaan geweest? Een jaar of vijf? Ik weet het niet. Hij heeft het in zijn vrije tijd gedaan. Er zijn er niet veel die het hem zouden nadoen!'

'Sterke vent', murmelde Geo.

'Daar hoef je niet aan te twijfelen.'

Geo maakte aanstalten om weg te gaan.

'Mag ik vragen wie jij bent?' vroeg de buurman.

'Geo Joosten. Journalist.'

'Ik vermoedde het.'

'Waarom?'

De buurman schokte met zijn schouders.

'Mensen van hier stellen geen vragen over zaken van vroeger.'

'Ze praten er ook niet graag over', zei Geo.

De buurman deed alsof hij die opmerking niet gehoord had.

'Ga je over de toestand van de kuil schrijven?' vroeg hij. 'Ze moet gestabiliseerd worden voor de hele boel instort.'

# 10

Over Tjenneke Bongers werd veel verteld.

Dat hij in zijn leven genoeg gezopen had om op zijn eentje een sluis van het Albertkanaal vol te pissen.

Dat hij de meest onbetrouwbare perscorrespondent uit de geschiedenis van de krant was geweest.

Dat hij als detective voor een verzekeringsmaatschappij zijn opdrachtgevers fortuinen had helpen besparen dankzij zijn instinct om oplichters te ontmaskeren.

Dat de Anonieme Alcoholisten hem een triple A-rating hadden gegeven.

Sommige van de beweringen waren waar, andere overdreven. Het was in elk geval correct dat hij nu bij het bisdom Hasselt werkte op voorspraak van een AA-dame die hem letterlijk uit de goot had opgeraapt. Niet waar was het dat hij er de functie van 'huismeester' bekleedde, een titel die hij zichzelf had toegekend omdat hij die van 'klusjesman' te min vond.

'Geert Brouns heeft me gevraagd je te bellen', zei hij tegen Piet Schraepen. 'Het schijnt dat je me nodig hebt voor een probleem met het bisdom.'

Piet haalde tweemaal diep adem. Via de tamtam had hij zoals iedereen in het Limburgse perswereldje vernomen dat ex-correspondent Tjenneke zijn brood in het bisschoppelijk paleis verdiende met spijkers in planken te slaan, afvoerbuizen te ontstoppen, zekeringen te vervangen en wijnvlekken uit tapijten te schrobben. Of dat volstond om zijn 'probleem' op te lossen?

'Ik wil iets opzoeken in het archief van het bisdom', zei hij.

Tjenneke bewees dat hij nog niets van de scherpte uit zijn periode als verzekeringsdetective verloren was.

'Gaat het over de kapelaan en het lijk in de mergelgrot?' raadde hij.

Piet was te verbouwereerd om te reageren. Tjenneke lachte.

'Wat zou een specialist in gebroken armen en benen anders in het archief van het bisdom zoeken?'

'Het gaat over kapelaan Petrus Doornaert. Padre Pedro, de missionaris die ze heilig willen verklaren. Zijn dossier is van Luik naar Hasselt verhuisd. Het bevindt zich nu in handen van de lui die zijn zaligverklaring voorbereiden.'

'Wat heb je nodig? Het volledige dossier? Bepaalde stukken? Moet ik kopieën maken? Of wil je zelf zoeken?'

'Zelf zoeken', zei Piet.

'Zaterdagmiddag is het gebouw leeg. Je bent welkom. Alles voor mijn oude vriend Geert.'

'Je bent een engel!' flapte Piet eruit.

'Een engel tussen de duivels', reageerde Tjenneke. 'Interesseert de Stichting Padre Pedro je ook?'

Piet probeerde zijn oplaaiende nieuwsgierigheid te verbergen.

'Dat hangt ervan af.'

'De zogenaamde non die zich met die winkel bezighoudt... Ze zou een achternicht van de kapelaan zijn of zoiets... Ken je haar?'

'Ik heb haar ontmoet', deed Piet voorzichtig.

'En?'

'Een harde tante met fluwelen handschoenen', zei Piet.

'Ik heb toevallig iets over haar opgevangen. Geklets in de koffiehoek, zoals ze dat noemen. Ze had bij het bisdom een paar tienduizend euro losgeweekt voor haar goede werken in Paraguay. Het bisdom heeft het geld overgeschreven naar de rekening van haar Stichting Padre Pedro bij de Banco Continental in Asunción, maar Doornaert moet iets gezegd of gedaan hebben dat bij de boekhouding een alarmbelletje liet rinkelen.

Om een lang verhaal kort te maken, het bisdom heeft goede contacten met missionarissen in Paraguay en ze hebben een van die mannen eropuit gestuurd om met de bank te praten. Ik weet niet hoe hij het heeft klaargespeeld, maar hij heeft ontdekt dat het geld nog geen vierentwintig uur in Asunción heeft mogen slapen voor het terugkeerde naar Europa! Om precies te zijn, naar een rekening bij ING in Nederland.

Via een van mijn oude maten bij de Nationale Nederlanden ben ik te weten gekomen dat de Stichting Padre Pedro, vertegenwoordigd door mevrouw

Christina Doornaert, klant is bij het ING-kantoor in Valkenswaard. Van daaruit heeft ze het geld uit Asunción doorgesluisd naar een rekening van het Instituto Padre Pedro S.A. bij de Banco Francés BVV in Montevideo.'

'Ik snap er niets van', gaf Piet Schraepen toe.

'Ik ook niet, behalve dat er altijd een reukje zit aan dergelijke manoeuvres. Ik heb het Instituto Padre Pedro gevonden op het internet. Officieel doet het iets met schoolboeken, maar het kan evengoed een spookfirma zijn om zwart geld wit te wassen.'

'Waarom moest het geld van het bisdom witgewassen worden?' vroeg Piet.

'Een kapitale vraag, waar ik niet op kan antwoorden! Heb jij enig idee wat er aan de hand kan zijn?'

'Neen, maar Geert Brouns en ik vonden ook al dat Christina Doornaert niet te vertrouwen was.'

'Mijn vrienden bij Nationale Nederlanden proberen meer over haar activiteiten te achterhalen. Een van hen bevestigde alvast dat dergelijke schijnbaar onschuldige transfers typisch zijn voor belastingontduiking en witwaspraktijken. Banken in Montevideo zijn nog altijd de eerste uitwijkhavens voor Argentijnen die hun spaargeld buiten het gezichtsveld van de fiscus willen houden. Om niet meteen over misdaadgeld te spreken.'

'Drugsgeld', veronderstelde Piet.

'Mogelijk.'

'Heeft het bisdom het geld teruggevraagd?'

'Geen idee. Ik kan ernaar polsen. Hoeveel zou Geert Brouns betalen voor mijn informatie? Ik kan hem namen, datums en rekeningnummers bezorgen. De hele zwik.'

'Ik concentreer me voorlopig op het archief.'

'Zoals je wilt. Ik stel voor dat we elkaar zaterdag ontmoeten op het bisdom. Twee uur. Ik zal je opvangen aan de voordeur.'

Een onooglijk schriftje. Gekaft, zoals dat in die jaren hoorde, met stijf bruin papier. Een etiket met rode rand: 'Schooljaar 1913-1914'. Bert Peeters' ogen blonken alsof hij een kostbare schat had opgegraven.

Geo overliep de lijstjes in het schrift. Kleuterklas, achttien namen. Eerste leerjaar, zeventien namen. Tweede leerjaar...

'Kijk liever achterin', raadde Peeters hem aan.

De fotograaf draaide het schriftje om. Sierlijk krullende letters in blauwe inkt: 'Een raadselachtige verdwijning'.

'Het is het handschrift van moeder-overste Clementina', zei Peeters.

'Heden is opschudding ontstaan toen boer Vanspauwen tijdens de repetitie van het koor kwam klagen dat hij zijn melkmeid niet kon vinden. Hij zei dat Virginie Cuyx twee dagen geleden eensklaps haar werk in de steek had gelaten.

Aanvankelijk nam hij aan dat ze naar de parochiezaal was gegaan om een repetitie van het koor bij te wonen. Toen ze die avond niet naar de boerderij terugkeerde, maakte hij zich daar grote zorgen over, vooral omdat er weer Duitse ruiters opgemerkt waren in de omgeving.

Toen we vaststelden dat er die bewuste dag geen repetitie was geweest, toonde E.H. Kapelaan Doornaert zich zeer aangedaan. Ook hij had het meisje die bewuste avond niet gezien, zei hij. De laatste keer dat ze elkaar ontmoet hadden, was tijdens de processie naar het Kruis van de Gehangene.

Boer Vanspauwen vroeg zich wanhopig af waar Virginie naartoe gegaan kon zijn. Hij sprak meermaals zijn vrees uit dat ze in handen van de Duitsers gevallen was, omdat hij had gezien dat een Duitse ruiter haar aangesproken had toen ze naar zijn hoeve terugkeerde op de avond van de processie.

Eerwaarde heer Doornaert gaf boer Vanspauwen de raad de volgende ochtend naar de Rijkswacht te stappen om de verdwijning van Virginie aan te geven. Vanspauwen vroeg of dat wel wijs was, nu de grote Duitse legermacht zo dichtbij was en er misschien een Duitse soldaat in het spel was.

Door de omstandigheden had niemand nog zin om verder te repeteren. E.H. Doornaert verzocht ons te knielen en een korte gebedsstonde voor het verdwenen meisje te houden. We gaven maar al te graag gevolg aan zijn verzoek.

Virginie Cuyx, afkomstig uit Herderen, was sinds enkele jaren lid van het koor. Ze werd uiterst gewaardeerd om haar zuivere sopraanstem, maar ook omdat ze steeds stipt op tijd aanwezig was, altijd opgewekt, een voorbeeld voor de andere jonge vrouwen. Behalve voor het koor zette ze zich ook regelmatig in voor nederige, maar zeer gewaardeerde taken zoals het rein houden van de kerk en het wassen en strijken van de gewaden van de eerwaarde heer kapelaan. E.H. Doornaert zei tot slot van de gebedsdienst dat hij vreselijk geschokt was door haar verdwijning, maar dat Virginie met Gods hulp ongetwijfeld veilig terug zou keren. Met treurnis, maar toch ook met een kleine glinstering van hoop in ons hart, keerden we allen naar huis terug.'

'Waarom heeft Virginie die avond niet gezegd waar ze naartoe ging?' vroeg Geo. 'Omdat ze een afspraak had met een Duitser of om een rendez-vous met de kapelaan te camoufleren?'

'Duitsers bleven in die dagen niet lang genoeg op dezelfde plek om amoureuze afspraakjes te maken met lokale meisjes', zei Peeters.

'Dan trok ze ervanonder om naar de kapelaan te gaan', concludeerde Geo.

Peeters aarzelde.

'Dat lijkt me logisch', antwoordde hij uiteindelijk.

'Waarom mocht niemand weten dat ze naar Doornaert ging?'

'Omdat...'

Bert Peeters maakte zijn zin niet af.

'Omdat de boer wist of vermoedde dat zijn meid aanhield met de kapelaan?' drong Geo aan.

Peeters haalde zijn schouders op.

'Volgens de moeder-overste waste en streek ze zijn "gewaden". Waarom vermeldde ze dat alsof het iets speciaals was?' vroeg Geo.

'Vrome vrouwen stonden toen in de rij om de liturgische gewaden van hun priesters te mogen onderhouden. Ze maakten er zelfs ruzie over. Mijn vader heeft meer dan eens verteld hoe sommige deftige dames als heksen tekeergingen om een albe te mogen wassen!'

'Je vader?'

'Hij was koster in Sint-Remi.'

'Was jouw vader de koster die jaren later aan pastoor Mertens verteld heeft dat kapelaan Doornaert een lief had en vader geweest zou zijn van haar kind als ze niet spoorloos verdwenen was?'

Bert Peeters staarde hem onthutst aan.

'Ik heb het nog maar onlangs gehoord van een man die op een bank een sigaretje zat te roken', stelde Geo hem gerust.

'Mijn vader heeft daar thuis nooit een woord over laten vallen!' foeterde Peeters.

'Godverdomme, wat konden die mannen zwijgen!' kreunde Geo gefrustreerd. 'Als een graf en tot in het graf.'

Peeters grijnsde verlegen.

'Weet je dat Christina steunkaarten voor haar Stichting verkoopt?' vroeg Geo. 'Honderd euro voor een erelidmaatschap! Tweehonderd om met het speciale erecomité op de eerste rij te mogen zitten?'

'Dat weet ik. De burgemeester en het college steunen haar. Ze hopen op de eerste rij te zitten als de paus de zaligverklaring komt afkondigen in Sint-Remi en zeker als hij terugkomt om Doornaert heilig te verklaren!'

'Ik heb de burgemeester vlakaf gezegd dat ik het schandalig vind dat ze zomaar geld uit de zakken van simpele mensen steelt, maar het enige dat hij wist te antwoorden, was dat ik moest ophouden met in andermans potje te roeren. Geen verkeerd woord over om het even wat met de kapelaan te maken heeft, dat is zijn devies, want hij wil absoluut pronken met "zijn" heilige!'

'Ik heb al lang in het snotje dat jullie geen vrienden zijn.'

'Vrienden!' riep Peeters woedend uit. 'Zeg maar vijanden! Er wringt al generaties lang iets tussen onze families. Ik weet niet wat er ooit gebeurd is en hij waarschijnlijk ook niet. Weet je dat hij op de laatste bijeenkomst van het College voorgesteld heeft de subsidies voor de kring te halveren? Omdat ik hem mijn gedacht gezegd had over het gedoe van dat wijf en haar Stichting! De smeerlap!'

'Heeft je vader nooit iets losgelaten over de affaire met de kapelaan?' vroeg Geo. 'Iets wat verklaart waarom jij je zo kwaad maakt telkens als de zaligverklaring ter sprake komt?'

Peeters klemde zijn kaken op elkaar.

'Wat vertelde hij bijvoorbeeld over het spook onder de muur van de pastorie?' drong Geo plagend aan. 'De geile geest die onder de rokken van meisjes blies?'

'Natuurlijk heb ik hem gevraagd of er echt een spook in of onder de muur woonde!' vloog Peeters uit. 'Alle kinderen hebben dat aan hun ouders gevraagd! De meesten hielden dan vol dat het waar was, want ouders vinden het fijn iets achter de hand te hebben waarmee ze onhandelbare kinderen de stuipen op het lijf kunnen jagen. Mijn vader was zo niet. Hij zei ronduit dat het niet waar was. De enige kwade geest die hij kende, zei hij, had in het huis achter de muur gewoond. Maar ik hoefde er niet bang voor te zijn, zei hij, want die geest was al lang uitgebannen.'

'Een slim antwoord.'

'Om te zwijgen moet je slim zijn.'

'Slimme verstaanders hadden er waarschijnlijk genoeg aan', veronderstelde Geo.

'Als ze het durfden te verstaan', antwoordde Peeters. 'Het enige dat ik zeker weet, is dat er wonden geslagen waren in het dorp en dat de mensen liever over spoken kletsten dan over wat er echt gebeurd was. Wie niet in Sint-Remi opgegroeid is, begrijpt niet hoe diep dat zat.'

'Ben je daar weer met je wonden?' spotte Geo.

'Wonden die door elke nieuwe generatie opengereten worden, helen nooit', zei Peeters.

'Is dat soms de ware reden waarom de burgemeester het moeilijk heeft met de heemkundige kring? Omdat jullie oude wonden openrijten?'

'Geschiedenis', zei Peeters alsof hij met dat ene woord het onderwerp kon afsluiten.

'Hebben we het over geschiedenis of over legenden?' probeerde Geo nog.

'Ken jij altijd het verschil?'

Bert Peeters liet het schriftje van de moeder-overste in zijn aktetas glijden.

'Ik heb nog iets gevonden', zei hij.

Een bladzijde op tijdschriftformaat. Vergeeld, bros en met gekartelde randjes. Zo breekbaar dat hij het document in een beschermend plastic mapje had gestoken.

'Ik weet niet uit welk blad het komt, alleen dat de bladzijde de datum 7 december 1932 draagt', zei hij.

'Je werk schiet op', stelde Geo vast.

'Ik probeer de dozen zo veel mogelijk in chronologische volgorde te sorteren. Je moet maar eens komen kijken hoeveel werk het is. Het is haast een mirakel dat ik toch al een dik dozijn missieblaadjes met nieuws van de kapelaan heb kunnen opgraven. Plus dit.'

'Duistere wolken boven onze missie', las Geo.

Een foto van barakken in golfplaat. Op het grootste gebouw een kruis. Onduidelijke gestalten op het pleintje voor de bouwsels. Een gehavende Ford T met een onherkenbare man aan het stuur. Ruiters in militair uniform voor en achter de auto.

Het onderschrift identificeerde de chauffeur. Padre Pedro. De ruiters vormden zijn 'escorte', de onduidelijke gestalten waren 'parochianen'. De loods was de missiekerk, het hart van de 'Misión San Remi'.

Volgens de auteur van het artikel dreigde na 'jaren van kinderachtige plagerijen' een oorlog uit te breken tussen Paraguay en Bolivia. Oorzaak was de 'begerigheid' naar de 'heerschappij over aardolie, een van de voornaamste grondstoffen van onze tijd' in een streek 'die in de atlassen Chaco wordt genoemd'.

Beide landen, aldus de anonieme journalist, beschikten over 'voor deze streken moderne strijdkrachten', geleid door militairen die 'de krijgskunst' in Europa geleerd hadden tijdens de Grote Oorlog. Aan de kant van Paraguay ging het om de Russische generaals Ern en Belaiief, Bolivia deed een beroep op de diensten van de Duitse generaal Hans Kundt.

Midden in het crisisgebied lag de 'missiepost van de Vlaamse priester Petrus Doornaert, door zijn parochianen liefdevol Padre Pedro genoemd'. Behalve de missie San Remi had hij ook buitenposten gesticht in talrijke dorpen in de wijde omgeving, steeds met een kerk en een school.

Het 'tragische lot' van de missionaris, zo schreef de journalist, was dat hij 'in 1914 als verzetsheld ternauwernood het vege lijf had weten te redden van de wreedheden van de Duitse horden' en nu dreigde hij slachtoffer te worden van een nieuwe oorlog. Het meest bedreigend voor zijn werk was dat zijn missie gesteund werd door de Argentijnse ondernemer Carlos Casado, 'eigenaar van miljoenen hectare mogelijk olierijke gronden waar het internationale bedrijf Shell een optie op had genomen ten koste van de Amerikaanse slokop Standard Oil'. Voor de journalist betekende dit, dat in geval van oorlog de 'Misión San Remi onvermijdelijk in het hart van de krijgsoperaties zou komen te liggen'.

'Oorlog tussen Shell en Esso', spotte Geo. 'Met een toekomstige heilige martelaar te midden van het slagveld.'

'Montevideo', zei hoofdinspecteur Arnold Sauwen op een toon alsof het woord een zoete smaak op zijn tong achterliet. 'Interessant.'

Piet Schraepen en de rechercheur van de gerechtelijke politie hadden omelet met krakend spek en in varkensvet gebakken aardappelschijfjes besteld. Vast onderdeel van het weekdaagse middagmenu in taverne De Vierweg. Eieren met donkergele dooiers, gelegd door echte scharrelkippen. Spek van een varken dat enkele maanden uitstel had gekregen om in zalige rust zijn ideale slachtgewicht te bereiken. Voedsel dat al 'traag' was nog voor het in de keuken was beland.

'Een sjoemelende non', zei Piet om Sauwens interesse nog meer te prikkelen.

'Geld van het bisdom... Merkwaardig...'

'Tjenneke Bongers...' begon Piet, maar Sauwen liet hem niet uitspreken.

'Ik ken Tjenneke. Knappe kop. Als hij niet zat is.'

'Dus?'

'Ik zal mijn licht eens opsteken bij een specialist witwastechnieken in Brussel.'

Tjenneke Bongers opende de deur op een kier en spoorde Piet aan voort te maken. Pas op de trap, waar voorbijgangers hen niet meer konden zien, vertraagde hij.

'In het archief ligt alleen een steekkaart met de vermelding dat de dossiers van Doornaert overgemaakt zijn aan de onderzoekscommissie', zei hij. 'We moeten naar het bureau van de secretaris van de commissie.'

Hij rammelde met een indrukwekkende sleutelbos.

'Inbreken?' vroeg Piet geschrokken.

'Inbreken? Met de officiële sleutels?'

'Ons toegang verschaffen zonder toelating. Dat is ook inbreken.'

'Pft', deed Tjenneke. 'Zolang ze ons niet betrappen, is er niets aan de hand!'

Piet volgde hem met kloppend hart naar een bureau. Tjenneke deed de deur van een kast open. Hangmappen. Een legplank met glazen, kopjes, een onaangeroerde fles porto en een bijna lege fles Fryns-jenever. Tjenneke liet een wijsvinger over de mappen glijden.

'Bingo', zei hij. 'Net wat ik dacht. Meneer de secretaris houdt belangrijke dossiers graag in de buurt van zijn drank.'

'DOORNAERT P./PADRE PEDRO', Romeinse cijfers, I tot XXIV.

Piet sloeg de eerste map op. Kopie van een geboorteakte. Kopie van een doopbewijs. Kopie van het bewijs dat Doornaert Petrus zijn plechtige eerste communie had gedaan. Kopie van een document waaruit bleek dat hij het 'Heilig Sacrament van het Vormsel' had ontvangen. Kopie...

De verslaggever bladerde haastig verder. Alle stappen in Doornaerts leven gleden voorbij. Lagere school. Kleinseminarie, rapporten, jaar per jaar. Grootseminarie. Examenuitslagen. Evaluaties van leraren die zich 'professor' noemden en uitgebreide verslagen hadden geproduceerd waaruit bleek dat Doornaert Petrus zonder voorbehoud aan de voorwaarden voldeed om de 'lagere wijdingen' te ontvangen, de eerste stappen op weg naar het priesterschap.

Map II. Documenten over de priesterwijding. Zelfs een foto van Doornaert in witte albe, op zijn buik liggend voor de voeten van een bisschop. Stukken die zijn carrière samenvatten, tot hij aangesteld werd als kapelaan in de parochie van Sint-Remigius. Sommige documenten in het Latijn, andere in het Frans.

'En?' vroeg Tjenneke.

'Gelukkig heb ik nog iets onthouden van de lessen Latijn!'

Map III. Met trillende vingers sloeg Piet de stukken om. Brieven. Banale correspondentie over zijn werk in de parochie en met het koor. Officieel uitziende, getypte brieven van het bisdom over Doornaerts salaris. Een belastingaangifte. Een brief, zonder vermelding van datum, afzender of geadresseerde. Het handschrift verraadde dat de schrijver ervan gehaast was geweest, nerveus, bang misschien. Dit kon alleen een brief van kapelaan Doornaert zijn.

> 'Nederig verzoek ik ontvangen te worden door monseigneur of zijn plaatsvervanger met het doel hem in te lichten over gebeurtenissen ten gevolge van de ontreddering ontstaan door de Duitse inval. Vermelde gebeurtenissen, waarbij ik jammerlijk persoonlijk betrokken ben geraakt, dreigen een fnuikende invloed te hebben op mijn pastorale taak in de parochie van de Heilige Remigius, evenals op mijn persoonlijke leven. Ik smeek U Ed. daarom mij zo spoedig mogelijk te willen aanhoren in de hoop raad te ontvangen waardoor er een einde kan komen aan de wanhopige toestand waarin ik thans verkeer.'

'Goud?' vroeg Tjenneke, die Piet geen seconde uit het oog verloor.

'Brons.'

Tjenneke had intussen het kopieerapparaat opengemaakt en de teller uitgeschakeld. Zelfs als Schraepen hem vroeg een paar duizend kopieën te maken, zou niemand het ooit kunnen achterhalen.

Doornaerts niet-gedateerde noodkreet werd gevolgd door een evenmin gedateerde of ondertekende brief, gekribbeld in haastige hanenpoten.

'De kapelaan Doornaert van Sint-Remigius is een vrouwenzot. Hij is het niet waard priester genoemd te worden. Vraag maar aan de eerwaarde zusters wat zij denken over wat hij allemaal uitsteekt in het koor.'

Aan de anonieme brief was een schrijven van het bisdom aan de pastoor van Sint-Remigius gehecht met het verzoek om een reactie.

'Ik herken dit handschrift', had de pastoor geantwoord in stijve, rechte letters. Schrijfster dezes is wegens haar talrijke afwezigheden geschrapt als koorlid. Verdere stappen zijn niet nodig, omdat ik deze vrouw persoonlijk zal aanspreken om een einde te maken aan haar kwaadsprekerij.'

'Nog meer brons', constateerde Piet.

Het volgende stuk was de derde bladzijde van een in het Frans geschreven, zorgvuldig getypt document. Bladzijden 1 en 2 ontbraken.

'Na de kapelaan aangehoord te hebben en na zorgvuldig beraad, hebben we wat volgt besloten:

Gezien de aard en ernst van de feiten;

Gezien het feit dat parochianen getuige konden zijn van bepaalde feiten;

Ontnemen we onderpastoor E.H. Doornaert zijn taken als kapelaan van de parochie Sint-Remigius. De reden van zijn ontslag wordt niet bekendgemaakt;

Gezien het verzoek van E.H. Doornaert hem bij wijze van boetedoening een zware taak toe te vertrouwen;

Gezien de ernst en de onzekerheid van de toestand ontstaan door de bezetting van ons land door het Duitse leger;

Gezien onze plicht de goederen van het bisdom ook in tijden van oorlog te vrijwaren voor latere generaties;

Gezien onze plicht onze apostolische taken niet alleen binnen de grenzen van ons bisdom maar ook ver daarbuiten te vervullen;

Bevelen we E.H. Doornaert zich met een speciale opdracht van het bisdom naar de plaats genoemd Puerto Casado in Paraguay te begeven, waar hij in samenspraak met de lokale autoriteiten een missiepost met bijbehorende school zal oprichten om zo te bewijzen dat het bisdom reële interesse toont voor zowel het geestelijke als het materiële welbevinden van de eigenaars en de bewoners van deze gebieden.

Via de geëigende kanalen zal aan het bestuur van de Koninklijke Shell gevraagd worden in te staan voor het vervoer van E.H. Doornaert tot in Puerto Casado. Er wordt eveneens contact opgenomen met de heer Xavier Onclin, consul van België in Buenos Aires, met het verzoek de nodige stappen te nemen om de doorreis van E.H. Doornaert te vergemakkelijken.

Een bedrag van 10.000 Franse francs zal van onze speciale rekening bij de Banque de Paris worden overgemaakt aan een door deze bank te kiezen bank in Buenos Aires. Gelet op de onzekere toestand ontstaan door de bezetting van ons land, zal E.H. Doornaert zelfstandig beslissen hoe deze som naar best vermogen te gebruiken voor de oprichting van de missie.'

Onderaan prijkte de handtekening van bisschop Rutten.

Piet zocht vruchteloos naar pagina's 1 en 2, zo goed als zeker een verslag van het gesprek dat aanleiding had gegeven tot de boetedoening en verbanning.

'Shit', zei hij.

Tjenneke wees naar het gescheurde hoekje linksboven.

'Iemand is je voor geweest', constateerde hij droogjes.

'Wanneer?' vroeg Piet zich af.

'En wie?' voegde Tjenneke eraan toe.

De rest van de map bevatte brieven uit Zuid-Amerika. Consul Xavier Onclin had op papier van de ambassade in Buenos Aires de bisschop ('geachte studiegenoot') bedankt voor de groeten die 'de heer P.D.' had overgemaakt. Hij meldde ook dat 'de heer P.D.' de Argentijnse hoofdstad verlaten had en onderweg was 'naar de binnenlanden'.

Begin 1915 was er weer een brief van Onclin, verwijzend naar het volgende document in het dossier, een vele bladzijden lang, met de hand geschreven verslag waarin Doornaert gedetailleerd uit de doeken deed dat hij begonnen was met de bouw van een missiepost die hij San Remi wenste te dopen, na toelating van de plaatselijke bisschop.

Als antwoord had hij een hoffelijk briefje gekregen waarin het bisdom Luik hem bedankte voor zijn 'voorbeeldige werk'. Erbij zat de doorslag van een in het Spaans gestelde brief voor de lokale bisschop.

Alsof de oorlog geen invloed had op het postverkeer, ontving Luik elke maand een rapport van Doornaert. De kopieermachine draaide zonder te pauzeren.

'Ga je een boek schrijven?' mopperde Tjenneke.

# 11

‘Zegt Hermanas Dominicanas de la Congregación de los Sagrados Corazones je iets?’ vroeg Arnold Sauwen.

‘Dat een mens een verdomd goed geheugen moet hebben om die litanie zomaar uit het hoofd op te zeggen’, antwoordde Piet Schraepen.

‘Het zou de naam zijn van de orde van jouw kloosterzuster.’

‘Buitengewoon voor een Vlaamse kloosterzuster’, vond Schraepen.

‘Ik vind het vooral buitengewoon dat Doornaert die naam kan gebruiken zonder dat onze kerkelijke autoriteiten bezwaar lijken te maken’, zei Sauwen.

‘Waarom zouden ze?’

‘Bestaat die orde wel? Ik heb mijn vingers blauw getikt, maar ik heb nauwelijks iets concreets gevonden over Hermanas Dominicanas de la Congregación de los Sagrados Corazones. Op enkele korte vermeldingen na op sites in Zuid-Amerika die met Padre Pedro te maken hebben. Buiten dat wereldje schijnt de orde niet te bestaan.’

Piets hand ging instinctief naar het schriftje in zijn binnenzak.

‘Moment!’ hield Sauwen hem tegen. ‘Voorlopig schrijf je niets over Doornaert en haar al dan niet bestaande orde. Niet voor ik officieel toelating heb gekregen om een onderzoek te starten.’

‘Lijkt me redelijk’, gaf Piet toe.

Ze aten forel in een jasje van gerookte ham, gekookte aardappelen en spinaziecrème.

‘De meest intrigerende verwijzing naar de Hermanas heb ik gevonden op de site van een Instituto Padre Pedro in Montevideo’, zei Sauwen tussen twee happen door. ‘Kan dat het Instituto zijn waar Tjenneke het over had?’

‘Tenzij er meer dan een Instituto Padre Pedro is’, veronderstelde Piet. ‘Als ik de Spaanse tekst goed begrepen heb, handelt het Instituto in schoolboeken en allerlei materiaal voor het onderwijs. Import en export. Je kunt er ook terecht voor bijkomende opleidingen van leerkrachten.'

'Klinkt onschuldig', vond Sauwen. 'Zo onschuldig dat het een ideale dekmantel zou kunnen zijn.'

'Alles klinkt onschuldig bij Doornaert', zei Piet.

'Zo onschuldig dat jij het verdacht vindt', reageerde de speurder met een spotlachje.

'Ik ben niet de enige. Geo vertrouwt haar niet. En Geert Brouns al helemaal niet. Jammer dat Zuid-Amerika zo ver is. Ik hoop dat je Doornaert eens grondig aan de tand voelt.'

Arnold Sauwen veegde een streepje spinazievocht van zijn lippen.

'Zal ik doen. Zodra onderzoeksrechter Liesens groen licht geeft.'

Piet Schraepen knikte tevreden.

'Van de familie van meester Herman', deelde Bert Peeters droog mee.

Een verweerde schoendoos volgepropt met grootbeeldnegatieven. Geo Joosten hapte naar adem. Honderden mapjes met strookjes ontwikkelde film.

'Kun jij zien wat er op de negatieven staat?' vroeg Bert.

De schoolmeester had trefwoorden en datums in potlood op de mapjes genoteerd. Namen die niets voor Joosten betekenden, datums uit een vervlogen verleden.

Hij haalde de negatieven door een scanner. De beelden op het scherm zagen er even fris uit als de dag waarop de onderwijzer ze geschoten had.

1913. Groepsfoto's van kinderen. Een sneeuwlandschap. Mannen en vrouwen op klompen bij de aardappeloogst. Beelden van een processie.

'Dat is de pastoor met de monstrans', legde Bert uit. 'Naast hem loopt Doornaert.'

'Het koor', zei hij bij een volgende foto. 'Het meisje links zou Virginie kunnen zijn.'

De vrouwen droegen witte engelenjurken. Hun haar was zedig weggemoffeld onder mutsen die met lintjes onder de kin vastgebonden waren. Allen hielden ze een gebedenboek en een buxustakje in de hand.

Geo drukte een vergroting van de kapelaan af en een van Virginie Cuyx.

Bij de negatieven uit 1914 vond hij nog meer afbeeldingen van het koor.

'Waarom was de meester zo begaan met het koor?' vroeg Geo.

'Zijn vrouw was lid. En het koor speelde een belangrijke rol in het dorpsleven. Daarom.'

Een foto met als datum 'Aug. 14' toonde vijf jonge vrouwen op stoelen. De handen van de kapelaan rustten op de schouders van het meisje in het midden.

'Virginie?' raadde Geo.

Hij vergrootte het beeld.

'Neen', zei Bert.

Geo zoomde in op de handen van de kapelaan. Grote, knoestige handen.

'Kijk!' riep hij verrast uit.

Geen twijfel mogelijk. Doornaert kneep hard in de schouders van de jonge vrouw, zijn vingertoppen verdwenen helemaal in de stof van haar jurk.

'De snoeper', fluisterde Bert. 'Virginie was niet de enige die hij bepotelde!'

Geo zoomde in op het gezicht van het meisje. Een gelukzalig glimlachje. Hij schakelde over naar het gezicht van Virginie. Ze zat uiterst rechts, een hoofd groter dan het meisje tussen haar en de jonge vrouw onder de kapelaan. Haar gezicht was naar de fotograaf gekeerd, maar haar ogen waren onmiskenbaar op de handen gericht.

'Wat denk je van die uitdrukking', vroeg hij aan Bert. 'Kwaad? Geschokt? Jaloers?'

'Razend kwaad', interpreteerde Bert Virginies uitdrukking. 'Alsof ze hem een trap tegen zijn noten wil geven!'

Geo wilde naar een volgende foto gaan kijken, toen iets in het beeld van het vijftal met de kapelaan zijn aandacht trok.

'Wat denk je hiervan?' vroeg hij nadat hij de buikstreek van de jonge vrouw in het midden uitvergroot had.

Ze droeg, net als de andere meisjes, een zondagse jurk. Rechttoe rechtaan, glanzende stof (satijn?), kraag en manchetten decent versierd met strookjes kant. Werk van de dorpsnaaister, volgens een steeds opnieuw gekopieerd patroon.

Een traditionele, strakke jurk waarin duidelijk een bol buikje stak.

'Godver...' zei Bert.

'Zesde, zevende maand?' vroeg Geo.

'Godver...' herhaalde Bert.

Geo bestudeerde de andere meisjes. Mollig, zoals het in die tijd hoorde, maar zonder opvallend bollende buikjes. Virginie Cuyx hield wel haar ineengestrengelde handen voor haar buik. Geo slaagde er niet in zichtbaar te maken wat hij vermoedde.

'Françoise', las Bert af van het negatievenmapje waarop de meester de voornamen van de vijf jonge vrouwen genoteerd had.

Hij hoefde niet lang in het schriftje te zoeken waarin hij de namen van alle koorleden had genoteerd. Geo apprecieerde zijn schoolfrikkerige zin voor systeem en orde.

'Françoise Vanelderen', zei hij. 'Als mijn geheugen me niet in de steek laat, is zij getrouwd met een Hermans en is ze de grootmoeder of de overgrootmoeder van Armand Vanspauwens vrouw Beth!'

'Armand heeft er wel honderdmaal over opgeschept dat de grootmoeder van zijn vrouw als kokkin voor rijke families in Luik en Spa gewerkt heeft', herinnerde Geo zich.

'Of heeft haar familie dat verhaaltje verzonnen om te verhullen dat ze ergens in het geniep een bastaard op de wereld gezet heeft, zoals ze dat in die tijd noemden?'

'Waarom zou Armand beweren dat Beth bij haar grootmoeder heeft leren koken als die geen kokkin was?' vroeg Geo.

'Durf jij het haar te vragen?'

'Een eeuw na de feiten? Waarom niet?'

'Françoise Vanelderen was mijn overgrootmoeder', verbeterde Beth. 'Ik heb haar nooit gekend. Mijn grootmoeder was haar oudste dochter. Jeanneke Hermans. Ze is geboren op Allerzielen 1914. Er waren Duitse soldaten in hun boerderij gelegerd. Een van hen was een verpleger. Hij heeft de vroedvrouw geholpen. Na de bevalling hebben ze wiegeliedjes voor haar gezongen.'

'Wanneer zijn Hermans en Françoise getrouwd?' vroeg Geo.

'In september 1914, het begon dringend te worden.'

'Is het zeker dat Hermans de vader van je grootmoeder was?'

Beth versteef.

'Waarom vraag je dat?'

Geo liet haar de vergrote foto met de knedende handen van de kapelaan en het buikje van Françoise zien. Hij wees naar de woedende blik van Virginie Cuyx. Een verhaal zonder woorden, maar Beth begreep het.

‘Dat kan verklaren waarom oma niet graag naar de kerk ging’, zei ze droogjes. ‘Thuis maakten ze ons wijs dat ze die gewoonte overgehouden had aan haar tijd bij het chique volk in Luik en Spa.’

‘Bedoel je dat ze geweten moet hebben dat niet Hermans, maar de kapelaan haar vader was?’

Beth knikte.

‘Zou haar moeder dat opgebiecht hebben? In een tijd dat over zulke zaken niet gesproken mocht worden?’ vroeg Geo.

‘Moeders delen gemakkelijk geheimen met hun dochters. En de Vaneldérens waren echte babbelaars, dat heb ik altijd horen zeggen.’

‘Dan zou jij een directe afstammeling van de kapelaan zijn!’

Beth maakte een bezwerend gebaar.

‘Doe me een plezier, Geo, houd dat maar voor jou.’

‘Ik zwijg als een graf’, beloofde Geo. ‘Als jij een kleine wederdienst biedt. Een wattenstaafje met jouw speeksel voor een DNA-test.’

‘Waar is dat goed voor?’

‘Het kan dienen om eindelijk te bewijzen dat kapelaan Doornaert de vader van de ongeboren baby in het mergelgraf was.’

‘Een eeuw geleden was dit alles nog een troosteloze wildernis’, begon Alain Pary zijn verslag op de televisie. ‘Alles veranderde toen honderd jaar geleden een Vlaamse missionaris de parochie San Remi stichtte. De naam van de missionaris is Petrus Doornaert. Intussen is hij de legende ingegaan als Padre Pedro, stichter van missieposten, ziekenhuizen en vooral scholen.’

Het kleurige beeld van kerk, plein, lage woonhuizen en winkeltjes vloeide over in een sepiakleurige foto van barakken opgetrokken in blikken golfplaten.

‘San Remi is gestaag gegroeid van een simpele missiepost tot een lokaal centrum in deze noordelijke uithoek van Paraguay, nabij de grens met Brazilië. Op de uitgestrekte landgoederen van deze regio grazen honderdduizenden runderen, terwijl op eindeloze akkers soja en andere gewassen groeien. Vandaag bezoeken we de missie van Padre Pedro in het gezelschap van zijn achternicht, zuster Christina Doornaert, hoofd van de Stichting Padre Pedro en ijveraarster voor de zaligverklaring van haar familielid.’

‘Het lef’, zei Geo Joosten.

‘Een chique madame’, vond Lie.

'Schone schijn.'

'Lef en schone schijn gaan perfect samen. Nog iets?'

'Ze klopt mensen geld uit hun zak voor haar zogenaamde werk', legde Geo uit. 'Piet heeft ontdekt dat ze zelfs het bisdom voor een mooie som heeft kunnen tillen. En ze zou ook met geldtransacties tussen Paraguay en Nederland gejongleerd hebben.'

'Daarvoor moet je er chic uitzien, anders lukt dat niet', concludeerde Lie.

Alain Pary, een mediafiguur die meer tijd voor de spiegel dan met research doorbracht, liet Christina oeverloos uitweiden over de heilige werken van haar grootneef, geïllustreerd met beelden van schoolgebouwen, kerken, kapellen, massa's koeien, uitgestrekte akkers, roestige sporen, een haventje en boten op de rivier Paraguay.

'Het sprookjesverhaal van de missionaris kende, helaas, een tragisch einde', declameerde Pary.

Hij had zich voor dit onderdeel van zijn reportage wijdbeens tussen roestige sporen opgesteld. Perfect kapsel, een hemd dat zo uit de garderobe van een jager op grof wild had kunnen komen, een kaki broek met opgestikte zakken en zware safarischoenen.

'Op 7 januari 1937 was Padre Pedro, zoals zijn parochianen hem noemden, van zijn missie naar deze plek gereisd om in het treinstation een vracht in ontvangst te nemen. Er blijven nauwelijks resten over van de smalspoorweg die toen de levensader voor de hele regio vormde.'

Pary wees naar een ingezakt gebouw van roestige golfplaten.

'Daar bevond zich het depot waar klanten hun goederen ophaalden. Ernaast was een *cantina*, een drankgelegenheid, gevestigd. Toen Petrus Doornaert op die noodlottige avond zijn bestelling in zijn auto wilde laden, werd hij onverhoeds in de rug aangevallen.'

Pary's researcher was erin geslaagd een foto van Doornaert met zijn auto te bemachtigen. Een lichte Dodge-vrachtwagen.

'De Padre bloedde dood op dit pleintje. Politieagenten uit het ruim honderd kilometer verder gelegen Puerto Casado stelden dagen later vast dat hij omgebracht was met ten minste tien messteken. De overvaller ging zo snel en driest te werk dat de beheerder van het vrachtdepot noch de klanten van de *cantina* ook maar iets gemerkt of gehoord hadden van de moordpartij.

Na grondig onderzoek kwamen de autoriteiten tot de conclusie dat de

Padre waarschijnlijk om het leven gebracht was omdat hij tijdens zijn missiewerk bepaalde personen het leven zuur gemaakt had. Padre Pedro had in de maanden voorafgaand aan zijn dood onafgebroken actie gevoerd tegen de losbandige zeden in zijn gebied. Hij had illegale drankstokerijen vernield, ontuchthuizen gesloten en manifestaties stilgelegd waar indianen samenkwamen om hun traditionele geloof te belijden. In haar rapport twijfelde de politie er niet aan dat de moordenaar of de moordenaars in deze kringen gezocht dienden te worden. Men slaagde er echter niet in de schuldigen te ontmaskeren.'

Pary drentelde over een stoffig plein. Een kerkgebouw. Drie trappen. Christina Doornaert wachtte hem op de bovenste trede op.

'Wat is er gebeurd met het gedenkteken voor Padre Pedro?' vroeg Pary met een nadrukkelijk gebaar om de aandacht van zijn kijkers te vestigen op een leeg, betonnen voetstuk.

'Onbekenden hebben het stukgeslagen. Onze familie had het beeld laten overkomen in 1955. Het volgende jaar werd het vernield.'

'Waarom?'

'Omdat de moordenaars van Padre Pedro zijn herinnering definitief wilden uitwissen.'

'Weet je wie de moordenaars zijn?'

Christina Doornaert zweeg. Pary bevond zich ineens in een afgetakeld kantoortje. Hij stelde de man achter het bureau voor als de assistent-procureur van Puerto Casado.

'Waarom heeft het gerecht nooit kunnen achterhalen wie Padre Pedro Doornaert vermoord heeft?'

De magistraat stak zijn borstkas vooruit en trok zijn schouders achteruit. Manhaftig, ondanks zijn magere gezicht met een neus als een hakbijl en bleke, vleesloze lippen.

'Voor zover ik de zaak heb kunnen reconstrueren, hebben mijn collega's destijds alles gedaan wat met de middelen van toen mogelijk was. Meer dan zeventig jaar later kan ik alleen vaststellen dat ze voor een onmogelijke opgave stonden. Om maar één probleem te noemen. De agenten waren per telegram op de hoogte gebracht van de overval en moesten daarna per trein naar de plaats van de misdaad reizen. Ze kwamen er twee dagen na de feiten toe.'

'De daders hadden ruim mogelijkheid om te vluchten', onderbrak Pary hem nodeloos.

'Daders of dader', verbeterde de magistraat. 'Niemand is getuige geweest van de moord. Of niemand heeft zich als getuige aangeboden.'

'Liepen getuigen gevaar als ze met de politie meewerkten?' vroeg Pary.

De magistraat haalde zijn schouders op. Einde van de manhaftige houding.

'Het was een wild land', zei hij. 'Met wilde mensen uit de Chaco, maar ook van erbuiten.'

'Een huurmoordenaar?' suggereerde Pary gretig.

'Rond het tijdstip van de moord zouden er vreemdelingen in de omgeving van de missiepost gesignaleerd zijn. Onze mensen hebben niet kunnen achterhalen wie ze waren of waar ze vandaan kwamen. Soldaten op de dool na de oorlog? Gelukzoekers? Bandieten? We weten het helaas niet.'

Pary keerde zich om en sprak tegen de camera. Op de achtergrond onderdrukte de magistraat een geeuw.

'De wilde binnenlanden van Zuid-Amerika', zei Pary op de bombastische toon die hem eigen was. 'Vandaag heersen hier drugsbenden die onze jeugd vergiftigen, zeventig jaar geleden was dit het territorium van desperado's die zich verzetten tegen het bekeringswerk van een Vlaamse missionaris. Martelaar Padre Pedro. Straks, misschien, de zalige Petrus Doornaert!'

Geo knipte de televisie uit. Voor hij de telefoon kon opnemen om naar Piet Schraepen te bellen, hing de verslaggever al aan de lijn.

'De kwal is godverdomme helemaal naar Paraguay mogen reizen om een reclamespot voor Doornaerts winkel te maken!' foeterde Piet.

'Tenzij Doornaert zijn reis betaald heeft met geld dat ze hier voor haar zogenaamd nobele werk bijeengebedeld heeft', stookte Geo.

'Heb je goed geluisterd naar wat de autoriteiten destijds gezegd hebben?' vroeg Piet. 'De kapelaan is "waarschijnlijk" vermoord omdat hij tekeerging tegen seks, drank en inheemse rock-'n-roll! Is dat genoeg om hem tot martelaar uit te roepen?'

'Een martelaar lijdt of sterft voor zijn geloof', legde Geo uit. 'Als de Padre vermoord werd omdat hij strijd voerde tegen zedenverwildering...'

'Als!' onderbrak Piet hem. 'Volgens de assistent-procureur weet het gerecht in Paraguay zo goed als niets over de dood van Doornaert. Hij heeft er geen idee van of de dader alleen handelde of dat er meerdere personen bij de aanslag betrokken waren. Geen idee wie de dader of de daders waren, noch waar ze vandaan kwamen. Zelfs over het motief bestaat blijkbaar geen zekerheid! Als... Als... Als... Waarom doet zo'n Pary geen moeite om feiten naar boven te spitten?'

'Omdat de mensen alles wat ze op televisie zien en horen als feiten aannemen', zei Geo.

Hij hoorde papier ritselen.

'Ik heb een officiële mededeling van het aartsbisdom Asunción gevonden in het archief', zei Piet. 'Opgesteld op 28 januari 1937. Een overlijdensakte in het Latijn met een bijlage in het Spaans en een Franse vertaling.'

De opsteller van de bijlage was een man van weinig woorden geweest. Eerwaarde heer Petrus Doornaert was op 7 januari 1937 door een onbekende doodgestoken toen hij een lading goederen voor de missie ophaalde in het depot van 'Hulpstation Nummer Zeven'.

Er waren geen goederen gestolen.

De gerechtelijke autoriteiten van Puerto Casado hadden geen spoor kunnen vinden van de dader of eventuele medeplichtigen.

De dag voor de moord had Padre Pedro bezoek ontvangen van een man in een personenauto van het merk Ford met Argentijnse nummerplaat.

Een onderwijzer van de missieschool en twee tuiniers hadden het tweetal in een vreemde taal horen praten. Het gesprek verliep op een rustige toon. De onderwijzer had de indruk gehad dat de Padre en zijn bezoeker elkaar kenden, maar kon het niet bevestigen omdat de Padre met geen woord gerept had over wie de onverwachte bezoeker geweest was.

De inheemse tuiniers waren meermaals ondervraagd, tot vaststond dat hun getuigenis correct was. Zij bevestigden de verklaring van de onderwijzer.

Volgens de onderwijzer gebeurde het vaker dat reizigers op doortocht halt hielden op de missie, een van de weinige 'gecivilizeerde' nederzettingen in de streek. Soms kochten ze benzine of proviand uit de voorraad van de missie. Een enkeling overnachtte wel eens in het gastenverblijf naast de kerk.

De bezoeker was na een oponthoud van nog geen uur vertrokken in de richting van Puerto Casado en Padre Pedro was gewoon verder gegaan met zijn dagelijkse bezigheden.

Pogingen van de politie om de identiteit van de bezoeker te achterhalen waren zonder resultaat gebleven.

De rechercheurs die het onderzoek op de plaats van de misdaad voerden, hadden niemand gevonden die voor, tijdens of na de moordaanslag een auto van het merk Ford met een Argentijnse nummerplaat had gezien.

'En dan is er nog dit', zei Piet. 'In de laatste brief in map XXIV staat dat het aartsbisdom Asunción gunstig gevolg heeft gegeven aan het verzoek van de Belgische ambassadeur in Buenos Aires om hem de briefwisseling en andere persoonlijke geschriften van Padre Petrus Doornaert die zich nog op de missie bevonden toe te vertrouwen, opdat hij ze aan het bisdom Luik zou bezorgen.'

'Nu ga je me vertellen dat die documenten niet in het archief in Hasselt te vinden waren', veronderstelde Geo.

'Geen letter. Volgens mij is er een complete map verdwenen. Nummer XXV...'

'Misschien is het materiaal uit Paraguay nooit in Luik aangekomen. Latijns-Amerikaanse slordigheid.'

'Mogelijk', zei Piet. 'Maar dan vraag ik me af waarom het bisdom Luik niet meer inspanningen gedaan heeft om die stukken op te sporen? Alsof er na Doornaerts dood niets meer geregeld hoefde te worden. Ik veronderstel dat het bisdom heeft moeten kiezen tussen repatriëring of een begrafenis ter plaatse, bijvoorbeeld. Doornaerts financiële en andere materiële zaken moesten geregeld worden. Er was de zaak van de installatie van een opvolger of de overdracht van de missiepost aan de lokale kerkautoriteiten als Luik niet langer verantwoordelijk wilde zijn. Enzovoort. Niets van terug te vinden. Vreemd voor een instantie die altijd over alles en nog wat correspondeerde en van elke brief een kopie bewaarde.'

'Hoe kom je te weten waar de laatste stukken naartoe zijn?' vroeg Geo zich af.

'Vraag liever hoe ik de mensen die met de zaligverklaring bezig zijn, kan vertellen dat ze werken met een gekuiste versie van het archief, zonder mezelf te verraden?' reageerde Piet.

'Soms helpt het om eerlijk te zijn', meende Geo. 'Brutaal eerlijk.'

'Eerlijk wil ik graag zijn. Brutaal laat ik liever aan jou over.'

'Ben je geïnteresseerd in foto's van Petrus Doornaert?' vroeg Geo aan Jef Theelen, de historicus die volgens Tjenneke Bongers het verleden van de toekomstige zalige/heilige moest uitpluizen.

‘Ja, maar ik heb geen budget om foto’s aan te kopen.’
‘Je krijgt ze gratis.’
Een ogenblik stilte. Geo hield zijn adem in.
‘Waar komen de foto’s vandaan?’ vroeg Theelen.
Geo wist dat de vis gebeten had.
‘Iemand heeft ze gered van de vuilnisbelt.’
Een antwoord waar geen historicus aan kon weerstaan.
‘Ik wil er wel eens naar kijken’, zei Theelen. ‘Kun je ze opsturen?’
‘Beter nog. Ik kom ze persoonlijk afgeven. In de loop van de middag?’
‘Geen probleem. Ik ben tot vijf uur op kantoor.’

‘Deze foto heeft in een krant gestaan’, zei Theelen toen Geo hem de afdruk van het tafereel met de kapelaan, Virginie en de bleke vlammenzee voorlegde.

De researcher was een jonge man, waarschijnlijk nog maar recent afgestudeerd, maar met de trekken en de lichaamstaal van iemand die er voor zijn veertigste al oud zou uitzien.

‘Is dat een probleem?’ vroeg Geo.

‘Heb jij iets met die publicatie te maken?’

‘Ik werk voor de krant. Fotoreporter.’

Theelen deinsde achteruit alsof hij oog in oog stond met een baarlijke duivel.

‘Ik dacht dat ik je naam al gelezen of gehoord had! Natuurlijk! Joosten...’

‘Ik was de eerste met het nieuws over de tombe. Waarschijnlijk heb je daardoor mijn naam opgevangen.’

‘Ken je Christina Doornaert?’

‘Ja.’

‘Zij heeft over je gesproken. Jij bent een van de journalisten die campagne voeren tegen de zaligverklaring van Padre Pedro.’

‘Heeft ze ook gezegd dat ik dat ontken?’

De sfeer was ineens ijzig geworden.

‘Neen. Ik weet overigens niet of het zin heeft het te ontkennen. Ik heb alles gelezen wat er in je krant over de zaak geschreven is. Gelezen en geanalyseerd. Dat is mijn specialiteit.’

‘Waarom zou ik campagne voeren tegen een zaligverklaring van een persoon die ik van haar noch pluim ken?’

'Omdat het je goed uitkomt? Omdat je door onrust te stoken en tegen heilige huisjes te schoppen kranten kunt verkopen?'

Theelens onstuitbaar opwellende vijandigheid vulde de kamer. Geo trakteerde hem op een meewarige glimlach.

'Is dat een wetenschappelijk onderbouwde opinie?' vroeg hij.

'Het is de opinie van een persoon die objectief, nuchter en met kennis van zaken bepaalde teksten heeft ontleed', antwoordde Theelen.

'Je stelt me gerust', reageerde Geo sarcastisch. 'Ik had al gevreesd dat je even blind en vooringenomen was als Christina.'

Theelen toonde zich verrast dat een simpele journalist zo tegen een doctor in de geschiedenis tekeer durfde te gaan.

'Heb je met evenveel kritische zin onderzoek gedaan naar de Hermanas Dominicanas de la Congregación de los Sagrados Corazones?' vroeg Geo.

'Wat insinueer je?'

'Heb je je al afgevraagd of die zogenaamde orde wel bestaat?'

'Natuur...' begon Theelen verontwaardigd, maar hij zweeg prompt toen hij een stout lachje op Joostens gezicht zag verschijnen.

'Ik neem het je niet kwalijk als je dat detail uit het oog verloren bent', zalfde Geo. 'Een historicus houdt zich vooral bezig met het verleden. Het heden in de gaten houden is werk voor journalisten.'

'Het heden?' spotte Theelen. 'Een graf uit 1914?'

'Een skelet uit 1914. Het slachtoffer van een moord in 1914. Een moeder met een ongeboren kind uit 1914. Begraven in een kuil die gedolven is door een man die op het punt staat in of omstreeks 2014 zalig verklaard te worden.'

Theelens ogen schoten vuur.

'Of zalig verklaard moet worden', ging Geo nijdig verder. 'Zalig verklaard móét worden omdat het goed uitkomt voor een schimmige stichting. Noem het voor mijn part sensatie, ik blijf het eerlijke berichtgeving over een actueel onderwerp noemen.'

'Je hebt je onder valse voorwendsels aangemeld', zei Theelen.

'Ik heb je foto's aangeboden. Ze liggen voor je op tafel. Wat is daar vals aan?'

'Je hebt niet gezegd dat je voor een krant werkte. Het is mij verboden met de pers of andere buitenstaanders over het proces van zaligverklaring te spreken.'

‘Is het ook verboden te luisteren naar oprecht gemeende waarschuwingen?’

‘Ik snap niet wat je bedoelt.’

‘Een vogeltje heeft me verraden dat er met het archief van Petrus Doornaert geknoeid is’, ging Geo verder. ‘Iemand heeft er belangrijke documenten uit verwijderd, zoals een verslag van het gesprek dat Doornaert in 1914 met zijn bisschop had, waarna hij in zeven haasten naar Paraguay moest vertrekken. Documenten die in 1937 door de ambassade in Buenos Aires naar het bisdom Luik zijn gestuurd. Onder andere.’

Theelen staarde de journalist sprakeloos aan.

‘Kun je dat bevestigen of ontkennen, voor ik de feiten in de krant gooi?’ daagde Geo hem uit.

‘Feiten?’ vroeg Theelen. ‘Wat noem jij feiten in dat amalgaam?’

‘Het feit dat belangrijke stukken uit het archief verwijderd zijn. Documenten die een licht kunnen werpen op wat er in 1914 gebeurd is. Een mogelijke verklaring voor de moord aan het station in Paraguay.’

Theelen wierp steels een blik op de archiefkast. De hangmappen. Zijn studiemateriaal. De reden waarom het bisdom hem deze opdracht had gegeven. Blufte de journalist of wist hij inderdaad dingen over die kast waarvan hij, de officiële researcher, niet op de hoogte was?

‘Ik kan helemaal niets ontkennen of bevestigen’, deed hij zwakjes. ‘Niet zonder bijkomend onderzoek.’

‘Mag ik terugkomen als het onderzoek afgerond is?’ vroeg Geo.

‘In geen geval.’

Joosten lachte.

‘Dat antwoord had ik verwacht. Ik heb heel de weg naar Hasselt zitten piekeren over een argument om je van gedacht te doen veranderen.’

‘Welk argument?’

‘Ik heb er geen gevonden. Frustrerend.’

Hij deed alsof hij wilde weggaan en zag de opluchting op Theelens gezicht.

‘Frustrerend omdat ik een wet van de journalistiek met de voeten getreden heb’, zei hij. ‘De oude wet van de ene hand die de andere wast. Geven en nemen. Begrijp je?’

‘Wat heb je me gegeven?’ sputterde Theelen tegen.

'Ik heb je kritische en analytische geest aangescherpt, zodat je actief naar de hiaten in het archief kunt zoeken. Ik heb je een foto gegeven waarop kapelaan Doornaert liefdevol de hals masseert van een meisje dat mogelijk zijn kind draagt, terwijl een ander meisje dat hij zwanger heeft gemaakt, boos toekijkt. Plus een foto waarop mogelijk het ogenblik is vastgelegd dat de kapelaan en een van zijn lieven het uitmaken. Met tragische gevolgen.'

Theelens ogen vlogen over de foto's.

'Wat kun jij geven?' vroeg Geo terwijl hij langzaam opstond.

'Misprijzen', antwoordde de historicus. 'Bodemloos, afgronddiep misprijzen voor je smerige insinuaties.'

'Het zij zo', reageerde Geo.

Hij had de deurklink in de hand toen Theelen hem staande hield.

'Wacht.'

Geo draaide zich om.

'Het bisdom Luik had een kopie van het verslag over de confrontatie tussen de bisschop en de kapelaan', zei hij terwijl hij een dun mapje uit een bureaulade haalde.

Geo nam weer plaats op de bezoekersstoel.

'Het was me natuurlijk opgevallen dat een gedeelte van het stuk verwijderd was uit het dossier van Doornaert', zei Theelen.

Geo probeerde de compact getypte tekst te lezen.

'Ik zal het voor je samenvatten', stelde Theelen voor. 'Kapelaan Doornaert heeft aan de bisschop bekend dat een meisje uit zijn parochie hem verleid heeft en dat ze mogelijk zwanger van hem was. Dat bevestigt je vermoeden. De bisschop heeft hem dan gevraagd of hij die onthulling niet beter aan zijn biechtvader zou doen. Doornaert antwoordde dat hij zijn zonde al gebiecht had.

Hij wenste met de bisschop over de zaak te spreken omdat roddels over zijn gedrag de ronde deden. Om de praatjes te doen stoppen en helemaal in het reine te komen met zijn geweten, smeekte hij om een nieuwe opdracht, zo ver mogelijk van Sint-Remigius verwijderd.'

'Zei de kapelaan ook met wie hij zijn zogenaamde zonde gepleegd had?'

'Dat is vertrouwelijk.'

'De feiten zijn honderd jaar oud. De kapelaan is al tachtig jaar dood.'

'En toch geef ik geen namen.'

'Namen', zei Joosten. 'Je zei "namen", in het meervoud.'

Theelen bloosde omdat hij zich zo domweg verraden had.

'Françoise Vanelderen', zei Joosten. 'Virginie Cuyx. Wie nog meer?'

Theelen borg de papieren weer op.

'Moet je de reputatie van de kapelaan redden?' vroeg Geo.

'Petrus Doornaert heeft gezondigd, zoals elke sterveling', zei Theelen. 'Hij heeft zijn zonden opgebiecht en hij heeft boete gedaan. Lang en intens. Zo grondig dat hij er uiteindelijk het leven bij ingeschoten heeft. Ik veronderstel dat zijn zonde voor de commissie geen reden hoeft te zijn om hem niet zalig te verklaren.'

'Ook niet als hij Virginie Cuyx vermoord en begraven heeft?' daagde Geo hem uit.

'Wie zegt dat ze vermoord is?'

'Haar lichaam lag onder zijn muur begraven. In een kuil die hij eigenhandig uitgehakt had. Na haar dood heeft hij zichzelf tot bloedens toe gegeseld. Dag na dag, elke avond opnieuw. Is dat het gedrag van een heilige, van een gek of van een man die verteerd wordt door schuldgevoelens?'

'Een redenering waarmee je alle kanten uitkunt, maar geen bewijs dat hij die vrouw om het leven heeft gebracht.'

'In Paraguay is hij als een waanzinnige tekeergegaan tegen wat hij ontucht noemde. Zo fanatiek dat zijn parochianen hem een kopje kleiner hebben laten maken door een of andere buitenlandse huurmoordenaar. Tenzij ze het zelf gedaan hebben.'

'Dat staat nergens in de stukken', zei Theelen.

'Misschien in de map die iemand uit het archief gejat heeft.'

Theelen kreunde ongeduldig.

'Ik heb je beloofd te onderzoeken welke stukken mogelijk in het archief ontbreken.'

'Mag ik terugkomen als je onderzoek afgerond is?'

'In geen geval', herhaalde Theelen.

Geo hield halt in de open deur.

'Tot weerziens', zei hij.

Voor de historicus kon reageren, trok hij de deur achter zich dicht. Theelen liet zijn ogen over de mappen in de kast glijden. Compleet, stelde hij vast, van I tot XXIV.

'Die vent blufte', maakte hij zichzelf wijs.

# 12

Geo Joosten proefde Doornaerts angst en ontzag voor de nakende tocht door de wildernis in het verslag dat de kapelaan voor *Onze Missies* geproduceerd had. Met een overdaad aan pietluttige details, alsof hij gehoopt had in elke kleinigheid een excuus te vinden om zijn vertrek uit te stellen, beschreef hij de voorbereidingen voor zijn vertrek uit het gastenhuis aan het station.

Hij somde uitgebreid de ingrediënten van het ontbijt op en leek maar niet uitgepraat te raken over 'vettige dampen' die de ochtendzon uit de doorweekte aarde deed opstijgen.

Eindeloos emmerde hij over de wanorde en de herrie waarmee de arbeiders de karavaan klaarmaakten voor de reis. Toen Casado's voorman Alejandro uit de nevel opdook en met enkele barse bevelen orde schiep in het kluwen van muildieren, mensen en karren, vervloog Doornaerts laatste hoop zijn afscheid van de min of meer beschaafde wereld nog even te kunnen uitstellen.

*'Rijden', beval Alejandro.*

*Doornaert deinsde achteruit. Hij had nog nooit op een paard gezeten, laat staan dat hij er een gemend had.*

*'Mak paard', stelde de voorman hem gerust.*

*De missionaris zag dat de arbeiders en hun vrouwen hem sluiks in de gaten hielden, klaar om spottende commentaar te leveren op de minste onhandigheid.*

*Hij tilde kordaat zijn soutane op tot boven zijn knieën. Bleke, blote benen. Een vrouw giechelde. Doornaert negeerde haar. Hij zette een voet in de stijgbeugel en zwaaide tot zijn eigen verbazing zijn been in een vloeiende beweging over de paardenrug. Het zadel voelde hard maar toch comfortabel aan. Het paard liet hem gedwee begaan. Alejandro overhandigde hem zonder commentaar de leidsels en deed hem voor hoe hij het rijdier moest doen vertrekken.*

*De karavaan zette zich in beweging. De voorman en de missionaris reden op kop, de karren volgden, een troep vrouwen en kinderen te voet sloot de stoet.*

*De weg was gebaand door de lastwagens die hout naar het station vervoerden. Geen ordelijke straatweg zoals in ons vaderland, maar een wirwar van karrensporen. Naarmate de dag vorderde en de zon harder brandde, veranderde de ondergrond van een zuigende pap in een als versteende bodem waarop de karren denderden als op een slecht onderhouden steenweg.*

*De horizon leek maar niet dichterbij te komen. Het gevoelen overmande de Padre dat elke stap hem onontkoombaar naar een onmetelijke leegte voerde waar hij nooit op eigen kracht uit zou kunnen ontsnappen.*

*Bij een plas mochten de dieren drinken. Mannen, vrouwen en kinderen aten rechtopstaand van de in rieten manden meegebrachte proviand. Alejandro deelde een stuk brood en een homp harde, zure kaas met de Padre. Uit een in nat stro gewikkelde fles dronken ze een slok water.*

*'Ver?' vroeg de Padre.*

*Zijn conversaties met Alejandro beperkten zich nog steeds tot een uitwisseling van losse woorden, want verder reikte zijn kennis van het Spaans niet.*

*'Ginds', antwoordde de voorman met een gebaar naar de horizon.*

*'Twintig kilometer?' vroeg Doornaert.*

*'Niet kilometer. Twintig mijl. Tien uren', antwoordde Alejandro met een kwajongensgrijns, alsof de verwarring rond kilometers, mijlen en uren een goede grap was.*

*'Uren!' riep Doornaert uit.*

*'Uren...' bevestigde de voorman.*

*De Padre zag er zo wanhopig uit dat Alejandro medelijden met hem kreeg.*

*'Drink. Sterkte', zei hij en stak hem een heupflesje met sterkedrank toe.*

*De Padre nam een slok. Alsof hij vlammen inslikte. De voorman knikte bemoedigend en nam zelf een slok.*

*Daarna vervolgden ze hun weg. Alejandro half slapend in het zadel. De Padre gespannen als een veer om zich overeind te houden. Elke spier in zijn stramme lijf deed pijn. De arbeiders dutten op de karren, terwijl hun vrouwen en kinderen in doodse stilte achter hen aan sjokten.*

*Donderwolken verschenen boven de horizon. Alejandro draaide zich om naar de Padre.*

*'Dorp', kondigde hij aan.*

*Hoe hard de uitgeputte kapelaan zich ook inspande, hij kon alleen struikgewas en stompen van gerooide bomen onderscheiden.*

*'Rook', zei Alejandro terwijl hij over zijn neus wreef. 'Mensen.'*

*Het 'Nieuwe Dorp' bestond uit primitieve hutten rond een plein dat beheerst werd door een laag, langwerpig gebouw van golfplaten, een kopie van het gastenhuis bij het station. Toen Alejandro en Pedro het plein opreden, kwamen een indiaanse man met bloot bovenlijf en een knielange broek en een vrouw in een vormeloze, witte jurk hen tegemoet. Ze hadden allebei hetzelfde kapsel. Sluik, halflang, gitzwart haar. Hun donkere gezichten verraadden wantrouwige nieuwsgierigheid.*

*'Welkom', zei de man.*

*Alejandro wees naar de missionaris.*

*'Padre Pedro.'*

*Het paar boog prompt het hoofd en knielde overdreven onderworpen in het stof.*

*'Nando. Maria', stelde de voorman hen voor en gebaarde dat ze weer rechtop mochten komen.*

*'Goede avond', zei de Padre.*

*Het tweetal staarde hem aan, verbaasd dat dit vreemde wezen verstaanbare klanken kon uitbrengen.*

*'Thee', beval Alejandro en Maria rende naar het huis om direct terug te keren met een zwartgeblakerde ketel en twee blikken mokken.*

*Zonder af te stijgen dronken de voorman en de missionaris van het bittere, hete brouwsel. Het indiaanse koppel wachtte zwijgend tot de mokken leeg waren.*

*'Eten', beval Alejandro.*

*De Padre sloeg zijn handen om de hals van het paard en liet zich kreunend uit het zadel glijden. Zijn knieën knikten toen zijn voeten de grond raakten. Hij moest zich aan de stijgbeugel vasthouden om niet door zijn benen te zakken.*

*'Moe', zei hij om zich voor zijn zwakte te verontschuldigen.*

*Alejandro en het koppel verwaardigden hem met geen blik.*

*De rest van de karavaan had aan de dorpsrand halt gehouden, waar iemand het grondplan van de missiegebouwen met paaltjes in de ruwe bodem uitgezet had.*

*De mannen laadden de wagens uit. Vrouwen en kinderen waren in de weer met brandhout, roosters, water, ketels en ingrediënten voor het avondmaal.*

*Boven de horizon flitsten bliksemschichten door de pekzwarte lucht. Donder rolde over het land. Alejandro keek vragend naar Nando.*

*'Geen regen hier', stelde de indiaan hem gerust.*

*'Geen regen hier', beaamde de voorman.*

*De Padre strompelde als een gebroken man achter Maria en Nando aan naar de veranda van het gastenverblijf, terwijl Alejandro de paarden naar de kraal leidde waarin ook de muildieren de nacht zouden doorbrengen.*

*'Eerwaarde', zei Nando om de Padre uit te nodigen plaats te nemen in een stoel van huiden op een geraamte van ruw bewerkte takken.*

*Op een tafeltje wachtten glazen, een waterkaraf en een fles sterkedrank op de blanke meesters. Nando schonk een glas halfvol met alcohol en Maria vulde het tot de rand bij met water. Nando gebaarde dat de missionaris moest drinken. De Padre hapte naar lucht toen de vloeistof zijn mond en keel in brand zette. Nando stak goedkeurend een duim op.*

*'Sterk', hijgde de Padre.*

*Nando deed teken dat hij zijn glas moest leegmaken. De Padre nam nog een slok. Maria vulde het glas meteen weer met alcohol en water. De Padre zag de wereld voor zijn ogen tollen.*

*Dorpskinderen waren op het pleintje samengetroept om naar de vreemdeling te staren. Vrouwen loerden naar de Padre vanuit donkere deurgaten. Een oude man met één been zat tegen de muur van een hut op de grond en genoot breed grijnzend van het zeldzame spektakel.*

*Alejandro joeg de kinderen weg. De vrouwen trokken zich bliksemsnel terug in hun hutten. De oude grijnsde nog nadrukkelijker.*

*De voorman mompelde een goedkeuring toen hij zag dat het indiaanse koppel de missionaris al had laten kennismaken met het lokale vuurwater. Nando en Maria repten zich om ook voor hem in te schenken.*

*'Proost', deed de voorman.*

*Hij sloeg het vurige brouwsel in één keer naar binnen. De Padre durfde niet anders dan zijn voorbeeld te volgen. Maria vulde de glazen bij. Nando pookte het vuur op. Een fontein van gloeiende kooltjes wervelde rond zijn blote benen. De Padre voelde zich nog duizeliger worden. Nando legde een rooster met grote lappen vlees boven de gloeiende kolen. Alejandro stak zijn glas op naar de Padre. Een slok en het was leeg.*

*'Niet zo snel', kreunde de Padre.*

*Alejandro glimlachte veelzeggend. Niet naar hem, maar naar het indiaanse koppel. Kapelaan Petrus Doornaert snapte dat de voorman hem de hele dag lang getest had en dat het nu de beurt was van de indianen om zijn maat te nemen, zodat iedereen wist wat voor een vent de nieuwkomer met zijn ronkende titel en zijn verheven ambt was.*

*'Misión San Remi!' riep Alejandro met een weids gebaar naar de hutten en het pleintje.*

*'Goed', fluisterde de Padre.*

*In de verte rommelde de donder. Vetdruppels sisten op de kolen, vlammetjes sprongen op, Nando bewoog het vlees over de rooster, handig, precies, geconcentreerd, zodat het overal genoeg hitte kreeg om dicht te schroeien zonder te verbranden. Maria zette fijngesneden rauwe groente op tafel. Alejandro graaide gulzig in de schaal. De Padre vermande zich en volgde zijn voorbeeld.*

Voor Piet Schraepen was het een ochtend zoals alle andere. In het geniep stukken lezen die bevriende gerechtsbedienden hem discreet toegestopt hadden. Een praatje slaan met advocaten. In de rechtszaal zaken volgen die aandacht in de krant verdienden. Menselijke misère en passie ontdoen van droge juristentaal en in hapklare stukjes gieten.

Martina De Brauwer stuurde hem een sms van drie letters: 'DNA'.

Nadat de rechter een notoire, gewelddadige drinkebroer nog maar eens tot een paar maanden met uitstel veroordeeld had, wandelde Piet naar het kantoor van de directeur van de gerechtelijke politie. Ze stond op het punt te vertrekken voor de lunch.

'Punt één', zei ze zonder enige inleiding. 'Ik heb mijn mensen verboden nog langer geld van mijn dienst te verspillen aan jullie hobby. Onder wat voor voorwendsel ook. Ik heb dat ook aan de kwibussen van het laboratorium laten weten. Zonder mijn handtekening gebeurt er niets meer.'

Piet knikte.

'Punt twee. Ik heb geprobeerd een samenhangend verhaal te brouwen uit wat ik van jou en Joosten vernomen heb over de Stichting Padre Pedro, de geldstromen die zogezegd blootgelegd zijn door Tjenneke Bongers en de zogenaamde zuster van de orde van de Hermanas van dit en van dat. Arnold Sauwen mag ernaar kijken, als hij er tijd voor vindt.'

Piet knikte.

'Punt drie. Ik heb het verslag van het laboratorium gekregen. Uit vergelijking van het DNA van de baby en dat van Beth blijkt met meer dan tachtig procent waarschijnlijkheid dat ze verwant zijn.'

'Wauw', deed Piet.

'Ten laatste', zei Martina. 'Voor je gaat uitbazuinen dat de kapelaan de grootvader is van Beth, moet je eerst nagaan of er geen andere verklaring is voor de vermoedelijke band tussen de baby en Beth. Gemeenschappelijke voorouders van wie wij niets afweten en zo. Arnold Sauwen zal zich daar niet mee bezighouden. Dat laat ik aan jou en Geo over. Onder andere omdat het totaal niet relevant is voor het onderzoek naar de activiteiten van Christina Doornaert.'

'Natuurlijk', beaamde Piet.

'Goed. Dan ga ik nu lunchen.'

'Bedankt', zei Tjenneke Bongers.

'Waarom?' vroeg Piet Schraepen.

'Geert Brouns heeft me vijfhonderd euro beloofd om je te assisteren.'

Piet deed zijn best om niet te laten merken hoe verbaasd hij was over Brouns' atypische gulheid.

'Proficiat', zei hij.

'En hij geeft me nog eens evenveel als ik je materiaal bezorg om Christina Doornaert definitief te ontmaskeren', ging Tjenneke verder.

'Oplichters ontmaskeren is werk voor de flikken', waarschuwde Piet hem.

'Sla het aanbod niet af, Piet', smeekte Tjenneke. 'Ik doe dit niet voor de centen, maar om te bewijzen dat ik nog een echte klus aankan. Snap je? Gun me die kans.'

'Hoe wil je Doornaert ontmaskeren?' vroeg Schraepen.

'Ik heb twee draadjes in handen. De manoeuvre met het geld van het bisdom en de stukken die uit het archief verwijderd zijn.'

Triomfantelijk deponeerde hij twee velletjes tussen de koffiekopjes op het cafétafeltje.

'Kopieën van de eerste bladzijden uit het verslag van het bisdom', zei hij. 'Ik heb ze in de bureaula van Jef Theelen gevonden.'

'Theelen heeft Geo Joosten die bladzijden al laten zien', liet Piet hem weten. 'Het is een doorslag van het originele document die in het archief van het bisdom Luik achtergebleven was.'

'Theelen heeft nog meer in zijn lade verstopt', zei Tjenneke zonder iets van teleurstelling te laten merken.

Hij presenteerde Piet een volgende fotokopie alsof het een kostbaar kleinood was. Het was een brief uit Luik, gedateerd 25 november 1932, in het Nederlands.

> 'Zeer geëerde confrater, gelet op de dreigende oorlogsomstandigheden in het gebied waar u zich bevindt, bevelen we u strikt de richtlijnen te volgen die u zullen overgemaakt worden door de heer T.J. van Schalk, in naam van Royal Dutch Shell. Wij herinneren u eraan dat onze Missie San Remi steeds de volle steun van dit bedrijf heeft genoten. We rekenen er dan ook op dat u de nodige loyaliteit tegenover Shell en zijn vertegenwoordigers zult tonen.'

De handtekening en de functie van de ondertekenaar waren onleesbaar.

'Het gaat over Theo Johannes van Schalk', legde Tjenneke uit. 'De Van Schalks zijn beveiligingsexperts van vader op zoon. Een klein bedrijfje. Ze hebben niet eens een echt kantoor, maar de naam Van Schalk klinkt als een klok in wat men de "sector van de gevoelige opdrachten" noemt. Het vuile werk, zouden wij zeggen. De kleinzoon van T.J. zet vandaag met zijn twee zoons de familietraditie voort. Ik ben hen tegengekomen toen ik nog als detective werkte.'

Hij pauzeerde, alsof hij Piet de kans wilde bieden mee te genieten van zijn herinneringen aan zijn vorige, heldhaftig avontuurlijke leven.

'Waarom denk je dat Theelen deze brief in zijn lade verstopt heeft?' vroeg hij dan.

'Om hem binnen handbereik te hebben wanneer hij de tijd vindt om de inhoud te bestuderen', veronderstelde Piet.

'Een andere mogelijkheid is dat hij zijn lade gebruikt als tussenstation op weg naar de papierversnipperaar', insinueerde Tjenneke.

Piet herlas het briefje.

'Ik zie niet in waarom deze brief vernietigd zou moeten worden.'

'Ik ken dit soort van brieven', zei Tjenneke. 'Totaal onschuldig. Tot je tussen de regels begint te lezen.

Waarom vond het bisdom het nodig Petrus Doornaert expliciet te bevelen allerbeste maatjes te blijven met mensen van Shell? Totaal overbodig, want het bisdom, Doornaert en Shell werkten al geruime tijd samen.

En waarom zette Shell zijn wensen en eisen niet gewoon op papier, maar moest het bisdom eerst een brief schrijven om de komst van gezanten aan te kondigen, die helemaal naar de missiepost in een uithoek van Paraguay reizen om daar niet nader omschreven instructies mondeling over te maken?'

Zijn opgewonden samenzweerderstoon begon Piet te irriteren.

'Omdat er een oorlog tussen Bolivia en Paraguay was uitgebroken, zoals in de brief staat', antwoordde de verslaggever.

Tjenneke schudde het hoofd.

'Dat wist Doornaert ook zonder die brief', zei hij. 'Ik denk dat Van Schalk hem moest gaan inprenten dat Shell meer dan alleen maar gewone loyaliteit verwachtte. Lees de brief. Heel vaag en tegelijk heel duidelijk. Doe blindelings wat we je opdragen en stel geen vervelende vragen. Daar komt het op neer.'

'Ja', zei Piet.

'Multinationals zetten hun wensen of bevelen in gevoelige zaken liever niet al te duidelijk op papier', ging Tjenneke verder. 'En bisschoppen blijkbaar ook niet. "Blijf loyaal tegenover Shell en ondersteun Van Schalk." Onschuldiger konden ze het niet formuleren. Niets aan de hand, tot Van Schalk op een mooie dag op de stoep staat en uitlegt wat de begrippen "loyaal" en "ondersteunen" in de praktijk betekenen.'

Hij boog zich voorover naar Piet, ook al was er geen mens in de buurt die hen kon afluisteren.

'Volgens mij heeft Van Schalk met medeweten van het bisdom Doornaert ingeschakeld in een geheime operatie van Shell', fluisterde hij.

'Je ziet spoken', meende Piet.

Tjenneke lachte meewarig.

'Ik heb met Cor van Schalk gebeld, een kleinzoon van T.J. Hij vertelde dat zijn grootvader in de jaren dertig inderdaad als "speciale adviseur" in Paraguay actief was geweest. Hij was er zelfs trots op, want het was het eerste "oorlogscontract" van de firma. Het opstapje naar wat die lui het "grotere werk" noemen. Wat zijn opa precies gedaan heeft, wist hij niet, maar hij heeft wel losgelaten dat het mogelijk kon gaan om het rekruteren van agenten die bij een eventuele nederlaag van Paraguay als een soort van vijfde colonne achter zouden blijven op de concessie van Shell.'

'Padre Pedro als spion?' vroeg Piet spottend.

'Waarom niet?' antwoordde Tjenneke. 'Een missionaris die door zijn oversten verbannen is en in hoge mate van Shell afhankelijk is. Lijkt je dat geen ideale prooi voor de intriganten van een grote oliemaatschappij?'

'Stel dat je gelijk hebt', zei Piet. 'Waarom moest die brief dan in een lade verdwijnen? Wat maakt Doornaert minder heilig als hij opdracht had gekregen te spioneren voor Shell?'

'Wie in opdracht van Shell sterft, is geen martelaar.'

# 13

De woorden op het etiket, geschreven in potlood, waren bijna uitgewist door tijd, vocht en stof. 'Meester Herman', las Bert Peeters.

Dat de zusters ook papieren van de onderwijzer uit de gemeenteschool bewaard hadden, verbaasde hem niet. Het zogenaamde kloosterschoolarchief bevatte rommel uit zoveel verschillende bronnen dat hij de collectie van de zusters stilaan beschouwde als een uit de meest uiteenlopende materialen gevlochten eksternest.

In de map 'Meester Herman' ontdekte hij tientallen brieven aan moeder-overste Clementina met afspraken over gezamenlijke communie- en andere religieuze vieringen. Na elk schooljaar had ze de meester brieven gestuurd met de namen van de jongetjes die haar 'bewaarschool' gingen ruilen voor het 'eerste studiejaar' in de gemeenteschool.

Bert geeuwde, maar bleef toch hardnekkig door de saaie brievensoep waden. Een atypisch bondige brief viel hem op.

> 'Zeer Eerwaarde Moeder Overste. Ik heb vernomen dat een beschonken werkman op de kermisavond in het publiek uitgebazuind heeft dat kapelaan Doornaert gemeenschap heeft met meisjes van het koor en dat de zusters het weten, maar zich niets van zijn schandelijke wangedrag aantrekken. Moeten wij daar niet op antwoorden in naam van het koor? Nederig, uw dienaar, Meester Herman.'

Het antwoord van moeder-overste Clementina was niet bewaard, maar de reactie van de meester wel.

> 'Zeer Eerwaarde Moeder Overste. Ik buig het hoofd voor uw wijze oor-

> deel. Toch moet het me van het hart dat betreffende persoon ook in nuchtere staat dezelfde vunzige beschuldigingen herhaald heeft. Tot mijn afschuw beweerde hij ook dat de geheimzinnige verdwijning van Virginie Cuyx een gevolg is van vleselijke betrekkingen die zij gehad zou hebben met de Eerwaarde Doornaert. Uw nederige dienaar, Meester Herman.'

Onderaan op de brief had zuster Clementina een zinnetje in potlood geschreven, blijkbaar een kladversie van de kern van haar antwoord aan de meester.

> 'Laat aan iedereen weten dat kapelaan Doornaert onschuldig is, want hij heeft zelf de verdwijning aangegeven bij de gendarmen in Rukkelingen.'

'Waarom wilde zuster Clementina de meester zo expliciet inpeperen dat de kapelaan onschuldig was en waarom gebruikte ze daarbij het argument dat hij zelf naar de gendarmen was gestapt?' vroeg Geo toen Bert hem dat zinnetje voorlegde.

'Om de roddels te doen stoppen, natuurlijk', veronderstelde Bert. 'De weldenkende mensen mochten dan wel schande spreken over wat een zogenaamde zatlap gebrald had, maar intussen herhaalden ze wel lustig zijn woorden. Ik vermoed dat Clementina op de eerste brief van de meester geantwoord heeft dat ze het beneden haar en zijn waardigheid vond aandacht te besteden aan dronkenmanspraat, maar toen het geroddel aanhield, gaf ze de schoolmeester een argument om de kwaadsprekers de mond te snoeren.'

'Waarom hadden ze een argument nodig?' vroeg Geo. 'Volstond het woord van een schoolmeester en van een zuster-overste dan niet om de weldenkende burgers ervan te overtuigen dat ze geen geloof moesten hechten aan wat zatte werklieden vertelden?'

'Ik weet het niet', bekende Bert.

'Twijfelde de meester aan Doornaerts onschuld en moest Clementina hem daarom overtuigen dat hij onschuldig was?'

'Ik weet het niet.'

'Wat is er gebeurd tussen het moment waarop Clementina in haar schrift noteerde dat de kapelaan boer Vanspauwen de raad gaf naar de gendarmen te stappen en het ogenblik waarop ze aan de schoolmeester schreef dat hij zelf aangifte had gedaan van Virginies verdwijning?'

'Dat zullen we waarschijnlijk nooit te weten komen', mompelde Bert.

'Ik zou het al mooi vinden als we wisten wie uiteindelijk de verdwijning aangegeven heeft', reageerde Geo.

'Het argument van Clementina was dan toch niet zo onbelangrijk...' begon Bert.

'Je bezorgt me nog een punthoofd', onderbrak Geo hem.

Hoofdinspecteur Arnold Sauwen maakte Christina Doornaert meteen duidelijk waarom hij haar voor een 'verkennend gesprek' uitgenodigd had.

'Een burger heeft ons gemeld dat je in naam van een liefdadige instelling geld inzamelt', zei hij. 'Hij zei ook dat je je voordoet als kloosterzuster van een niet-bestaande orde.'

'Ik werf inderdaad fondsen voor de Stichting Padre Pedro', gaf Christina meteen toe. 'De Stichting en haar werk zijn bekend bij het bisdom Limburg. De Stichting is officieel geregistreerd in Paraguay.

Ter ondersteuning van het werk van Padre Pedro heb ik een tiental jaren geleden de Orde der Zusters Dominicanessen van de Congregatie der Heilige Harten opgericht. De Orde heeft haar hoofdzetel in Montevideo, Uruguay, op het adres van het Instituut Padre Pedro. Als ik geweten had dat je daarover wilde spreken, had ik de nodige documenten meegenomen.'

'Geboorteplaats en -datum. Puerto Victoria, Paraguay, 15 maart 1937', las Sauwen op haar identiteitskaart.

'Ik ben kort na mijn geboorte opgenomen in de Hogar San Remi para Huérfanas, een weeshuis opgericht door Padre Pedro', legde Doornaert minzaam uit. 'De familie van de Padre heeft me in januari 1938 naar België laten overkomen, waar ik in september 1939 geadopteerd ben door Vincent Doornaert en zijn echtgenote in Lendelede. Ik kan alle documenten voorleggen.'

'Natuurlijk', zei Sauwen.

'Waarom wantrouw je me?' vroeg Christina met een engelachtige glimlach.

De politieman negeerde de glimlach en de vraag.

'Padre Pedro was al overleden toen jij geboren werd', ging hij verder. 'Waarom heeft zijn familie je geadopteerd?'

'Ik was het eerste kind dat na zijn martelaarsdood in zijn weeshuis werd opgenomen. De familie beschouwde me daarom als een levend aandenken aan zijn onbaatzuchtige werk. De adoptie zagen ze als een middel om zijn werk voort te zetten.'

'Natuurlijk', mompelde Sauwen, zo koel en afstandelijk als hij maar kon.

Zijn houding leek indruk te maken.

'Ik ben er trots op dat ik zijn naam mag dragen en zijn werk met moderne middelen mag voortzetten!' reageerde Christina fel.

'Natuurlijk. Hoe heette je bij je geboorte?'

'Cristina S.N. Sin nombre. Naamloos. En Cristina met een C, de Spaanse schrijfwijze.'

'Had je niet de naam van je moeder moeten krijgen?'

'Het enige dat ik heb kunnen achterhalen, is dat mijn moeder me vermoedelijk in de buurt van het destijds nog officieel Puerto Victoria genoemde Puerto Casado gebaard heeft om me daarna aan het weeshuis daar toe te vertrouwen. Inheemse vrouwen in nood deden dat wel vaker. Hun naam werd in principe niet genoteerd. Mijn officiële geboortedatum is trouwens de datum waarop ik in het tehuis opgenomen werd.'

'Vreemd', vond Sauwen.

'Zo ging het er ginds in die tijd aan toe', zei Christina.

'Ben je daarom zo begaan met de nagedachtenis van Padre Pedro?'

'Sinds ik ontdekte welke rol zijn weeshuis in mijn leven gespeeld heeft, ben ik hem met hart en ziel toegewijd.'

'Natuurlijk. Waarom heb je de Stichting Padre Pedro niet laten registreren?'

'De Fundación is in Paraguay geregistreerd.'

'En de Stichting?'

'De Stichting is hetzelfde als de Fundación.'

Arnold Sauwen had de indruk dat hij in vanillevla aan het roeren was.

'Hoeveel leden telt je kloosterorde?' vroeg hij dan maar.

'Het Instituut werkt met een dozijn vrijwilligsters. Gedreven idealisten. Ik beschouw hen als mijn medezusters.'

'Moet een kloosterorde geen officiële erkenning krijgen voor ze zich een orde mag noemen? Van een bisschop? Van de paus? Of van een andere kerkelijke instantie?'

Christina Doornaert glimlachte.

'Vergeef het me dat ik me daar nog niet mee beziggehouden heb', zei ze. 'We hebben het zo druk met ons dagelijkse werk dat we geen tijd gevonden hebben om ons om de bureaucratie te bekommeren. In Latijns-Amerika tilt men daar niet zo zwaar aan.'

'Maar hier...'

'Je hebt gelijk. Hier is zoveel anders. Ik besef het. Daarom treed ik hier ook niet op als lid van de orde. Tenzij, een zeldzame keer, in besloten kring, tussen gelijkgezinden. Overtreed ik daarmee de wet?'

'Ik zal het onderzoeken, mevrouw Doornaert.'

Ze onthaalde zijn ontwijkende antwoord op een triomfantelijke glimlach.

'Heb je ooit geprobeerd te achterhalen wie je vader is en wat er van je moeder geworden is?' vroeg Sauwen.

'Het weeshuis beschikt niet over die gegevens.'

'Je ziet er niet Zuid-Amerikaans uit', probeerde de politieman voorzichtig.

'Na meer dan zeventig jaar onder de grauwe Europese hemel is mijn huid inderdaad even bleek als die van jullie', antwoordde Doornaert rustig. 'Alleen de vorm en de kleur van mijn ogen verraden dat ik iets van de Guaraní in mijn genen heb.'

'Indiaans bloed.'

'Als mijn moeder blank was geweest, zou ze me niet aan het weeshuis van de missie gegeven hebben. Voor bastaarden van blanke moeders waren er andere oplossingen.'

Voor het eerst hoorde Sauwen echte emotie in haar stem. Bitterheid. Boosheid zelfs. Ook al bewoog er geen spier in haar gezicht. Had hij eindelijk toch een zwakke plek getroffen?

'Welke oplossingen?' vroeg hij.

'Ze bevielen op een plek waar men hen niet kende, liefst in een grote stad. Buenos Aires, bijvoorbeeld. Thuis heette het dan dat ze wegens ziekte opgenomen waren geweest. De baby ging evengoed naar een weeshuis, maar dan eentje waar de kinderen nette uniformen droegen. De moeder kreeg wat de familie een rechtvaardige straf vond. Trouwen met een weduwnaar om voor hem en zijn kinderen te zorgen. Of intreden in een klooster. Zoiets.'

'En wat deden ze met de vader?' vroeg Sauwen.

Ze sloeg haar ogen neer.

'Als hij een indiaan was, liet de vader van het meisje hem van kant maken. Was hij een blanke jongen, kreeg hij een pak rammel. Tenzij hij tot de betere stand behoorde...'

Sauwen wachtte geduldig.

'Niets', zei Christina.

'Kwam jouw vader uit de betere stand?' drong Sauwen aan.

'Ik weet alleen dat mijn moeder een indiaanse was!' reageerde ze nijdig.

'Hoe kun je daar zeker van zijn als je haar naam niet kent?' vroeg Sauwen, al wist hij dat hij geen antwoord zou krijgen.

'Je hoeft niet aan te dringen. Het weeshuis bezit geen gegevens over mijn herkomst.'

'Neen, maar je was wel zo speciaal dat je al na tien maanden vrijgegeven werd voor adoptie.'

'De reden daarvoor heb ik al uitgelegd.'

'Inderdaad.'

Ze ging verzitten. Handen in elkaar gestrengeld. Haar geduld was op.

'Je hebt me uitgenodigd om vragen te beantwoorden over de Stichting. De Orde. Het Instituut. Je beweerde dat er een klacht was. Waarom ben je dan alleen maar geïnteresseerd in mijn herkomst?'

Arnold Sauwen vloekte binnensmonds omdat hij haar niet mocht confronteren met het rapport van het DNA-laboratorium waaruit bleek dat ze 'tenminste mogelijk verwant' was met Petrus Doornaert. Geen enkele rechter zou dergelijke, via slinkse wegen verkregen informatie als bewijs aanvaarden. Het kon zelfs het einde van zijn carrière betekenen als hij er op het verkeerde moment mee uitpakte. Hij besloot het geweer van schouder te veranderen.

'Mag ik de boekhouding van de Stichting inkijken?' vroeg hij.

'Als ik goed op de hoogte ben, kan een rechter me bevelen de boekhouding voor te leggen', antwoordde ze koel.

'Dat klopt, maar vrijwillig mag ook.'

'Geen probleem. Ik heb niets te verbergen.'

'Natuurlijk niet, mevrouw Doornaert', besloot Sauwen.

Hij voelde zich uitgeput. Zij zette weer haar beate glimlachje op.

'Wat heeft de kapelaan over de oorlog geschreven?' vroeg Geo.

Bert Peeters zat gehurkt als een mijnwerker in zijn betonnen schuurtje. Zijn handen en gezicht waren zwart van het stof en het wit van zijn ogen blonk onnatuurlijk fel in het licht dat door de openstaande poort naar binnen viel.

‘Welke oorlog?’ vroeg hij.

‘In Paraguay, jaren dertig, een conflict met Bolivia, maar in feite vooral tussen Shell en Esso.’

Peeters tikte een stapel dozen aan.

‘Dit is het materiaal uit de jaren dertig. Als je zelf wilt zoeken…’

Voor Geo de eerste doos kon openmaken, bedacht Peeters zich.

‘Laat mij maar. Anders maak je er een puinhoop van.’

Geo trok opgelucht zijn handen weg.

‘Wat is er met die oorlog?’ vroeg Peeters.

‘Mijn collega heeft iemand gevonden die beweert dat de kapelaan actief bij de oorlog betrokken was’, antwoordde Geo.

‘Had hij dan in 1914 zijn les nog niet geleerd?’ foeterde Peeters.

Even later dook een exemplaar op van *Onze Missies*, voor de nieuwe jaargang verpakt in een groen kaft met een blauwe wereldbol op de titelpagina. Om de lezers te overtuigen dat Vlaamse missionarissen letterlijk overal actief waren, had de tekenaar een triomfantelijk kruis in de Noordpool gedreven. Barsten in de aardkorst schoten als bliksemschichten naar China, Congo en Zuid-Amerika.

‘Lente 1934’, las Geo.

De bijdrage van Padre Pedro besloeg zes bladzijden. Een paginagrote foto toonde de loodskerk van de missiepost met op het dak een constructie van houten balken waarin een klok hing. Het onderschrift had het over ‘de nieuwe klokkentoren die we eindelijk hebben kunnen inhuldigen, dankzij gulle bijdragen van diverse overheden en bedrijven’.

Voor de kerk poseerden mannen met strohoeden, wijde, witte hemden en halflange broeken. Vrouwen in bleke, vormeloze jurken staken takken in de lucht, blijkbaar een lokale versie van de ‘palmtakken’ geheten buxustakjes waarmee Doornaerts koorleden twintig jaar tevoren gezwaaid hadden in de processies van de parochie Sint-Remigius.

Naar de Padre hoefde Geo niet te zoeken. Hij stak met kop en schouders boven iedereen uit, waarschijnlijk omdat hij op een trapje of op een krat had gestaan.

Instinctief bestudeerde Geo de vrouwen en de meisjes die voor hem plaatsgenomen hadden. Indiaanse trekken. Zwart haar, donkere ogen en hoge jukbeenderen. Hoewel de foto te primitief afgedrukt was om details te kunnen onderscheiden, maakte hij zichzelf wijs dat de vrouwelijke parochianen van de Padre even angstig en onwennig naar de camera staarden als de koormeisjes op de foto's van 1914.

In het bijbehorende stukje sprak Doornaert vol lof over 'het werkvolk van señor Casado', dat de toren in 'nauwelijks meer dan een oogwenk' had opgetrokken. De klok was geschonken door 'talloze weldoeners, van wie vooral de bijdrage van de compagnie Shell een vermelding verdient'.

Aan de oorlog wijdde hij slechts één alinea. Uit 'liefde voor het vaderland' hadden zijn parochianen groepjes 'verspieders' gevormd om 'het komen en gaan van vreemdelingen' gade te slaan. Telkens als ze iets verdachts waarnamen, repten 'snelle benen' zich naar het spoorwegstation om daar het nieuws via de telegraaf door te laten seinen naar Puerto Casado, 'zoals Puerto Victoria thans in de omgang heet'.

Het stukje eindigde met een zegebulletin.

'Bijna tienduizend inboorlingen staan thans ingeschreven in de doopregisters van Misión San Remi. Voor de zondagse misvieringen kan ik een beroep doen op de diensten van twee paters minderbroeders die door señor Casado overgehaald werden om zich te wijden aan het bekeringswerk in deze troosteloze omgeving. Thans reizen de paters nog op muildieren, maar binnenkort zullen motorfietsen hen in staat stellen om op zondag van het ene hulpkerkje naar het andere te snellen.

Op deze manier hopen we een halt toe te roepen aan de gestaag oprukkende protestantse sekten.

Tot slot wens ik nog mede te delen dat het parochiehuis van San Remi eindelijk een geschikte huishoudster gekregen heeft. Haar naam is Teresa en ze zal instaan voor zowel de schoonmaak van het huis als het onderhoud van de kerk. Ze zal zich ook bekommeren om de was en de bereiding van het voedsel, zodat ik me voltijds kan wijden aan het verspreiden van Jezus' boodschap. Teresa is een vrome weduwe die met wijlen haar echtgenoot gedurende vele jaren het gastenhuis van het eindstation van de spoorlijn naar Puerto Casado bestuurd heeft. Hoewel ze een inheemse is, kan ze vlot lezen en schrijven, zodat ze ook eenvoudig kantoorwerk kan verrichten indien dat nodig is.'

Geo gniffelde.

'De kapelaan heeft een vrouw gevonden', zei hij.

'Nog een', mompelde Bert Peeters.

Virginie Cuyx had wel degelijk een spoor nagelaten in het gerechtelijk archief. In een proces-verbaal uit 1935 was officieel vastgelegd dat de jonge vrouw niet meer levend was gezien sinds augustus 1914 en daarom werd ze op verzoek van haar ouders officieel als 'overleden' beschouwd.

De opsteller van het stuk verwees naar een proces-verbaal door een brigadier van de Rijkswacht in Rukkelingen. Hij had genoteerd dat de heren Cuyx Jozef en Vanspauwen Leonard de verdwijning van hun dochter en werkneemster bij hem hadden gemeld. Door de oorlogsomstandigheden had hij geen onderzoeksdaden kunnen stellen.

De advocaat van de familie Cuyx had een aantal getuigen onder eed laten verklaren dat ze Virginie niet meer gezien of gehoord hadden 'sinds de dag dat de Duitse troepen de streek bezet hadden'. Samen met het pv uit Rukkelingen volstond dat om Virginie officieel als 'overleden' te laten inschrijven bij de burgerlijke stand.

'Kan dat zomaar?' vroeg Martina De Brauwer aan de medewerker van de griffie die het stuk van onder het stof had gehaald.

'Het waren andere tijden', was het enige dat de man kon bedenken. 'Het meisje was twintig jaar eerder verdwenen in het oorlogsgewoel, ze liet geen erfenis na waar ruzie over kon worden gemaakt en haar ouders waren het ermee eens dat ze doodverklaard werd. Dus...'

Hij haalde zijn schouders op, alsof alles daarmee gezegd was.

'Ik heb een probleem', zei Filip Muylders.

Geo Joosten spitste de oren. Het was weken geleden dat hij de archeoloog nog aan de lijn had gehad.

'Ik heb een brief gekregen van het hoofdbestuur waarin het me formeel verboden is nog tijd en middelen te spenderen aan de tombe onder de pastoriemuur.'

'Christina Doornaert van de Stichting is over je gaan klagen bij de minister', zei Geo.

'Dat heb ik gehoord van iemand op zijn kabinet', zei Muylders. 'Ik had gehoopt dat het zou koelen zonder blazen. Niet dus.'

'De facturen voor het DNA-onderzoek worden betaald door de gerechtelijke politie', stelde Geo hem gerust.

'Prima', zei Muylders, niet echt gerustgesteld. 'Maar dat verandert niets aan het probleem van de parlementaire vraag. Ken je Marc Boonen? Vlaams parlementslid.'

'Ik weet alleen dat hij zijn naam gebruikt om er veel stemmen mee te halen. Ook al is hij geen familie van de renner', grapte Geo.

'Tijdens het volgende vragenuur in het Vlaams Parlement zal hij de minister vragen of hij ervan op de hoogte is dat een ambtenaar van het Vlaams Instituut voor het Onroerend Erfgoed zich voorwerpen uit een soldatengraf heeft toegeëigend, mogelijk met de bedoeling een perscampagne te voeden ten nadele van het proces tot zaligverklaring van de eerwaarde heer Petrus Doornaert.'

'Soldatengraf?'

'Zo noemt hij het. Hij heeft het over een "soldatengraf" om me in een val te lokken. De minister zal op basis van onze vaststellingen antwoorden dat het niet om een soldatengraf gaat, waarna Boonen zal vragen welke onafhankelijke wetenschappelijke bewijzen hij daarvoor heeft.

Heel vervelend, want in het derde deel van de vraag werpt hij me voor de voeten dat ik toelating heb gegeven de kuil dicht te gooien. Daarom zullen we moeten antwoorden dat een nieuw, zogenaamd onafhankelijk tegenonderzoek onmogelijk is omdat we de kuil gedempt hebben, waarna Boonen me zal beschuldigen van onzorgvuldigheid en beschadiging van een archeologische site.'

'Zit je echt in met die onzin?' vroeg Geo.

'Zou jij er niet mee inzitten als men je in het Vlaams Parlement beschuldigt van diefstal, indiscretie en sabotage van wetenschappelijk onderzoek?'

'Niet als de gemeente me uitdrukkelijk gevraagd had een kuil te vullen omdat er gevaar voor instorten bestond.'

'Dat klopt, maar ik blijf wel verantwoordelijk en ik heb in principe toegestaan dat een archeologische site beschadigd werd.'

'Je kunt verwijzen naar de foto's van het graf in zijn oorspronkelijke toestand. Plus de beschrijvingen van je medewerkers.'

Muylders liet een sarcastisch lachje horen.

'Foto's die gepubliceerd werden bij krantenartikels waarin onheuse dingen verteld werden over Petrus Doornaert! Boonens val klapt dicht.'

Geo zuchtte.

'De beschuldiging van diefstal kan ik weerleggen', vatte Muylders zijn verdediging samen. 'De meeste stoffelijke resten rusten op de begraafplaats van de gemeente. Fragmenten van beenderen waaruit materiaal voor verder DNA-onderzoek gehaald kan worden, de schedel met de sporen van de moordende slag en alle andere voorwerpen zijn geïnventariseerd en correct opgeborgen in een depot van de dienst.

Voor het dichtgooien van de kuil zal ik inroepen dat een tweede, mogelijk belangrijke, ondergelegen site beschadigd kon worden. Maar voor de zogenaamde perscampagne tegen de missionaris zal ik hangen, tenzij jij publiekelijk verklaart dat ik er geen rol in gespeeld heb.'

'Sinds wanneer moet een verdachte zijn onschuld bewijzen?' vroeg Geo.

'Het parlement is geen rechtbank. Boonen kan vragen wat hij wil. De minister moet antwoorden en ik moet hem materiaal bezorgen voor dat antwoord. Boonen hoeft ons niet te geloven en mag eindeloos verder blijven prikken. Tenzij jullie krant een voet dwars zet, want negatieve publiciteit is het laatste wat hij wil.'

'Ik probeer je probleem te begrijpen', zei Geo.

Hij wist hoe grondig Geert Brouns een hekel had aan verhalen die hem door buitenstaanders werden opgedrongen. Hoe goed hun bedoelingen ook waren.

'Er is nog een laatste probleem opgedoken', zei de archeoloog, alsof hij Geo's gedachten kon lezen en de journalist een extra duwtje wilde geven. 'Ik wil geen ruzie met de Kerk.'

'Christina Doornaert en haar Stichting zijn de Kerk niet!' riep Geo.

'Dat denk jij, maar ik heb nog maar pas geleden een bolwassing gekregen van een pastoor toen ik in zijn kerk opzoekingen deed. Hij zei dat ik en mijn medewerkers zouden boeten als de zaligverklaring van Doornaert niet doorging.'

'Ik zal met mijn chef overleggen', beloofde Geo. 'Als hij een goede invalshoek vindt, zal hij je alle steun van de wereld geven.'

'Laat mij maar met Geert bellen', stelde Piet Schraepen voor. 'Ik vertel eerst wat Tjenneke ontdekt heeft over Van Schalk en daarna begin ik over de problemen van Muylders. Wedden dat hij eerst tegenstribbelt en dan een stuk bestelt over de "martelaar van Shell" met als slot een paragraaf waarin we de onzin van Boonen weerleggen?'

Hij verloor zijn weddenschap. Brouns stribbelde helemaal niet tegen, maar wilde voluit in het offensief gaan.

'Die trut van een Doornaert zal nooit opgeven!' riep hij Piet toe. 'Als we haar laten begaan, zet ze alle katholieken in het land tegen ons op!'

'Maar...' wilde Piet temperen.

'Wat ben je nog aan de weet gekomen over dat mens?'

'Niet veel... Zolang de gerechtelijke politie...'

Piet hoorde zijn chef naar adem snakken.

'De gerechtelijke politie? Wat doet de gerechtelijke politie?'

'Ze trekken sporen na die...'

'Concreet, Schraepen! Welke sporen?'

'Zaken die Geo en ik niet...'

'Hou op met zeveren, vent. Hier is wat ik wil. Twintig, maximaal dertig regels. De gerechtelijke politie onderzoekt het reilen en zeilen van een dame die zich inzet voor de zaligverklaring van een priester uit Zuid-Limburg. Daarmee begin je. Bla, bla en bla.

Doe dan uit de doeken dat Rome bij de zaligverklaring van de kapelaan rekening zal moeten houden met feiten die aan het licht zijn gekomen na de ontdekking van een geraamte in een tombe onder de muur van zijn woning.

Schrijf daarna dat ook het feit dat Petrus Doornaert jarenlang hand- en spandiensten verleend heeft aan de multinationale oliemaatschappij Shell ongetwijfeld invloed zal hebben op de uiteindelijke beslissing door het Vaticaan. Dat is een smerige stoot onder de gordel, maar als dat mens vervelend doet, moet het maar.

Tot slot schrijf je dat Christina Doornaert van de Stichting bla, bla en bla volgens onze informatie Vlaams parlementslid Marc Boonen aanzette om een parlementaire vraag te stellen over de wijze waarop deze krant berichtte over de ontdekking van het graf en over feiten die zich een eeuw geleden afspeelden in de parochie van kapelaan Petrus Doornaert. Voeg er maar aan toe dat ze eerder de minister voor Erfgoed, of welke titel hij ook draagt, zover heeft gekregen dat hij zijn diensten verboden heeft de geheimen van het mergelgraf verder te onderzoeken.

Daarmee hebben we geïnsinueerd dat de minister zich laat ringeloren door een persoon die onderwerp is van een gerechtelijk onderzoek en dat diezelfde persoon Boonen ingeschakeld heeft om onze krant te muilkorven. De jongens en meisjes van de praatprogramma's op televisie zullen ervan smullen. Met een beetje geluk nodigen ze onze hoofdredacteur uit om vijf minuten verontwaardigd te doen op het scherm en krijgen Boonen en de minister de kans om af te gaan als gieters.'

'De gerechtelijke politie maakt me af als ik verklap dat ze de zaak onderzoekt', kreunde Piet.

'Werk je voor de krant of voor de flikken?' snauwde Brouns hem toe.

# 14

Geo Joosten en Piet Schraepen zaten als schoolknapen voor het bureau van Martina De Brauwer. De krant met Piets stukje over Boonen en Doornaert lag als een akte van beschuldiging op haar tafel.

'Schofterig!' schreeuwde de directeur van de gerechtelijke dienst het tweetal toe. 'Wat jullie gedaan hebben is gewoon schofterig!'

'Onze chef...' begon Piet.

'Chef? Sensatiejager! En jullie zijn geen haar beter! Jullie weten beter dan wie ook dat er geen officieel onderzoek loopt tegen Christina Doornaert! We voeren hoogstens een stukje komedie op om van jullie gezeur verlost te zijn! En dat weten jullie!'

'Sauwen heeft haar verhoord!' protesteerde Piet. 'Hij heeft het me zelf verteld!'

'Hij heeft haar uitgenodigd om op vrijwillige basis enkele vragen te beantwoorden', kefte De Brauwer boos terug. 'Even informeel als wanneer ik jou in de kroeg een vraag zou stellen. Maak me niet wijs dat je het verschil niet kent tussen een informele, vrijwillige ondervraging en een formeel verhoor!'

'Maar Sauwen...'

'Laat Sauwen erbuiten! Dwing me niet hem aan te pakken!'

'Komaan, Martina', suste Geo. 'Je hoeft voor ons geen show op te voeren. Je weet dat Piet alleen met Arnold gesproken heeft om gegevens uit te wisselen. Zoals afgesproken.'

'We hebben niet afgesproken dat erover gekwekt zou worden in de krant.'

'We hebben evenmin afgesproken dat we niet over de zaak zouden schrijven als er nieuws opdook', zei Geo.

'Ik moest met iets naar buiten komen om de archeoloog uit de wind te zetten', zei Piet.

‘En hoe ga je ons uit de wind zetten?’ vroeg Martina. ‘Wat ga je doen als de procureur straks vraagt wat de gerechtelijke politie achter zijn rug aan het bekokstoven is?’

‘Ik stel voor dat je hem de waarheid vertelt’, antwoordde Geo. ‘Verkennend onderzoek naar de activiteiten van een schimmige Stichting. Geruchten van financieel gesjoemel. Journalisten die lont geroken hebben. Dat refrein ken je intussen wel.’

De Brauwer haalde diep adem.

‘Weet je wat ik intussen ook ken? Het refrein van een minister die zich in zijn ochtendkoffie verslikt als hij in de krant leest dat zijn politie verstrikt is in intriges rond een zaligverklaring. Een bisschop die ineens geen trek meer heeft in zijn croissant omdat een krant van leer trekt tegen een kandidaat-heilige. Een procureur die telefoons krijgt met de vraag wat er aan de hand is, nog voor hij weet dat er iets aan de hand is. Moet ik er een tekening bij maken?’

‘Misschien vraagt de procureur je voluit te gaan in het onderzoek’, zei Joosten met een sarcastische grijns.

‘Niet grappig’, deed De Brauwer.

‘Ook niet als Sauwen minder orthodoxe zaken ontdekt in de boekhouding van de Stichting?’ probeerde Geo.

‘Je hebt echt een tekening nodig’, antwoordde De Brauwer. ‘Of heb je genoeg aan een tekstballon met de woorden die ik van de procureur te horen zal krijgen? Twee woorden. Twee redenen waarom we de fouten van de Stichting met de mantel der liefde zullen moeten bedekken. Kerk en Staat. Om het even in welke volgorde.’

‘Toen ik vanmorgen wakker werd, drong het glashelder tot me door waarom dit verhaal jou moet interesseren’, zei Joosten. ‘In het begin was het inderdaad niet meer dan een oud verhaal over een priester die de katjes in het donker kneep, een wulpse melkmeid en Duitse soldaten met pinhelmen. Stof voor goedkope romannetjes. Maar daar gaat het al lang niet meer over. Nu hebben we het over een onterechte zaligverklaring op basis van leugens en bedrog op hoog niveau. Om het even in welke volgorde.’

‘Hang niet de filosoof uit, Joosten. Preken gaat je niet af.’

‘Heeft Sauwen je verteld over zijn buikgevoel?’ onderbrak Piet het tweetal. ‘Heeft hij je al verteld dat Christina Doornaert de dochter van de kapelaan zou kunnen zijn?’

De Brauwer en Joosten staarden hem met open mond aan.

'Hij heeft het dus niet verteld', besloot Piet.

'Hoe komt hij daarbij?' vroeg De Brauwer.

'Ze is geboren in Paraguay. Ouders onbekend. Ze heeft haar eerste maanden in een weeshuis van Padre Pedro doorgebracht en is dan geadopteerd door de familie Doornaert in Lendelede. Ze ziet er blank uit, maar haar moeder was een indiaanse, zodat je mag vermoeden dat ze haar teint van haar blanke vader heeft. En omdat de familie Doornaert er zo snel bij was om haar te adopteren...'

'En dat vertel je nu pas?' deed Geo verontwaardigd.

Piet wierp een schichtige blik in De Brauwers richting.

'Arnold heeft het me ook nog maar een kwartier geleden verteld', zei hij. 'Ik kwam hem tegen in de gang.'

'Rotzak', kreunde Martina De Brauwer.

'Sorry', deed Piet.

Hij verzweeg dat Arnold Sauwen het gesprek bruusk afgebroken had toen Christina Doornaert aan het eind van de gang was opgedoken.

'Het ziet er niet professioneel uit, maar alles staat erin', zei Christina terwijl ze een dik, in stijf linnen gebonden schrift op tafel legde.

Hoofdinspecteur Sauwen keek alsof hij perfect begreep dat een nobel werk als de Stichting Padre Pedro het zonder professionele boekhouding kon stellen.

Op de eerste bladzijde, elke letter netjes binnen een ruitje, had Christina Doornaert in stevige schoonschriftletters de namen van de Stichting, de Fundación en het Instituto geschreven, met het adres in Asunción, het adres van het Instituut in Montevideo en haar telefoonnummer in België.

Op de volgende bladzijden had ze namen en adressen van schenkers genoteerd, met de sommen die ze hadden gedoneerd en de datum waarop zij het geld ontvangen had. De lijsten werden regelmatig onderbroken door kadertjes met het bedrag dat op een bepaalde datum 'geschonken' was aan ofwel de Fundación in Paraguay of aan het Instituto in Uruguay. Elk jaar eindigde met de totaalsom van schenkingen en giften, verminderd met de bedragen die naar de Fundación en het Instituto waren getransfereerd. Het saldo, meestal enkele tienduizenden euro, kreeg steevast de vermelding 'werking en activiteiten' mee en verdween uit de boekhouding.

'Je hebt gelijk', zei Sauwen nadat hij een vijftal jaarrekeningen had overlopen. 'Het ziet er niet professioneel uit.'

'Ik heb afschriften van de bank om te bewijzen dat ik de giften gestort heb en dat het geld werkelijk naar Amerika is gegaan', verdedigde Doornaert haar knutselwerk.

'Dat zal wel', mopperde Sauwen. 'Maar leg me bijvoorbeeld dit uit...'

Hij deed alsof hij per toeval een bladzijde uit het lopende jaar had opengeslagen.

'Twintigduizend euro ontvangen van het bisdom Limburg', las hij voor. 'Overgemaakt aan de Fundación in Asunción. Enkele regels verder lees ik dat de Stichting een "steunbedrag" van twintigduizend euro heeft ontvangen van het Instituto Padre Pedro. Wat betekent dat?'

'Het Instituto Padre Pedro steunt onze inspanningen om de Padre zalig te laten verklaren.'

'Er is nergens vermeld wat er concreet met dat geld gebeurt!'

'Bij de eindafrekening zullen de uitgaven voor de zaligverklaring als "werkingskost voor activiteiten" vermeld worden.'

'Welke activiteiten?' riep Sauwen gefrustreerd uit. 'Je haalt geld op, je transfereert een deel ervan naar het buitenland en aan het eind blijft er een ronde som over die je wat mij betreft persoonlijk op zak hebt gestoken!'

Doornaert schudde traag met haar hoofd.

'Je begrijpt het verkeerd', zei ze met een engelachtige glimlach. 'Fondsen verzamelen voor een goed doel is een activiteit. Actie voeren om het proces van zaligverklaring te ondersteunen, is ook een activiteit. Twaalf uur per dag, zeven dagen per week, twaalf maanden per jaar ben ik ermee bezig!'

'In het jaar 2010 heb je 78.710 euro opgehaald', las Sauwen. 'De Fundación en het Instituto hebben elk twintigduizend euro ontvangen. Voor "werking en activiteiten" bleef er 38.710 euro over. Belastingvrij, veronderstel ik.'

'Kosten gemaakt voor het goede doel', fluisterde Doornaert, totaal niet onder de indruk van zijn beschuldigende toon.

'Je bewijst nooit dat het geld dat naar Amerika ging, daar ook daadwerkelijk aan goede doelen is besteed', foeterde Sauwen.

'O, maar uit onze boekhouding in Asunción en Montevideo blijkt maar al te duidelijk dat het geld goed besteed wordt.'

'Dan zou ik die boeken ook graag inkijken.'

Weer een glimlach.

'Ik begrijp je interesse, meneer Sauwen, maar ik vrees dat dit helaas niet mogelijk is. De Belgische justitie heeft het recht niet inzage te eisen in de boekhouding van organisaties in Paraguay of Uruguay.'

Haar glimlach verflauwde. Sauwen keek in haar ogen. Indiaans, inderdaad, besefte hij.

'Ik ben geen expert in internationale fiscaliteit, mevrouw Doornaert', zei hij. 'Ik zal het daarom bij dit, eh, document houden. Ik neem dit stuk voorlopig in beslag om rustig alle details te bestuderen en uit te maken hoe we verder zullen gaan met ons onderzoek. Je krijgt een ontvangstbewijs.'

'Natuurlijk', zei Doornaert onbewogen.

Sauwen zocht een formulier in zijn bureaula.

'Ik hoop dat de privacy van de schenkers gewaarborgd is', zei Doornaert met de blik van een cobra.

Sauwen begreep de boodschap. Het ging haar niet om de privacy van de schenkers. Ze wilde hem vooral inpeperen dat de schenkers machtig en invloedrijk genoeg waren om een simpele inspecteur van de gerechtelijke politie heel, heel veel pijn te doen.

'Vanzelfsprekend', antwoordde Sauwen, vastbesloten zich niet te laten intimideren.

Demonstratief overliep hij de namen op de toevallig opengeslagen bladzijden. Een monseigneur. Een minister van staat. Een ererechter. De naam van een hoge Antwerpse magistraat.

Doornaert zag hem verstijven. Haar cobrablik werd nog wreder.

'Alleen de procureur krijgt dit onder ogen', beloofde Sauwen.

'Zeer verstandig.'

De waarschuwing uit haar indiaanse ogen was niet mis te verstaan.

De minister zette een zorgvuldig ingestudeerd verveeld gezicht op om de vragen van Boonen te beantwoorden.

'Er zijn geen voorwerpen uit het graf ontvreemd', zei hij. 'Alle vondsten zijn op de passende manier beschreven, geïnventariseerd en opgeslagen, of ter aarde besteld in het geval van de stoffelijke resten die niet voor verder onderzoek bewaard moeten blijven. Dat blijkt duidelijk uit de betreffende documenten die het Vlaams Instituut voor het Onroerend Erfgoed me overhandigd heeft.

De tombe is volledig onderzocht en werd daarna opgevuld met steenslag om een tweede, onderliggende site te beschermen.

We hebben geen bewijs gevonden dat een ambtenaar van het Vlaams Instituut zijn medewerking verleende aan wat de heer Boonen een 'campagne tegen de zaligverklaring van kapelaan Petrus Doornaert' noemt.

De krant die deze zogenaamde campagne voert, heeft daarenboven in haar uitgave van deze ochtend met duidelijke argumenten ontkend dat ze zich verzet tegen de zaligverklaring, maar steeds objectief en waarheidsgetrouw heeft bericht over feiten en achtergronden bij de ontdekking van een merkwaardig graf nabij de vroegere woonst van kapelaan Doornaert.'

'Personen die ijveren voor de zaligverklaring kunnen bewijzen dat er wel degelijk sprake is van een complot', repliceerde Boonen zwakjes.

'Ik respecteer de mening van deze personen', antwoordde de minister. 'Ik heb persoonlijk naar hun argumenten geluisterd en ik heb mijn diensten aangemaand deze zaak met de grootste voorzichtigheid te behandelen en alle niet meteen relevante onderzoeksdaden stop te zetten.'

Boonen bedankte de minister zuurtjes voor zijn antwoord. Op de publiekstribune slaakte Filip Muylders een zucht van opluchting.

Een haakje van stevig ijzerdraad, meer had Geo Joosten niet nodig om het slot van de achterdeur in de afgedankte pastorie te forceren.

'Ik ga liever niet naar beneden', fluisterde Bert Peeters. 'Die oude holen zijn me veel te gevaarlijk.'

Geo liet het licht van zijn zaklamp over de treden schijnen. Ze zagen er even ongerept uit als de spinnenwebben tegen de zijwanden en de zoldering. Een dunne vochtfilm deed de vloer van de onderaardse gang blinken.

'Waar is de kapel?' vroeg Geo.

'De deur links is die van de wijnkelder', antwoordde Peeters. 'Een meter of twee verder vind je aan de rechterkant de doorgang naar de kapel.'

'Kom', maande Geo hem aan.

Bert rilde zichtbaar.

'Ook goed', zei de fotograaf.

Het vertrek dat Bert Peeters 'de wijnkelder' had genoemd, was stukken groter dan de tombe erboven. In de wanden waren nissen uitgehakt, elk met plaats voor een paar dozijn flessen. In het midden van de ruimte was een brok mergel intact gelaten, een massieve werktafel om wijn over te tappen uit de vaten die de geestelijke drinkebroers uit Bourgogne hadden laten komen.

Geo daalde vijf treden af naar de volgende ruimte. De kapelaan had er alle attributen van een echte kapel in steen uitgehakt.

Bidbanken in mergel, drie aan elke kant van de middengang, boden plaats aan een paar dozijn knielende gelovigen.

Het mergelaltaar op een klein verhoog werd van de ruimte voor de gelovigen gescheiden door een heuse communiebank, ook in mergel.

Boven het tabernakel had de kapelaan een gotische nis uitgehouwen. Welk beeld hij daarin had willen plaatsen, was meteen duidelijk, want erboven had hij in elegante Latijnse letters de woorden 'AVE MARIA' en 'MATER DEI' in reliëf uit de grauwe steen gehouwen.

Een tekst onder de nis was met ruwe hamerslagen zo goed als weggeslagen. Geo verlichtte de kale plek van opzij. Vage schaduwen van de verdwenen letters werden zichtbaar.

'VIRGO FIDELIS', las hij.

In de spatie tussen beide woorden was 'IN' in de gehavende mergel gekrast.

'Virgo infidelis', las Geo hardop.

Het kostte hem minuten om de lamp zo te plaatsen en zijn camera zodanig in te stellen dat hij een foto kon maken waarop zowel de sporen van de weggehakte als van de gekraste letters zichtbaar waren.

'Waarom is me dat vroeger nooit opgevallen?' was de commentaar van Bert Peeters toen Geo hem het resultaat liet zien.

'Hoe lang is het geleden dat je nog in de kapel was?'

'Jaren. Ik heb toen ook foto's gemaakt. Ik heb ook een afbeelding van nog veel vroeger.'

Bert Peeters haalde hoorbaar opgelucht adem toen Geo de pastoriedeur weer afsloot.

'Als iemand van de gemeente me betrapt had...' fluisterde hij.

'Dan?'

'Dan had de burgemeester een serieuze reden gehad om me voorgoed opzij te laten zetten.'

'Ook als ik de schuld op me genomen had?'

'Jou heeft hij nodig om regelmatig met een foto in de krant te komen. Mij kan hij missen als kiespijn.'

Bert Peeters had voor zijn kapelfoto's een sterk flitslicht gebruikt. De tekst boven de nis was gestoken scherp, maar de plek waar 'VIRGO FIDELIS' weggehakt was, zag er als gladgestreken uit.

De oudere foto was gemaakt door een van Berts voorgangers en afgedrukt in een brochure uit 1947. Hij toonde het altaar, het tabernakel en de nis. Ook toen was 'VIRGO FIDELIS' al uitgewist.

'Het zou me niet verbazen als de kapelaan zelf de Virgo met de hamer te lijf is gegaan', zei Geo. 'Zijn manier om wraak te nemen op zijn Virgo Virginie infidelis! De ontrouwe maagd Virginie!'

'Ging hij door het lint omdat ze hem met een andere minnaar bedrogen had?' vroeg Bert zich af.

'Ik kan honderd redenen bedenken waarom de kapelaan doorsloeg', fantaseerde Joosten. 'Hij bevond zich in een hopeloze situatie. Als hij erkende dat hij de vader was, betekende dat het einde van zijn carrière. Als hij het kind niet erkende, kon Virginie hem naar hartenlust chanteren. Niet alleen met haar eigen kind, maar mogelijk ook met dat van Françoise. Waar ik haar in haar wanhoop perfect toe in staat acht...'

'Een reden om zijn woede bot te vieren in zijn mergelkapel', meende Bert Peeters.

'Ik zie het zo gebeuren', ging Geo verder. 'Zij eist dat hij kiest tussen haar en het kind en zijn carrière. Hij weigert. Zij zegt dat hij dan maar moet ophoepelen. Hij beseft dat hij haar onherroepelijk kwijt is en beschouwt haar houding als verraad. Ontrouw! Ook al is hijzelf zo ontrouw als een hitsige bok.

In razernij krast hij "IN" voor "FIDELIS", maar dan bedenkt hij dat hij zich daarmee verraadt. Dus koelt hij zijn woede door de hele tekst weg te hakken. In zijn haast vergeet hij ironisch genoeg wel "IN" te verwijderen.'

'En gehaast was hij', beaamde Bert. 'Met de schrik dat de Duitsers hem op de hielen zaten en met een meisje dat hem met één woord te gronde kon richten...'

'Wie had er gelegenheid om de tekst in de kapel te lezen?' vroeg Geo zich af. 'Moest Doornaert zich daar wel zorgen over maken?'

'Volgens de brochure werd in de kapel "in de bange oorlogstijden" elke dag een mis opgedragen voor de zusters van de meisjesschool', zei Bert.

'Dat is het!' riep Geo. 'Niets in de kapel mocht aan Virginie herinneren! De kapelaan wilde absoluut vermijden dat moeder-overste Clementina in bekoring werd gebracht om in een vrome bui na te denken over het verband tussen Virgo en Virginie!'

'Hoeveel kon Clementina geweten hebben?' vroeg Peeters zich af.

'Heb je de foto's van het koor al eens goed bekeken? De kapelaan staat er altijd bij als haan in het kippenhok met moeder-overste als waakzame klokhen!'

'Geposeerde foto's', protesteerde Peeters. 'Wat kan je ermee bewijzen?'

'Naïeve dutsen schoppen het niet tot moeder-overste!' antwoordde Geo. 'Clementina was niet blind. Als wij honderd jaar later op de foto's nog kunnen zien dat de kapelaan meisjes bepotelde, dan moet zij het ook gezien hebben!'

'Maar ze greep niet in.'

'Een non tegen een priester?' vroeg Geo. 'In die jaren?'

'Wat bewijzen de foto's dan?' hield Peeters vol.

'Lees de brieven erop na! Als Clementina echt overtuigd was geweest van Doornaerts onschuld, had ze dat spelletje niet gespeeld met de schoolmeester. Een meesterlijke intrige, als je het mij vraagt. Eerst de brave man de raad geven dat hij moest doen alsof er niets aan de hand was, zodat de geruchtenmolen bleef draaien. En pas wanneer heel het dorp op de hoogte was van het geroddel, vroeg ze de meester rond te strooien dat de kapelaan een braaf lammetje geweest moest zijn omdat hij de verdwijning van Virginie zelf aangegeven had!

Ze heeft Doornaert gekelderd zonder dat er een kwaad woord over hem uit haar mond kwam. Intussen bleef haar eigen reputatie ongeschonden, want door zogenaamd te bewijzen dat de kapelaan onschuldig was, insinueerde ze klaar en duidelijk dat zij nergens van beschuldigd kon worden!'

'Is het mogelijk dat zij het opschrift heeft laten verwijderen?' vroeg Bert zich af.

'Waarom zou ze?' riep Geo. 'Doornaert wist dat hij een vogel voor de kat was! Hij had twee meisjes zwanger gemaakt! Het hele dorp roddelde over hem! En op de achtergrond spookte een moeder-overste rond van wie hij wel moest aannemen dat ze hem doorhad en op een gelegenheid wachtte om hem te kelderen zonder zelf schade op te lopen.

Dat moet hij allemaal geweten hebben, tenzij hij een compleet verblinde vrouwenzot was! Je zou voor minder hysterisch worden en als een waanzinnige teksten weg beginnen te kappen van het altaar!

Volgens mij was die kerel op het einde zo dolgedraaid dat hij zelfs in staat geweest moet zijn Virginie van kant te maken en onder de muur te begraven! Hij was in elk geval zo krankzinnig dat hij zich 's nachts tot bloedens toe geselde! Zo wanhopig dat hem niets anders restte dan zijn parochie in de steek te laten en naar Luik te vluchten om zich bij de bisschop aan te geven.'

'Zoals jij het vertelt, lijkt het erop dat hij inderdaad de enige uitweg gekozen heeft', vond Bert Peeters. 'Het is in elk geval een betere verklaring voor zijn gedrag dan dat smoesje over de Duitsers.'

'Waar kon hij naartoe?' trad Geo hem enthousiast bij. 'Iedereen in het dorp wist intussen dat hij meisjes van het koor geneukt had. Iedereen had gehoord dat sommigen hem er zelfs van verdachten de hand te hebben in de verdwijning van een van de meisjes. Van de zatlappen in de kroeg tot moeder-overste!

Niemand verdedigde hem! De pastoor, die ook op de hoogte geweest moet zijn, hield zich blijkbaar op de achtergrond. De meester klemde aanvankelijk zijn tanden op elkaar en de moeder-overste speelde een spelletje van kat en muis. Intussen begon de tijd te dringen, zeker toen Virginie hem liet vallen. Een tikkende tijdbom! Wanneer Françoise enkele maanden later zijn kind ter wereld zou brengen, zou Virginie waarschijnlijk niet langer kunnen zwijgen over wie haar zwanger had gemaakt. Stel je voor! Een bastaard van de kapelaan bij de dochter van een deftige boer, plus nog eentje bij een melkmeid! Dan zouden de roddelsluizen pas goed opengegaan zijn!'

'Het zou grote opschudding hebben veroorzaakt', gaf Bert toe. 'Maar of de kapelaan daarom zijn vriendin moest vermoorden... Vergeet niet dat het ontzag voor een priester in die tijd zo groot was dat een eenvoudige overplaatsing de gemoederen had kunnen bedaren.'

'Die overplaatsing heeft hij inderdaad gekregen', deed Geo cynisch. 'Ze hebben hem naar Paraguay gestuurd om zieltjes te winnen en vermoedelijk ook om het heil van de Shellaandelen van het bisdom te bewaken, maar het sterkste vind ik dat ze een serieus onderzoek naar het lot van Virginie verhinderd hebben.'

'Het was oorlog', zei Bert.

'Het was inderdaad oorlog', gaf Geo toe. 'Niet alleen op de slagvelden, maar ook in het verziekte brein van de kapelaan. Toen de Grote Oorlog voorbij was, zat Doornaert buiten het bereik van iedereen die lastige vragen kon stellen. In de eerste plaats de vraag of en hoe hij Virginie gedood had.'

'Ga je dat in de krant publiceren?'

Geo zuchtte moedeloos.

'Zolang Piet Schraepen geen muurvaste bewijzen in handen heeft, zal hij geen stuk schrijven waarin hij de kapelaan impliciet of expliciet van moord beschuldigt. Zelfs niet honderd jaar na de feiten.'

'Terecht', vond Bert.

'Zodat Doornaert zalig of zelfs heilig kan worden zonder dat hij het verdient.'

'Dat moet dan maar', zei Bert. 'Ooit zal de waarheid wel aan het licht komen.'

'Van onder een andere mergelsteen?' spotte Geo.

# 15

Substituut Brigitte Bertouille leunde tegen de muur in een houding alsof ze het te druk had om te gaan zitten.

'Gevoelige materie', vatte ze haar indruk samen nadat Arnold Sauwen en Martina De Brauwer haar geconfronteerd hadden met de rammelende 'boekhouding' van de 'zelfbenoemde zuster' Christina Doornaert.

'Primitieve, brutale zwendel', repliceerde De Brauwer.

'Niet zo snel, mevrouw de directeur!' zei Bertouille. 'We hebben al vaker klachten gekregen over naïevelingen die zich ongewild in nesten gewerkt hebben met liefdadige initiatieven. Correcte boekhouding en goede bedoelingen lijken niet altijd samen te gaan, maar dat betekent nog niet dat er meteen over zwendel gesproken moet worden.'

'Ik heb een verantwoordelijke bij het bisdom Hasselt gebeld', zei Sauwen. 'Volgens hem hebben vertrouwenspersonen in Paraguay anomalieën vastgesteld bij de organisaties van Christina Doornaert in Amerika, maar geen bewijzen voor malversaties.

Onze contactpersoon twijfelde er wel aan of de leden van het zogenaamde Instituto zich een religieuze orde mogen noemen, maar het komt volgens hem wel vaker voor dat vrome dames of heren een gemeenschap stichten waaruit later een erkende kloosterorde ontstaat.'

'Hoe reageerde hij op het vermoeden dat Doornaert zichzelf dit jaar met geld van het bisdom een belastingvrij salaris probeerde toe te kennen onder het mom van werkingskosten?' wilde De Brauwer weten.

'Hij zei dat organisaties van het bisdom niet op die manier werken, maar dat het bisdom niet verantwoordelijk is voor Doornaerts daden.'

'Kan het bisdom je inzage verschaffen in de rapporten van de vertrouwenspersonen in Zuid-Amerika?' wilde Bertouille weten.

‘Mijn contactpersoon zal het aan de bisschop vragen.’

Bertouille duwde zich af van de muur. Een teken dat het gesprek voor haar afgelopen was.

‘We kunnen eventueel inzage eisen in de rapporten’, opperde De Brauwer.

‘Met de aanwijzingen die we nu hebben?’ vroeg Bertouille. ‘Het bisdom dwingen interne rapporten bloot te geven? Geen sprake van.’

‘Zijn onze aanwijzingen ernstig genoeg om Doornaerts schenkers rechtstreeks aan de tand te voelen?’ daagde Sauwen de magistraat uit.

‘Dat risico loop ik liever niet’, wees Bertouille hem kordaat terecht en liep demonstratief de kamer uit.

‘Op weg naar de doofpot’, fluisterde Sauwen.

‘Niet zo snel’, zei De Brauwer. ‘Pik een naam uit Doornaerts lijst. Iemand van wie je denkt dat hij of zij wil praten. Probeer het.’

Geo Joosten herinnerde zich niet dat hij Beth ooit zonder schort of koksmuts gezien had, noch dat het echtpaar Vanspauwen hem al eens in de woonkamer boven het restaurant uitgenodigd had.

‘Het vuur in de bakoven brandt’, zei Armand. ‘Nu hebben we tijd.’

Geo en Piet Schraepen keken naar de schone, zuiver grijze houtrook uit de schoorsteen van het ouderwetse bakhuis.

‘Koffie en taart’, bood Beth aan. ‘De taart is nog van gisteren, maar dat zul je niet proeven.’

‘Suikertaart blijft dagen goed’, stelde Armand de journalisten gerust.

‘Zeker als het eigen baksel is’, vond Geo.

Beth had haar werkkledij geruild voor een modieuze jurk, stukken eleganter en chiquer dan Geo haar ooit gezien had.

‘Ik heb mijn oude fotoalbums afgestoft’, begon ze terwijl ze koffie uitschonk. ‘Nu ik mogelijk van een bijna heilige kapelaan afstam...’

Ze had papiertjes tussen bladzijden van het album gestoken.

‘Dit is de trouwfoto van Françoise Vanelderen en Vitus Hermans’, zei ze.

De fotograaf had het echtpaar laten poseren tegen een kunstig verlichte achtergrond, zodat het leek of ze door een hemels aureool werden omgeven.

De hand van de bruidegom lag losjes op de rechterschouder van zijn bruid. Een brede scheiding doorkliefde zijn van pommade glanzende haar alsof zijn schedel met een bijl gespleten was. Zijn trieste hondenblik smeekte de fotograaf korte metten te maken met het onwennige gedoe.

'Mooie snor', fluisterde Geo.

'Iedereen zei dat Vitus in zijn jonge jaren een mooie man geweest was', zei Beth. 'Jammer genoeg had hij zwakke longen. Het voordeel was dat hij niet naar het leger moest.'

De bruid droeg een kanten kapje waar dikke vlechten onderuit staken. Haar gitzwarte ogen staarden de fotograaf brutaal aan. Haar volle lippen krulden in een uitdagend glimlachje. De tekenen van haar gevorderde zwangerschap bedekte ze met een enorme ruiker.

'Dit is oma Jeanne', legde Beth uit bij een volgende foto. 'Ze was toen een jaar oud.'

De fotograaf had de opname bij de trotse ouders thuis geschoten. De moeder zat met de baby op schoot in een forse stoel met brede armleuningen tegen een muur met talrijke ingelijste foto's.

Beth tikte met haar wijsvinger op een van de foto's. Geo zag meteen wat ze wilde zeggen. Françoise had de opname waarop de kapelaan in haar schouders kneep, laten vergroten en een ereplaats tegen de muur van haar woonkamer gegeven.

'Ze was er trots op', fluisterde hij verbaasd.

'Er is nog meer', zei Beth.

Het volgende papiertje markeerde een bladzijde met zes fotootjes van een meisje in een stijve, lange jurk, een bloemenkrans op het hoofd en een gebedenboek in de hand.

'De plechtige communie van oma Jeanneke in 1927', legde Beth uit.

Voor Geo tijd had gehad om de foto's te bestuderen, sloeg ze de bladzijde al om. Drie prentkaarten kwamen tevoorschijn.

De primitieve kerkloods in San Remi.

'Iglesia de San Remi, Paraguay'.

Een foto van een plein met kerk, school en missiehuis.

'Misión de San Remi, Paraguay'.

Padre Pedro in kazuifel voor een openluchtaltaar, de armen ten hemel gestrekt, indiaanse vrouwen in witte jurken geknield voor hem.

'Sagrada Misa de Pascua en la Misión San Remi, Paraguay'.

Beth maakte een prentkaart los. Op de achterkant een tekst in zwarte inkt:

'Liefste Jeanne, moge Onze Lieve Heer die ge heden hebt ontvangen, eeuwig in u leven. Uw toegenegen kapelaan Petrus Doornaert (of Padre Pedro zoals ze mij hier noemen).'

'Hij heeft contact met hen gehouden!' reageerde Geo verbaasd.

Beth sloeg het album open bij het laatste papiertje.

Een bladzijde met slechts één foto. Geo herkende de trapjes voor het portaal van de Sint-Remigiuskerk. Erop stond een handvol vrouwen in rouwkleding. In het midden van de groep een bejaarde kloosterzuster. Herkende hij Clementina?

Op de achterkant had iemand (Françoise?) geschreven: 'Plechtige rouwmis voor de eerwaarde heer Doornaert. 4 maart 1937'.

'Waarschijnlijk heeft het koor tijdens de rouwdienst voor hem gezongen', veronderstelde Geo.

'Dit is niet het volledige koor, maar de oude kern', zei Beth. 'De vrouwen op de foto zijn volgens mij allemaal oud genoeg om nog gezongen te hebben in het vroegere koor van de kapelaan. En de zuster...'

'Moeder-overste Clementina?'

'Ja.'

'De verdedigster van de kapelaan', mompelde Geo. 'Trouw tot in de dood!'

'Toen ik klein was, heeft oma me dit album dikwijls laten inkijken', vertelde Beth. 'Ik mocht de foto's niet aanraken, maar bij elk prentje wist ze wel iets te vertellen. Het meeste ben ik vergeten, maar haar uitleg bij deze foto heb ik wel onthouden. Misschien omdat ik toen niet begreep wat ze ermee bedoelde.'

Beth kon de vrouwen op de foto op Françoise na niet meer identificeren, maar ze herinnerde zich wel dat haar grootmoeder verteld had dat zij de enige in de groep was die een kind ter wereld had gebracht. De enige ook die getrouwd was.

'Slachtoffers', zei Piet Schraepen, die net het laatste restje suikertaart had doorgespoeld met een slok koffie.

Geo snapte zijn opmerking niet. Beth wel.

'Inderdaad. Slachtoffers', herhaalde ze nadrukkelijk. 'Ze moeten door de hel gegaan zijn. Zoals de mensen over wie je in de krant leest dat ze door priesters misbruikt werden.'

Geo lachte grimmig.

'Meen je dat?' vroeg hij. 'Heeft de kapelaan het niet alleen met Virginie en Françoise gedaan, maar heeft hij zowat de helft van het koor misbruikt?'

Beth knikte en zweeg. Piet staarde ernstig naar de foto.

'In die tijd...' mompelde hij. 'Een vrouw die niet trouwde... Daar scheelde iets aan... Fysiek of mentaal... Of ze moest iets vreselijks meegemaakt hebben...'

Beth knikte weer.

'Oma Jeanne zei dat Jezus deze meisjes in de steek had gelaten', fluisterde ze.

'De oma die niet naar de kerk ging?' vroeg Geo.

'Ik was nog maar een kind', verontschuldigde Beth zich. 'Ik snapte niet wat ze bedoelde.'

'Je hebt me daar nooit iets van verteld', zei Armand Vanspauwen.

Beth haalde haar schouders op.

'Waarom zou ik? Ik heb de betekenis van haar woorden pas begrepen toen Geo me dat DNA-staal vroeg.'

Er steeg geen rook meer op uit de schoorsteen.

'De oven is warm', zei Armand.

Bert Peeters kende de foto van de rouwende vrouwen.

'Maart 1937? Waarschijnlijk de laatste keer dat zuster Clementina opgetreden is. Ze is aan het eind van dat schooljaar met pensioen gegaan en vertrokken naar het moederhuis van de orde. Het dorp heeft haar als een koningin uitgewuifd. Ik heb er knipsels en foto's van.'

'Waarom moest ze vertrekken?' wilde Geo weten.

'Ze was oud. Tijd om te gaan uitrusten.'

Geo stelde nog maar eens vast dat de man een fenomenaal geheugen voor gezichten bezat. Moeiteloos plakte Peeters namen op drie koorleden.

'Waarom is behalve Françoise geen enkele van de dames getrouwd?' vroeg Geo.

'Niet getrouwd?' vroeg Peeters zich hardop af. 'Het waren uitzonderingen die niet trouwden. Er waren meestal wel goede redenen voor. Ouders deden moeilijk wanneer hun dochter niet met de juiste kandidaat op de proppen kwam. Bang om hun erf in verkeerde handen te zien vallen...

Een dochter bleef thuis wonen om voor haar oude moeder of vader te zorgen. Tegen de tijd dat de ouders er de brui aan gaven, was ze zelf oud en versleten. Sommigen offerden zich op om een gehandicapt familielid niet alleen te laten...

Er waren zelfs gevallen waarin een meisje op de boerderij bleef wonen om het huishouden te doen voor een ongetrouwde broer. Als broerlief toevallig vrijgezel bleef, raakte ook zij niet van de kast. Enzovoort.'

'En wat gebeurde er als een meisje bepoteld was door een priester?' herhaalde Geo Beths veronderstelling.

'Dan ging ze in de stad werken, of ze werd pastoorsmeid, of zoiets', antwoordde Peeters terwijl hij een gezicht op de groepsfoto aantikte. 'Neem bijvoorbeeld deze vrouw. Ik herken haar van op een andere foto. Viering van een bejaarde pastoor met zijn trouwe meid aan zijn zijde. Zij was de meid.'

'Triest', vond Geo.

'Wraakroepend', trad Bert hem bij.

'Het feit dat zoveel koorleden niet trouwden kan dus echt betekenen dat de kapelaan een sater was die zich te goed deed aan het lekkere jonge vlees in het koor?' vroeg Geo.

'Wie zal het zeggen? De mensen op de foto zijn dood en hun familie... Weet nergens van... Een pastoorsmeid uit die jaren, die gaat toeteren dat ze betrekkingen heeft gehad met een eerwaarde heer? On-denk-baar!'

'Paraguay moet een paradijs geweest zijn voor Doornaert', zei Geo. 'Ik wed dat hij maar met zijn vingers hoefde te knippen om een fris indianenmeisje in zijn bed te toveren.'

'Waarna hij als martelaar om het leven werd gebracht omdat hij genadeloos actie voerde tegen zedenverwildering', spotte Peeters.

'Heb je al een uitgave van het missieblad gevonden waarin hij over zijn acties tegen de zondaars schrijft?'

'Geduld. Ik ben nog maar halverwege met mijn opzoekingen.'

Uiteindelijk besloot hoofdinspecteur Arnold Sauwen zijn speurtocht naar de schenkers van Christina Doornaert aan te vatten bij Ivan Smidts, een gepensioneerde advocaat, specialist in vennootschapsrecht, met de reputatie een redelijk fortuin te hebben vergaard als slimme en vooral handige curator.

'Waarom geeft een gehaaide kerel zoals Smidts geld aan iemand zoals Christina Doornaert?' vroeg hij aan zijn chef, commissaris Jan Sleeckx.

‘Omdat Doornaert gehaaider is dan Smidts’, veronderstelde Sleeckx. ‘Of omdat hij in extremis zijn zieltje wil witwassen door aan goede werken te doen. Hoeveel heeft hij haar geschonken?’

‘Tweeduizend euro. Tweemaal. Dit jaar en vorig jaar.’

‘Aan een niet-erkende organisatie, zodat hij die som niet van de belasting kan aftrekken? Geen kattenpis. Zelfs niet voor een man van Smidts’ formaat.’

‘Vind je dat ik beter bij een ander slachtoffer kan beginnen?’ vroeg Sauwen.

‘Neen. Als jij Smidts ervan kunt overtuigen dat Doornaert hem gerold heeft, zal zijn gekrenkte trots er wel voor zorgen dat hij je alles vertelt wat je nodig hebt om met haar af te rekenen.’

‘Een gewetenskwestie’, zei Sauwen.

‘Een kwestie van een gekrenkt ego’, verbeterde Sleeckx. ‘Reken nooit op het geweten van een zakenadvocaat.’

De stem van de advocaat klonk aan de telefoon alsof zijn strottenhoofd bekleed was met schuurpapier. Sauwen deed zijn best om zijn uitleg zo onschuldig mogelijk te laten klinken. Een moeilijke opgave tegenover een advocaat met de reputatie, indien nodig, politiemensen rauw te verorberen.

‘Sinds wanneer interesseert de gerechtelijke politie zich voor de boekhouding van Padre Pedro?’ vroeg Smidts.

‘Recent’, antwoordde Sauwen. ‘Eigenlijk ben ik nog maar een en ander aan het aftasten.’

‘Waarom bel je mij dan op?’

‘Omdat je naam een prominente plaats inneemt op de lijst van schenkers aan de Stichting Padre Pedro’, overdreef de speurder.

‘Welke lijst is dat?’

‘Lijsten van personen die geld aan de Stichting hebben gegeven.’

‘Hoe kom je aan die lijsten?’

Het schuurpapier kraste extra hard. Sauwen voelde Smidts ongeduldig worden, zelfs een beetje kwaad en een tikkeltje verontwaardigd.

‘Mevrouw Christina Doornaert heeft me haar boekhouding overhandigd, inclusief de namen van de schenkers. Vrijwillig.’

‘Is er een klacht ingediend tegen Christina?’ vroeg de advocaat.

Sauwen noteerde gretig dat hij spontaan haar voornaam had gebruikt.

‘Neen. Ik voer een verkennend onderzoek op verzoek van substituut Bertouille. Mevrouw Doornaert werkt vrijwillig mee.'

'Dat is de tweede keer dat je het woord "vrijwillig" gebruikt', raspte Smidts. 'Wat probeer je te verdoezelen?'

'Niets. Ik wil duidelijk maken dat mevrouw Doornaert ons in haar eigen belang klaarheid probeert te verschaffen.'

'Ze geeft zomaar de boekhouding van de Stichting uit handen!' riep de advocaat uit. 'Zonder dat er een klacht is ingediend! En dat noem jij "in haar eigen belang"! Hoe durf je?'

'Hoe sneller we vaststellen dat het niet nodig is haar boekhouding aan grondiger onderzoek te onderwerpen, hoe beter voor haar', repliceerde Sauwen zwakjes.

'Waarom zit je te delven in haar boekhouding als er geen klacht is ingediend?' vroeg Smidts met nog meer professionele verontwaardiging in zijn krasstem.

'Geen formele klacht', antwoordde Sauwen snel. 'We hebben wel feiten vernomen die ons ernstig genoeg lijken om...'

'Kom met die redenering naar de rechtbank en je wordt de deur uit gelachen!' bulderde de advocaat.

'Zover zijn we nog niet.'

'Waarom val je me dan lastig?'

'Je hebt tweemaal tweeduizend euro geschonken aan de Stichting. Een bedrag dat een man met jouw levenservaring volgens mij niet weggeeft zonder dat hij zich ervan vergewist heeft dat het werkelijk naar een goed doel gaat.'

Ivan Smidts gromde instemmend.

'Ik heb inderdaad een lang gesprek gehad met Christina Doornaert. Ze heeft me documenten voorgelegd waarin de werking van de Stichting wordt uitgelegd.'

'Je hebt die documenten in je bezit?'

'Natuurlijk.'

'Mag ik ze komen inkijken?'

Smidts grinnikte.

'Je hebt geluk dat ik gepensioneerd ben, hoofdinspecteur. Wanneer heb je tijd?'

'Nu.'

'Waarom niet?'

In de hal van Smidts kapitale herenhuis rook het naar kelderschimmel, witte kool en katten. De advocaat deed zelf de deur open. Dun, spierwit haar waartussen een bleke schedel blonk. Ingevallen wangen, spitse neus en bleke ogen. Wit overhemd, das, feilloos gestreken grijze pantalon, huispantoffels en wandelstok.

'We installeren ons in de studie', zei hij terwijl hij met de stok naar een met bordeauxkleurig leder gecapitonneerde deur wees. 'De huishoudster komt zo met koffie.'

Zijn kantoor was rondom gevuld met kasten waarin honderden boeken in rood leer met goudopdruk de indruk wekten dat meester Smidts elke wettekst binnen handbereik had, inclusief commentaren en vonnissen.

De 'documenten' waarover hij het aan de telefoon had, bleken slechts twee folders te zijn, een in het Nederlands en de andere in het Nederlands met Spaanse vertaling.

Op de voorpagina van de Nederlandstalige folder prijkte een met de hand ingekleurde foto van Padre Pedro in missionaristenue onder het opschrift 'Stichting Padre Pedro'. Binnenin toonden kleurige foto's ernstige indiaanse kinderen in klaslokalen en spelende indiaantjes op pleinen voor gebouwen die eruitzagen zoals scholen er overal in de wereld uitzien.

Op de cover van de andere folder stond een afbeelding van een madonna met een gouden stralenkrans onder de woorden 'Instituut Padre Pedro / Instituto Padre Pedro'.

Ivan Smidts loerde over een leesbrilletje terwijl Arnold Sauwen de folders doornam.

'In orde?' vroeg hij.

'De gegevens in de folder over de Stichting zijn me bekend', antwoordde de speurder. 'Wat het Instituut betreft...'

De bleke ogen staarden de rechercheur intens aan. Sauwen herinnerde zich de sarcastische opmerking van zijn chef. Voelde Smidts zich gerold en wilde hij het niet laten merken? Of had hij het nog niet door dat Doornaert hem bij de neus had genomen? Of waren de Stichting en het Instituut toch bonafide instellingen en was hij degene die zich had laten foppen?

'Wat is er met het Instituut?' vroeg de advocaat.

'Het Instituut Padre Pedro treedt op als leverancier van leerboeken, divers didactisch materiaal en schoolmeubilair voor de scholen die steun genieten van de Stichting Padre Pedro', las Sauwen voor. 'Het Instituut is daarnaast actief in de verkoop van boeken, didactisch materiaal en schoolmeubilair aan onderwijsinstellingen in Uruguay, Paraguay, Argentinië, Brazilië en Bolivia. De vrijwilligsters van de orde der Zusters Dominicanessen van de Congregatie der Heilige Harten staan borg voor de vlekkeloze werking van het Instituut.'

Sauwen genoot van de vraagtekens in Smidts' ogen.

'Hoe voorzichtig het ook geformuleerd is, het Instituut Padre Pedro lijkt me eerder een commerciële onderneming dan een liefdadige instelling', zei hij.

'Er bestaan meer liefdadige instellingen die hun werking mede financieren met de opbrengst van handelsondernemingen', reageerde Smidts.

'In de boekhouding vermeldt Doornaert dat ze geld "geschonken" heeft aan het Instituut, niet andersom.'

'Het kan om een misverstand gaan', antwoordde de advocaat. 'Gebruikt ze het woord "schenking" omdat het geld bijvoorbeeld diende voor de aankoop van de boeken die ze daarna aan de scholen van Padre Pedro geschonken heeft? Of noemt ze het een "schenking" omdat ze met het geld het werk van vrijwilligsters ondersteunt?'

'Vrijwilligsters? Bedoelt ze daarmee de Hermanas Dominicanas de la Congregación de los Sagrados Corazones? Zusters van een officieel onbestaande orde?'

Hij zag Smidts' borstelige wenkbrauwen omhooggaan.

'Met welk argument heeft Christina Doornaert je over de streep getrokken?' vroeg de rechercheur.

'Dat is een zeer persoonlijke vraag, mijnheer Sauwen.'

'Ik probeer te begrijpen hoe Doornaert functioneert.'

Smidts grijnsde.

'Zeer verstandig geformuleerd, mijn beste. Je had ook kunnen zeggen dat je je afvraagt hoe ze haar slachtoffers aanpakt, maar dat deed je niet omdat het niet past bij het onschuldige verhaal van een "verkennend" onderzoek.'

'Zolang er geen officiële klacht is...'

'Ja, ja, ja', deed de advocaat ongeduldig. 'Ik heb in totaal niet twee- maar driemaal geld gegeven aan het werk van Padre Pedro. Drie keer tweeduizend euro. De eerste keer op aandringen van mijn echtgenote zaliger. Zij was vertrouwd met het missiewerk van Petrus Doornaert, omdat haar tante Liliane vaak herinneringen aan haar tijd bij zijn koor had opgehaald.

Kapelaan Doornaert moet nogal een charismatische figuur geweest zijn. Ik herinner me dat Liliane verteld heeft dat zij en haar ouders hem gevolgd zijn om naar de beschieting van de forten van Luik te gaan kijken. Het halve dorp is toen meegegaan om te bidden voor het heil van de soldaten die onder vuur lagen.'

'Mm', deed Sauwen.

'Toen de kapelaan het dorp verliet om aan de Duitsers te ontkomen, moet dat een slag geweest zijn voor de meisjes en de vrouwen in het koor', herinnerde Smidts zich. 'Zo vreselijk dat tante Liliane overwogen heeft kloosterzuster te worden. Misschien is ze daarom nooit getrouwd.'

'Zo, zo', deed Sauwen.

'Padre Pedro was geen onbekende voor mij, al heb ik hem nooit persoonlijk ontmoet', zei Smidts. 'Daarom heb ik niet geaarzeld om een bedrag te schenken aan de Stichting toen mijn vrouw erom vroeg. Zeker niet nadat Christina Doornaert ons had laten weten dat er een proces tot zaligverklaring lopende was.'

'Natuurlijk', mompelde Sauwen.

'Er zijn recent smerige insinuaties opgedoken in de schandaalpers', ging Smidts verder. 'Ik dank de Heer dat mijn lieve echtgenote het niet meer heeft moeten meemaken. Is die vuile campagne de aanleiding voor je onderzoek, mijnheer Sauwen?'

'Neen', loog de speurder. 'De ontdekking van een skelet onder de muur van de oude pastorie heeft natuurlijk wel een en ander losgemaakt.'

'Ik heb gelezen dat ze haar geïdentificeerd hebben', zei Smidts. 'Virginie Cuyx. Tante Liliane heeft meer dan eens haar naam laten vallen. Een "fladderaarster" noemde ze haar. Ze zou iets met een Duitse soldaat gehad hebben voor ze van de aardbodem verdween.'

'Ze is niet zomaar verdwenen. Ze is vermoedelijk vermoord.'

'De zaak is natuurlijk verjaard', merkte Smidts droogjes op.

'Natuurlijk.'

'Waarom vraag je niet op de man af of Christina Doornaert me onder valse voorwendsels geld heeft afgetroggeld?'

'Heeft ze dat gedaan?'

'Neen.'

# 16

Bert Peeters was buiten adem. Omdat hij als een gek naar Geo's huis in Borgloon gefietst was? Of was het omdat hij iets buitengewoons gevonden had in het exemplaar van *Onze Missies* dat hij triomfantelijk omhoogstak?

'Ik heb zomaar een willekeurige doos uit de stapel getrokken', hijgde hij alsof hij daarmee een buitengewone prestatie had geleverd. 'Kijk eens wat ik gevonden heb. Het winternummer van 1935.'

Geo liet hem plaatsnemen aan de grote tafel in de keuken.

'Ik moet de soep in de gaten houden', verontschuldigde hij zich met een gebaar naar een grote pan die op een laag vuurtje stond te pruttelen.

'Ruikt goed', vond Peeters.

'Beter dan je blaadje.'

> 'Godzijdank! De oorlog loopt ten einde! Helaas wordt onze vreugde getemperd door talloze berichten over grote schade aan gebouwen en gewassen, wat in de komende jaren zeker grote armoede onder de inheemse bevolking zal veroorzaken.
>
> Nog erger zijn echter de littekens die de krijgsverrichtingen in de zielen en de harten van de mensen hebben gekerfd. Tot mijn afschuw heb ik zelfs vastgesteld dat sommige inboorlingen in hun wanhoop onze Heilige Moederkerk de rug hebben toegekeerd en opnieuw troost zijn gaan zoeken in hun oude heidense rituelen.
>
> Een diep geschokte leerling van onze missieschool bracht de moed op ons op de hoogte te brengen van een heidens feest dat op nog geen halfuur gaans van onze missie plaatsgevonden had. Tientallen mannen en vrouwen, velen afkomstig uit San Remi, hadden er bij het invallen van de

duisternis een kring gevormd rond een persoon die zich voordeed als een "priester" uit de heidense tijd.

Nadat iedereen een grote hoeveelheid sterkedrank tot zich had genomen, ontdeed de zogenaamde priester zich van zijn westerse kleren en voerde hij onder het slaken van luide jammerkreten een woeste dans uit. Zijn helpers slachtten kippen en besprenkelden hem met hun bloed, waarna de "priester" zich in het stof wentelde tot hij eerder op een monster uit de onderwereld dan op een menselijk wezen leek. Meerdere mannen volgden zijn voorbeeld, daartoe luidkeels opgehitst door de vrouwen.

Ook onze leerling, de diep gelovige zoon van mijn trouwe huishoudster Teresa, werd naar het midden van de kring gedreven, maar hij heeft zich op het laatste ogenblik kunnen losrukken om in de duisternis aan de opgezweepte horde te ontkomen.

Ik heb me onmiddellijk naar de plek begeven waar het heidense feest zich had afgespeeld om persoonlijk de overblijfselen van het walgelijke spektakel in ogenschouw te nemen. Ik vond er resten van een houtvuur, pluimen van offerkippen en platgedrukt gras waar de deelnemers in de grote kring hadden gezeten.

Vlakbij ontmoette ik twee vrouwelijke parochianen, op weg naar hun akkertjes. Toen ze me zagen naderen, sloegen ze beschaamd de ogen neer. Ik vroeg hen of zij wisten wat er op die plek gebeurd was, maar natuurlijk weigerden ze te antwoorden. Hun gelaatsuitdrukkingen lieten echter geen twijfel toe.

Liever dan hen ter plaatse te confronteren met mijn woede en ontgoocheling, besloot ik door te lopen. Ik was nog maar een paar stappen verder of ik hoorde hen fluisteren. Toen ik me naar hen omkeerde, sloegen ze op de vlucht.

Ik volgde hen naar de nederzetting waar ze woonden en riep met luide stem dat ik met de dorpsoverste wenste te spreken. In zijn plaats verscheen een jonge kerel die ik al meermaals een vermaning had gegeven omdat hij zich niet van zijn plichten als christen kweet. In plaats van gewone westerse kleren, zijnde een broek en een hemd, droeg hij slechts een lendendoek, bruin gekleurd door het bloed waarin het gedrenkt was. Ook op zijn gezicht en schouders kleefde geronnen bloed.

Nog voor ik het woord tot hem kon richten, schreeuwde hij dat ik het dorp onmiddellijk moest verlaten en pas welkom zou zijn wanneer de geesten van zijn voorouders de rust en de vrede hersteld hadden. Toen ik geen aanstalten maakte om te gehoorzamen, balde hij zijn vuisten en trad hij dreigend naderbij. Ik keek misprijzend op hem neer, want hij was zeker een hoofd kleiner dan ik en ik was ervan overtuigd dat ik hem moeiteloos de baas kon wanneer het tot een handgemeen zou komen.

Tientallen dorpelingen slopen naar ons toe en vormden een kring rond ons beiden, waarschijnlijk in de hoop dat het tot een treffen zou komen. Tot mijn afschuw hadden ze allen, mannen en vrouwen, hun beschaafde kledij vervangen door lapjes stof die nauwelijks hun schaamte bedekten. Allen vertoonden nog sporen van het bloed waarmee ze besprenkeld waren.

De brutale vlerk die zich in de plaats van het dorpshoofd had gesteld, voelde zich in de menigte sterk genoeg om me ongegeneerd uit te lachen. In plaats van op zijn uitdaging in te gaan, keerde ik hem de rug toe en brak ik kordaat door de kring van mannen en vrouwen heen. Niemand waagde het me tegen te houden.

Tot mijn grote vreugde trof ik de meeste dorpelingen de volgende zondag in onze kerk aan. Alleen de oproerkraaier en een viertal van zijn vrienden ontbraken. Pas na lang aandringen wilde iemand me verraden dat ze naar het land van hun voorouders vertrokken waren. Waar dat "land" zich bevindt, heb ik niet kunnen achterhalen en gezien de sfeer van achterdocht die het dorp nog steeds in zijn greep houdt, heb ik daartoe ook geen pogingen ondernomen.

Een officier van het zegevierende leger van Paraguay, die korte tijd op de missie logeerde, heeft mijn houding goedgekeurd. De meerderheid van zijn troepen was gerekruteerd onder de inheemse bevolking en gedroeg zich voorbeeldig in de strijd, verzekerde hij me. Nu de oorlog gewonnen was, laaiden echter zowel bij de soldaten als bij degenen die niet in de krijgsmacht gediend hadden, hooggespannen verwachtingen op. Het was de taak van alle beschaafde inwoners van Paraguay, burgers en militairen, om de verzuchtingen van de inboorlingen in goede banen te leiden, zo meende de officier.

Gesteund door de gebeden van alle vrienden van onze missie in het moederland en met hun materiële steun, zal ik voortaan ook mijn beschavingstaak nog meer ter harte nemen.'

Bert Peeters had geduldig gewacht tot Geo het hele stuk gelezen had.

'Wat zeg je daarvan?' vroeg hij toen. 'Padre Pedro was bezig zijn schaapjes te verliezen!'

Geo keek naar de datum van het tijdschrift.

'Hij heeft dit een dik jaar voor zijn dood geschreven', stelde hij vast.

'Een dik jaar om zich ongenietbaar te maken bij de inheemse bevolking', meende Peeters.

'Het begin van zijn martelaarschap?' vroeg Geo zich af.

'Daar lijkt het op.'

Geo wreef vermoeid over zijn ogen.

'Vermoord door kwade indianen', zei hij. 'Het lijkt vanzelfsprekend... Maar wie was de man met de Argentijnse Ford die de dag voor de moord op de missie is opgedoken?'

Bert Peeters haalde zijn schouders op.

'Een toevallige voorbijganger?'

'De onderwijzer van de missieschool heeft aan de politie verklaard dat hij de indruk had dat Doornaert en de voorbijganger elkaar kenden. Nog een toeval.'

'Ik volg je niet', reageerde Bert Peeters.

'De indianen waren mogelijk niet de enigen die een eitje te pellen hadden met de Padre.'

Bert trok zijn wenkbrauwen op.

'Als ik jouw redenering volg, hadden de indianen meer dan een jaar om op wraak te broeden', zei Geo. 'Er waren er die meer tijd hadden om te piekeren over wat Doornaert hen aangedaan had.'

Bert Peeters schrok zichtbaar.

'Onmogelijk!' riep hij uit.

'Virginies familie?' vroeg Geo zich af. 'De verkrachte meisjes van het koor en hun families?'

'Mm', deed Peeters.

'Honderden slachtoffers', zei Geo.

'Ja, maar niemand van hen...' begon Peeters zonder zijn zin af te maken.

'Niemand wat?' vroeg Geo.

'Niets. Tenzij...'

'Tenzij wat?'

'Niets.'

Bert Peeters staarde zwijgend naar zijn handen. Geo wachtte. Vruchteloos.

'Ik weet niet waar jij aan zit te denken', zei hij na een lange stilte. 'Maar ik ga nog eens met de laatste overlevende praten. Nu het nog kan.'

'Ha! De fruitboer!' begroette een vrolijke Odilon Cuyx zijn onverwachte bezoeker.

'Bijna goed geraden', zei Geo Joosten. 'De zoon van de fruitboer.'

'Ik ben nog niet dement.'

'Daarom wil ik je iets belangrijks vragen. Ken je deze vrouwen?'

De oude man zette een zware bril op om de foto van de koorleden voor de kerk van Sint-Remigius te bestuderen.

'Ik herken de meeste gezichten', zei hij na de foto grondig bestudeerd te hebben. 'Maar hun namen... Ik kwam niet zo vaak in Sint-Remi... In mijn ogen waren de dames op de foto al oudere vrouwen... Als jonge man...'

Hij lachte. Een schalkse kwajongen.

'Iemand heeft me verteld dat de meeste vrouwen op de foto nooit getrouwd zijn', zei Geo.

'Dat klopt', antwoordde de oude man onmiddellijk.

'Waarom?'

Odilon vouwde zijn bril voorzichtig dicht en stak hem terug in een ouderwetse metalen doos.

'Waarom vraag je dat aan mij?' vroeg hij toen.

'Omdat je de enige persoon bent die ik ken die oud genoeg is om nog iets over die tijd te kunnen vertellen.'

'Je hebt me beloofd uit te zoeken wat die godverdomde kapelaan met Virginie uitgestoken heeft.'

'Heb ik mijn belofte niet gehouden? Kijk wat ik allemaal ontdekt heb. Dankzij jouw DNA weten we dat het geraamte onder de muur van Virginie is. We hebben bewezen dat ze vermoord werd met een hamer van een steenhouwer. We hebben ook al min of meer kunnen uitmaken dat de kapelaan de vader van haar kind zou kunnen zijn. Zeg niet dat ik stilgezeten heb!' protesteerde Geo.

'Wie heeft haar doodgeslagen?'

'Een sterke, linkshandige man.'

'Wie?'

'Dat antwoord moet ik je voorlopig schuldig blijven, maar het zou me niet verbazen als het de kapelaan is geweest.'

'Hoe komt het dat ze hem nooit opgepakt hebben?'

'Omdat de bisschop hem beschermde toen de Duitsers in het land zaten en omdat hij daarna aan de andere kant van de wereld heidenen moest bekeren', antwoordde Geo korzelig.

'Ze hadden hem daar ook kunnen ondervragen!' barstte Odilon uit.

'Wie? De politie?'

'Natuurlijk! De politie! Als die haar werk had gedaan, dan hadden we al lang geweten wat de kapelaan met Virginie uitgespookt heeft. En dan hadden ze hem daarginds geen mes tussen de ribben gestoken.'

Geo zag vuur in zijn ogen.

'Wat bedoel je daarmee?' vroeg hij.

In plaats van te antwoorden wees Odilon naar de foto van het koor.

'Weet je hoe ze de oude vrijsters van het kerkkoor noemden? De bruidjes van Jezus!'

'Dat was wreed', vond Geo.

'Natuurlijk was dat wreed!' riep Odilon uit. 'Zo wreed dat deze hier... Dora... Ze is in de mestput gesprongen. En deze... Philomène Cuyx... Een nicht van mij en van Virginie... Ze is in Herstal zogezegd onder de tram gevallen, maar ik weet dat ze eronder gesprongen is. Ze was niet dood. Ze hebben haar linkerbeen moeten afzetten. Echt wreed, want ze stond op het punt te trouwen met mijn vriend Georges Peeters. Hij werkte bij FN en had een huis gekocht niet ver van de fabriek. Philomène was bezig het in te richten. Zo kort stonden ze bij hun trouwdag. En ineens... Paf! Gedaan! Philomène invalide met een houten been. Georges was zot van verdriet.'

Hij ademde zwaar.

'De kapelaan...' begon Geo om de oude man weer aan het praten te krijgen, maar Odilon liet hem niet uitspreken.

'De kapelaan heeft haar verkracht!' vloog hij uit.

Hij beukte als een razende met een vuist op de stoelleuning.

'Daar!' zei hij. 'Ik heb het eindelijk gezegd! Godverdomme! Hij heeft Philomène verkracht! En zoveel anderen van wie ik de naam niet meer ken.

Verkracht! Meisjes van veertien, vijftien jaar. Ik weet het absoluut zeker, want Philomène heeft het me verteld. Omdat ik de vriend van Georges was en omdat...'

Er liepen tranen over zijn wangen.

'Godverdomme', kreunde hij terwijl hij zijn neus snoot. 'Philomène!'

Hij vermande zich.

'Ik had me kwaad gemaakt op Philomène omdat ze Georges zoveel verdriet had aangedaan', vertelde hij. 'Ik noemde haar een zottin omdat ze onder die tram was gelopen en toen heeft ze het verteld. Dat de kapelaan... Dat ze zich zo smerig voelde... Dat ze geen man... Dat ze niet de enige was... Dat hij ook andere meisjes... Virginie... Françoise... Dora... Godverdomme!'

Geo liet hem even tot rust komen.

'Waarom hebben de ouders geen klacht ingediend?' vroeg hij toen.

Odilon liet een pijnlijk lachje horen.

'Wat moesten ze beginnen tegen een kapelaan? De vader van Dora was een dagloner. Die van Philomène stond aan de ovens in de steenbakkerij. De vaders van de andere meisjes waren ook gewone arbeiders.'

'Ze hadden hun dochters kunnen verbieden nog langer naar het koor te gaan', probeerde Geo.

'Om ruzie te krijgen met de pastoor? Een werkman die zijn dochter verbood in het kerkkoor te zingen? Dat moest een rode oproerkraaier zijn! Als hij niet oppaste, trok de pastoor naar zijn werkgever en werd de man op staande voet ontslagen!'

'En toch heeft de kapelaan de benen moeten nemen', zei Geo.

Odilon boog zich naar hem toe, alsof hij bang was dat de muren oren hadden.

'Ik heb er nachtenlang over liggen piekeren', fluisterde hij. 'Toen hij de meisjes verkrachtte, lieten ze hem begaan, al moeten de pastoor en de nonnen en nog anderen geweten hebben wat hij uitspookte. Toen Virginie verdween, moest hij ineens dringend weg! Waarom? Ik kon maar één reden bedenken. Hij had iets gedaan dat nog veel erger was dan verkrachting!'

'Er waren twee meisjes in verwachting', zei Geo voorzichtig. 'En daarenboven was Virginie spoorloos verdwenen.'

Odilon luisterde niet.

'Erger dan verkrachting!' vloog hij uit. 'Wat is er erger dan verkrachting?

Moord! De kapelaan heeft Virginie vermoord! Als ze die muur niet hadden afgebroken, had ik het nooit zo vlakaf tegen je durven te zeggen, maar nu weet ik dat hij haar het hoofd heeft ingeslagen en dat hij haar als een beest in de grond gestoken heeft. Dat is de waarheid, Joosten, daar moet je niet aan twijfelen.

En het ergst van al is dat ik nu moet horen dat het bisdom hem heeft helpen ontsnappen, terwijl de pastoor en de nonnen en al de anderen toekeken en zwegen! Ze hebben godverdomme wetens en willens een moordenaar helpen vluchten! Dat is de hele waarheid! Schrijf dat maar in je krant!'

'Dat mag ik niet', legde Geo uit. 'Niet zonder bewijzen. Voorlopig telt de officiële versie dat de bisschop Doornaert het land uit heeft geholpen omdat hij tegen de Duitsers gepreekt had en bang was voor vergelding.'

'De Duitsers hadden er niets mee te maken', zei Odilon vol overtuiging. 'Toen de kapelaan ervandoor ging, zaten Duitse soldaten in de pastorie van zijn wijn te drinken. De Pruisen hebben geen vinger naar hem uitgestoken. Volgens Georges wisten de pinhelmen niet eens dat hij over hen gepreekt had.'

'Hoe kon Georges dat weten?'

'Van zijn broer. Die is vijftig jaar koster geweest in Sint-Remi.'

'De vader van Bert Peeters?'

'Ja.'

Geo staarde hem sprakeloos aan. Odilon krulde misprijzend zijn bovenlip.

'De koster was een heimelijk kereltje', zei hij. 'Het type dat net genoeg verklapt om de schijn te wekken dat hij veel weet en dan als vermoord zwijgt omdat hij zogezegd geen geheim wil verraden.'

'De perfecte truc om roddels in de wereld te zetten en om zijn zoon eeuwig nieuwsgierig te maken naar de ware reden van Doornaerts vlucht', meende Geo.

'De ware reden?' herhaalde Odilon met een bitter lachje. 'Tante Maria en ik en nog zoveel anderen hadden vermoedens, maar Philomène kende de hele waarheid. Zij heeft aan Georges verteld wat de kapelaan uitgestoken heeft. Hij heeft moeten zweren er met niemand over te spreken en hij heeft zijn belofte gehouden.'

'Zelfs tegenover zijn beste vriend?'

'Ja.'

'Zelfs toen het huwelijk niet doorging?'

'Zelfs toen.'

'Heb je met hem gesproken over het vermoeden dat de kapelaan een moordenaar was?'

'Ja.'

'En hij heeft niet willen verklappen wat Philomène hem toevertrouwd had?'

'Hij zei dat hij alles wist en dat hij gezworen had te zwijgen.'

Geo wachtte op meer uitleg, maar die kwam er niet.

'Vreselijk', zei hij met een luide zucht.

Odilon keek hem strak aan.

'Het vreselijkste moest nog komen', zei hij na een lange stilte.

Geo wachtte. Odilon sloot zijn ogen.

'Ze hebben hun geheim meegenomen in het graf', fezelde hij met gesmoorde stem. 'Georges, Philomène, de koster en de hemel mag weten wie nog allemaal. De kapelaan ook, natuurlijk.'

Weer een lange, zware stilte.

'Het heeft mijn leven lang aan me gevreten', fluisterde de oude man.

Het klonk zo theatraal dat Geo er hem van verdacht komedie te spelen.

'Waarom liet je je leven vergallen door het lot van een meisje dat je niet eens gekend hebt?' verweet hij Odilon.

'Het gaat niet om haar', antwoordde de oude man ernstig. 'Het gaat me om het onrecht. Hun schijnheiligheid. De lafheid. De leugens.'

Weer kneep hij zijn ogen dicht.

'Weet je wat, fruitboer? Ik dacht dat het zou overgaan nadat Doornaert zijn verdiende straf gekregen had. Wel, het is niet overgegaan.'

'Zijn verdiende straf', mompelde Geo. 'De indianen...'

Odilon Cuyx lachte bitter.

'Indianen?'

'In Paraguay zeggen ze dat de indianen Doornaert vermoord hebben', zei Geo.

'Dat zegden ze, ja.'

'Je gelooft het niet?'

Odilons vingers spanden zich rond de armleuning.

'Heb je ooit het verhaal gehoord van de man die de kapelaan bezocht heeft, de dag voor de moord?' vroeg Geo.

Odilon antwoordde niet.

'Een man in een Ford', drong Geo aan.

'Ach...'

'Er waren getuigen die beweerden dat Doornaert hem leek te kennen. Heb jij ooit over hem horen spreken?'

De oude man haalde vermoeid zijn schouders op.

'Moet een mens zo oud worden om dit nog mee te maken?' fluisterde hij.

Het lange gesprek en de opwinding hadden hem uitgeput. Zijn ogen vielen toe. Toen Geo de kamer verliet, sliep hij vredig als een hoogbejaarde baby.

'Ik heb met de jonge Van Schalk gesproken', begon Tjenneke Bongers. 'Zijn grootvader was al bijna twee jaar weg uit Paraguay toen Doornaert vermoord werd.'

'Maar...' deed Piet Schraepen omdat hij vermoedde dat de ex-detective hem om een heel andere reden opbelde.

'Ik heb ook een belletje gehad van mijn vroegere maat bij ING', ging Tjenneke verder. 'Hij heeft ontdekt dat Christina Doornaert volmachthoudster is van een spaarrekening bij ING Curaçao ten name van het Instituto Padre Pedro. Een potje van afgerond, houd je hoed vast, vier miljoen dollar.'

'Dat geld heeft ze alvast niet opgehaald bij de parochianen van Sint-Remi', reageerde Schraepen.

'En nu de kers op de taart', ging Tjenneke verder. 'In Curaçao staat Christina Doornaert te boek als Paraguayaanse staatsburger, maar met een thuisadres in Montevideo, Uruguay.'

'Heeft ze die miljoenen soms verdiend met het Instituto?' vroeg Piet Schraepen zich af.

'De jonge Van Schalk is nog altijd actief in Zuid-Amerika', zei Tjenneke. 'Overal waar Shell belangen heeft, eigenlijk. Ik heb hem laten informeren naar Christina's Instituto. Hij wist er niet veel over, waarschijnlijk omdat hij geen kostbare tijd aan mijn gepeuter wilde verspillen, maar hij heeft wel achterhaald dat het Instituto Padre Pedro enerzijds onderdak verschaft aan een soort van katholieke sekte, maar anderzijds mooi geld verdient met een groothandel in schoolgerei en de organisatie van "vervolmakingscursussen voor leerkrachten". Wat dat laatste betreft, vermoedt Van Schalk dat het Instituto samenwerkt met Amerikaanse ngo's. Of met de CIA, als je dat liever hoort.'

'Ik kan het moeilijk geloven', zei Piet. 'Een oudje dat op een pot vol goud zit, maar hier in onze uithoek van de wereld nog wat bij komt bedelen.'

'Als ik een cynische hond was...' begon Tjenneke.

'Je bent een cynische hond', onderbrak Piet hem.

'Oké. Als cynische hond ben ik geneigd te stellen dat Christina Doornaert geen naïef oudje is, maar een gehaaide marketeer. Ze is de eigenares van een goed merk, Padre Pedro, en nu is ze bezig er een uitstekend merk van te maken. Fundación San Padre Pedro. Klinkt als een klok! Met zo'n uithangbord ligt heel Latijns-Amerika aan haar voeten, wat betekent dat ze ten minste in de subtop van de ngo's hoopt te spelen en elk jaar minimaal een miljoen dollar aan giften en schenkingen zal kunnen bijschrijven op haar rekening in het zonnige Curaçao!'

'Maar bedelen...' probeerde Piet nog maar eens.

'Christelijke nederigheid', bulderde Tjenneke. 'Hoe anders kan San Padre Pedro, de apostel van de arme indianen, sneller zalig en heilig verklaard worden dan met de bescheiden steun van kleine, nederige gelovigen uit zijn geboorteland!'

Piet voelde instinctief welke vraag Tjenneke hem na deze uitbarsting wilde stellen.

'Neen, ik kan geen stuk schrijven op basis van wat Van Schalk en een anonieme ING'er je in het geheim overgebriefd hebben', zei hij.

'Dat weet ik wel', antwoordde Tjenneke, blijkbaar vol begrip voor Piets journalistieke ethiek. 'Maar ik heb ook in een van je stukjes gelezen dat de flikken Christina aan de tand voelen. Daarom dacht ik, als Piet nu eens bij een van zijn vrienden bij het parket aanklopt met wat ik verteld heb, zodat die vriend Christina met de feiten op Curaçao kan confronteren en daarna, volslagen anoniem natuurlijk, uit de biecht klapt?'

'Wat dan?' snauwde Piet.

'Dan heb jij een scoop die nog jaren nazindert en ik kan naar jouw chef stappen om een volgende schijf van mijn commissieloon op te halen.'

'Dat lijkt me geen slecht plan', vond Geo Joosten.

'Het had uit jouw koker kunnen komen', meende Piet Schraepen.

'Daarom vind ik het een goed plan.'

'Op voorwaarde dat Sauwen meespeelt.'

'Hij zal meespelen, want hij wordt ongeduldig als getuigen tegenstribbelen in plaats van de zaak te laten vooruitgaan', zei Geo.

'Stribbelen er getuigen tegen?'

'Hij praat blijkbaar met mensen die geld aan de Stichting geschonken hebben en ik kan me moeilijk voorstellen dat die bereid zijn zomaar hun intieme zielenroerselen met een flik te delen.'

'Nu redeneer je helemaal zoals Tjenneke', zei de verslaggever. 'Veronderstellingen en insinuaties.'

'Vrijdagavond wijdt Armand een nieuwe grill in', wist Geo. 'Arnold zal de gelegenheid niet willen missen. Brochettes, ribbetjes, aardappelen in de schil, sla en sausjes van Beth. Wat vind je ervan?'

Piet smakte bij het vooruitzicht.

'Een privégesprek met Sauwen tussen hoofdgerecht en dessert?' stelde Geo voor.

'Moet lukken.'

# 17

Een overweldigende geur van muf papier waaide naar buiten toen Bert Peeters' vrouw de voordeur opendeed.

'O', zei ze bars.

'Is Bert thuis?' vroeg Geo Joosten.

Hij voelde zich als een schooljongen die een gestraft vriendje bezocht.

'Niet lang meer, als hij in die oude troep blijft rommelen', zei de vrouw.

'Het stinkt inderdaad', gaf Geo toe, alsof hij haar begripvolle bondgenoot wilde zijn.

'De stank hangt nu al in de slaapkamer.'

Geo knikte doodernstig, een en al geveinsd medelijden.

In Berts werkkamer stonden de ramen wijd open.

'Waarom heb je nooit over je oom Georges gesproken?' vroeg Geo.

Er verscheen een pijnlijke trek op Peeters' gezicht.

'Hij was het zwarte schaap van de familie. Waarom had ik over hem moeten spreken?'

'Volgens de oude Cuyx heeft zijn verloofde Philomène zich van kant willen maken omdat de kapelaan haar misbruikt had.'

Peeters deed alsof hij zich verdiepte in oud papier.

'Odilon heeft haar herkend op de groepsfoto voor de kerk', zei Geo. 'De foto die jij ook al eerder gezien had.'

Bert keek eindelijk op van zijn papieren.

'Ik heb Georges nooit gekend', zei hij. 'Hij is in 1945 omgekomen tijdens een bombardement in Duitsland. Toen ik kind was, werd bij ons thuis weinig over hem gesproken. Hij was tijdens de oorlog bij de NSKK. Het nationaalsocialistische korps van vrachtwagenchauffeurs. Een collaborateur, als je wilt.'

Een schichtige blik om te controleren hoe de fotoreporter op die mededeling reageerde.

'Toen ik zei dat ik het vreselijk vond wat Georges meegemaakt had met Philomène, antwoordde Odilon dat het vreselijkste nog moest komen', zei Geo. 'Bedoelde hij daarmee dat hij als collaborateur zou sterven? Of bedoelde hij iets anders?'

Bert Peeters antwoordde niet. Geo wachtte.

'Ja', zuchtte Bert ten slotte.

'Wat is er vreselijker dan voor een verloren zaak opgeblazen te worden?'

Opnieuw viel een lange stilte. Peeters diepte een zwart boekje op uit een bureaula. 'Banque Nagelmackers' en '1937' stonden in gouden letters op het kaft.

'Dat is een agenda van mijn vader', begon hij aarzelend. 'Uren van de kerkdiensten. Doopsels, begrafenissen en huwelijken. Soms vermeldde hij ook andere zaken die hij belangrijk vond. Altijd kort en bondig.'

'Heeft hij over kapelaan Doornaert geschreven?' vroeg Geo.

'Ik heb zijn naam maar één keer aangetroffen. Op de dag van de herdenkingsmis in 1937.'

'Niets over collectes voor zijn missie of andere zaken die de parochie organiseerde om hem te ondersteunen?'

Peeters schudde met zijn hoofd.

'Waarom ben je over de agenda van je vader begonnen?' vroeg Geo.

Bert sloeg het boekje open.

'Jouw vermoeden...' begon hij. 'De man met de Ford? Ja?'

'Ja?'

Bert bladerde in het boekje.

'De slachtoffers', mompelde hij. 'De mensen die jij de "piekeraars" noemde... Het heeft me aan het denken gezet.'

Geo zag zweetdruppeltjes op zijn voorhoofd.

'Denken?' vroeg hij.

Bert had gevonden wat hij zocht.

'Veertien maart', las hij.

'De herdenkingsmis was op 4 maart 1937', herinnerde Geo zich.

'Juist', zei Bert. 'Twee maanden na de moord. Tien dagen na de dienst schreef mijn vader "G terug uit Amerika. Recife. Buenos Aires. Montevideo" in zijn agenda. Met "G" bedoelde hij zonder twijfel Georges, want die heeft als matroos op de lange omvaart gevaren.

Toen het huwelijk met Philomène niet doorging, heeft Georges de FN vaarwel gezegd. Van de ene dag op de andere. 's Morgens is hij een laatste keer naar de fabriek gegaan om zijn werk op te zeggen en 's middags stond hij al in Antwerpen om aan te monsteren op de eerste de beste boot. En kijk nu naar dit.'

Achter de namen van de havensteden leek koster Peeters een stukje tekst uitgegomd te hebben. Bert hield de bladzijde tegen het licht om Geo de indruk te laten zien die het potlood nagelaten had.

'D', las hij met moeite.

'D fini', vulde Bert aan. 'Erachter staat nog "ponj", maar voor hij dat woord helemaal had geschreven, heeft mijn vader zich bedacht.'

'Betekent "D" Doornaert?' vroeg Geo.

'Ja.'

'En "fini"? Einde? Doornaert dood? Bedoelde hij dat?'

Voor Geo verder kon vragen, viste Bert een krantenknipsel uit een van zijn half vergane enveloppen.

'In *Het Algemeen Belang* van 12 januari 1937 stond dit bericht over de moord op kapelaan Doornaert. Ik heb het tussen de papieren van mijn vader gevonden.'

'Papiertjes verzamelen zit blijkbaar in jullie genen', spotte Geo.

'Neen, Geo, je begrijpt het niet. Dit is geen grapje. Waarom noteerde mijn vader maanden na de feiten iets in zijn agenda wat hij al lang wist, namelijk dat Doornaert "fini" was? En waarom gomde hij dat stukje tekst uit voor hij het laatste woord afgemaakt had?'

Geo durfde zijn vermoeden niet uit te spreken.

'Ik kan maar één verklaring bedenken', zei Bert. 'Mijn vader heeft de aantekening gemaakt op de dag dat Georges hem is komen bezoeken na een reis naar Zuid-Amerika. Dat is klaar. Ze hebben natuurlijk over de dood van Doornaert gesproken, maar waarom schreef mijn vader dat op als er geen nieuwe feiten waren? En waarom stopte hij toen hij "ponj" had geschreven?'

'Wat betekent "ponj"?' vroeg Geo.

'Dit', zei Bert en legde een dolk met roestig lemmet en verweerd gevest op tafel. 'Dit is een ponjaard.'

Geo staarde sprakeloos naar het wapen. Bert Peeters tikte met een wijsvinger op vier letters die in het houten handvat gekerfd waren.

'CP staat voor Charles Peeters, mijn grootvader. GP is natuurlijk Georges Peeters', legde hij uit. 'Mijn vader heeft me de geschiedenis van de dolk verteld. Charles werkte bij een notaris. Omdat hij en zijn baas vaak 's avonds met veel geld onderweg waren, heeft hij deze ponjaard laten maken bij de dorpssmid. Een wapen om zich te verdedigen als hij overvallen werd. Hij heeft het mes maar één keer moeten gebruiken. Met succes, beweerde mijn vader.

Georges heeft de ponjaard geërfd en later aan zijn broer gegeven, zogezegd omdat die er beter zorg voor zou dragen. Dat heeft mijn vader me althans wijsgemaakt. Toen ik de dolk kreeg, heeft hij me op het hart gedrukt dat het een belangrijk familiestuk was en dat ik het nooit mocht wegdoen. Ik mocht het ook nooit aan vreemden laten zien.

Veel omhaal voor een lelijk, primitief mes. Waar ik niets van snapte tot ik gisteravond toevallig "ponj" ontdekte in de uitgegomde tekst en de ponjaard nog eens grondiger heb bestudeerd.'

Hij knipte een leeslamp aan en tikte weer op het gevest. Geo kon nog net een letter 'D' onderscheiden. Met een kruisje erover.

'Voilá. Doornaert fini', zei Bert. 'Fini met de ponjaard van opa.'

'Je bent niet goed snik', zei Geo.

'Mijn redenering klopt als een bus!' verdedigde Bert Peeters zich fel. 'Mijn vader heeft de aantekening in zijn agenda gemaakt omdat Georges de moord op Doornaert opgebiecht had! Toen heeft hij bedacht dat de agenda in verkeerde handen kon vallen en daarom heeft hij zijn aantekening niet afgemaakt. Hij heeft zelfs alles wat naar Doornaert verwees, uitgegomd.'

'Georges...' begon Geo, maar Bert liet hem niet uitspreken.

'Georges was een van de "slachtoffers" met een goede reden om de kapelaan een kopje kleiner te maken. Wraak om wat de kapelaan aangericht had bij Philomène en bij de andere meisjes. Misschien was hij zelfs op de hoogte van de vermoedens dat Doornaert een hand had gehad in de verdwijning van Virginie Cuyx.

Had hij ook de gelegenheid om wraak te nemen? Daar heb ik ook aan gedacht. Ik heb vanmorgen gebeld met een vriend bij de Koninklijke Bibliotheek om in de collectie van de *Lloyd Anversois* op te zoeken welke Belgische zeeschepen eind 1936, begin 1937 in Montevideo of Buenos Aires lagen.

Ik heb nog niet kunnen achterhalen op welk schip Georges werkte, maar mijn vriend heeft in de lijsten met de ligging van de Belgische zeeschepen twee vrachtschepen gevonden die van Kerstmis 1936 tot eind januari 1937 op een lading moesten wachten. Het ene in Montevideo, het andere in Buenos Aires. Tijd genoeg voor Georges om heen en weer naar de missiepost te reizen.'

'Als hij aan boord was van het schip in Buenos Aires, verklaart dat de Ford met Argentijnse nummerplaten', zei Geo. 'En de vreemde taal die de onderwijzer opgevallen was, was natuurlijk...'

Bert Peeters' ogen lichtten op.

'Misschien spraken ze wel dialect met elkaar', zei hij, weer een en al heemkundige. 'In Paraguay moet dat wel exotisch geklonken hebben.'

'Georges moet een verdomd koelbloedige kerel geweest zijn', vond Geo. 'Helemaal op zijn eentje honderden kilometers door een onbekend, wild land rijden. Niet alleen Doornaert vinden, maar ook nog een babbeltje met hem slaan, waarschijnlijk om het geschikte moment en een goede plek te vinden om hem koud te maken. Zonder op te vallen zijn prooi opwachten in de buurt van een station waar altijd volk rondhangt en ten slotte als de gesmeerde bliksem terugrijden naar Argentinië, voor de politie hem op de hielen zat.'

'Hij moet inderdaad koelbloedig geweest zijn', beaamde Bert met de ponjaard op zijn handpalm. 'Zo koelbloedig dat hij zijn broer de koster van Sint-Remi het moordwapen cadeau deed!'

'Als dat het moordwapen is en als Georges de moordenaar was', zei Geo.

'Ik geloof dat mijn vader op 15 maart 1937 heeft willen neerschrijven dat oom Georges de kapelaan met deze dolk vermoord heeft en voor mij is dat genoeg', zei Bert.

'Wat doe je met het martelaarschap en de zaligverklaring van Padre Pedro?' vroeg Geo.

'Niets.'

De kolen in Armand Vanspauwens grill gloeiden als cokes in een hoogoven. Om de nieuwe aanwinst te installeren had hij een zijmuur van de veranda uitgebroken. In de zomer kon hij de grote zijramen openzetten, zodat zijn gasten weinig last hadden van de hitte uit de grill en in de winter kon het bouwsel dienen als open haard.

Voor ze aan tafel gingen, had Piet Schraepen rechercheur Arnold Sauwen discreet naar buiten geleid.

'Ik wil je eetlust niet bederven door over het werk te praten, maar ik heb interessante dingen gehoord over Christina Doornaert', begon de verslaggever. 'En Geo heeft interessante zaken gehoord over de moord op de kapelaan.'

'Ik heb al geen honger meer', antwoordde Sauwen met een grimas.

'Luister', beval Schraepen.

Een kwartier later schoof het tweetal aan bij de rest van het traditionele vrijdaggezelschap. Geo en Lie, directeur Martina De Brauwer en commissaris Jan Sleeckx van de gerechtelijke politie, de inspecteurs van de lokale politie Titus Flipkens en Katya Tyminski, de gepensioneerde politieman Lomme Clysters.

Armand Vanspauwen stond met een hoogrood gezicht te foeteren bij de grill, gefrustreerd omdat hij de nieuwtjes en roddels aan de stamtafel niet kon afluisteren.

Hij had natuurlijk gezien dat Schraepen Sauwen meegenomen had naar het parkeerterrein, ongetwijfeld om over supergevoelige zaken te praten waar zelfs het vaste vrijdagclubje niets van mocht weten. Supergeheimen! Terwijl hij aan de grill genageld stond!

'Biecht gehoord?' spotte Martina toen Sauwen naast haar plaatsnam.

'Het duo heeft een en ander opgepikt over de financiën van Christina Doornaert en over de moord op de kapelaan', fluisterde hij haar toe.

'Feiten of fictie?'

'Ik weet het niet. Het financiële verhaal klinkt waarschijnlijk, maar verhalen van Joosten klinken altijd waarschijnlijk. Het moordverhaal daarentegen... Mag ik zeggen dat ik het graag wil geloven?'

De Brauwer speelde met het bestek.

'Maandag maak ik een afspraak met de onderzoeksrechter voor de zaak van Christina Doornaert', beloofde ze.

'Onderzoeksrechter Liesens?'

'Wie anders?'

Laatste werk voor het slapengaan.

Mails lezen.

Een bericht van Geert Brouns, met als oorspronkelijk adres het bedrijf

'Bombas Arreguí Ltda.', door de chef nieuws zonder commentaar doorgestuurd naar Joosten en Schraepen.

'Mijn naam is ingenieur Danny Doornaert. Ik bevind me voor de duur van een maand in de plaats Nueva Colonia Frislandia (Paraguay) om in een nieuwe zuivelfabriek toezicht te houden op de installatie van hoogdrukpompen uit ons bedrijf.

Toevallig las ik uw krant, die me zo nu en dan toegestuurd wordt. Ik was bijzonder geboeid door een artikel over Petrus Doornaert, van wie ik een verre verwant ben. Zo vernam ik dat mijn familielid actief is geweest als missionaris in de regio van Puerto Casado.

De chef technicus bij de hoofdaannemer van het project, de firma Bombas Arreguí uit Rosario, Argentinië, blijkt afkomstig te zijn uit die plaats. Hij herinnerde zich verhalen die hij in zijn jeugd over mijn naamgenoot gehoord had.

Toen hij vernam dat Padre Pedro, zoals hij kapelaan Doornaert noemt, zalig en zelfs heilig verklaard zou worden, toonde hij zich zeer verbaasd.

Tijdens de Chaco-oorlog dwong Padre Pedro jonge inboorlingen dienst te nemen in het leger van Paraguay of zich aan te sluiten bij milities die als guerrillero's strijd leverden tegen de Boliviaanse strijdkrachten. Hij verplichtte inheemse meisjes hun intrek te nemen in internaatscholen, zogenaamd om hen te beschermen tegen de wellust van de tuchtloze soldaten die het land teisterden.

De technicus vertelde dat zijn grootmoeder een van die meisjes was. Zij herinnerde zich dat zij en haar medeleerlingen haast elke dag om het kleinste vergrijp tegen het schoolreglement gestraft werden. De minste vlek op het witte schooluniform werd bestraft met stokslagen. Leerlingen die geen perfect rechte rij vormden, moesten als straf een uur of langer met het voorhoofd tegen een ruwe muur leunen. Wie erop betrapt werd Guaraní in plaats van Spaans te spreken, kreeg geen avondeten enzovoort.

Het spijt me oprecht dat ik dergelijke schandalige dingen moet vertellen over mijn verre familielid, maar ik was zeer geschokt door de verhalen van de technicus. Het ergst vind ik dat hij beweerde dat kapelaan Doornaert zelf geen celibatair leven leidde, zoals van een priester verwacht wordt.

Hij noemde namen van mannen en vrouwen uit zijn kennissenkring van wie algemeen geweten is dat ze door de missionaris verwekt werden. Omdat indiaanse moeders niet geschikt werden geacht om hun kinderen degelijk op te voeden, werden deze wichten op prille leeftijd toevertrouwd aan het weeshuis dat Padre Pedro liet bouwen in Puerto Casado.

Het gedrag van de missionaris wekte zodanig veel woede op bij de inheemse bevolking, dat er op meerdere plaatsen werd gefeest toen hij vermoord werd. De dader werd nooit gevonden, maar de grootmoeder van de technicus van Bombas Arreguí beweerde met grote stelligheid dat het om een bekende van de Padre ging, mogelijk zelfs een landgenoot. Dat verklaarden getuigen die hem zowel in Misión San Remi als nabij het station gezien hadden. Ze hebben dit feit aan de politie medegedeeld, maar de agenten weigerden hen te geloven.

De getuigen, allen leden van het Guaraní-volk, waren werkzaam op de missie. Ze zijn door de politie gefolterd, maar ze bleven bij hun verklaring. Ze werden vrijgelaten toen een groep gewezen soldaten dreigde hen gewapenderhand uit de klauwen van de politie te bevrijden.

Dat is wat ik hier in het verre noordoosten van Paraguay heb mogen vernemen over mijn familielid. Ik besef dat mijn woorden niet in deze vorm in uw krant kunnen opgenomen worden, maar ik hoop u hiermee wel nuttige inlichtingen bezorgd te hebben om uw beroepsjournalisten te helpen bij het vervolledigen van hun dossier over Petrus Doornaert.

Om mijn positie en die van onze firma niet in gevaar te brengen verzoek ik u wel zeer dringend mijn naam noch andere gegevens met betrekking tot mijn identiteit prijs te geven.'

'Wat vind jij van Danny Doornaert?' vroeg Piet Schraepen een halfuur later, toen Geo zijn laptop al afgesloten had en Lie hem met zoete woordjes probeerde te overtuigen dat een volle maag geen beletsel vormde voor een stevige vrijpartij.

'Als Georges Peeters nog leefde, moest hij op zoek gaan naar een alibi', vond Geo.

Lie draaide hem ostentatief de rug toe.

'Ik denk dat ik je studiegenoot Doornaert gevonden heb', zei Geo.

Lie was niet te vermurwen.

'Succes ermee', knorde ze.

# 18

De flat waar Arnold Sauwen volgens zijn contactpersoon bij het bisdom Hasselt 'de meeste kans maakte om Christina Doornaert thuis te vinden', bevond zich tien hoog in een woonkazerne nabij de Hasseltse ringweg.

'Ik heb nu geen tijd', zei Christina door de intercom toen Sauwen aanbelde.

'En ik heb een huiszoekingsbevel', blafte de rechercheur haar af. 'Als je de deur niet opendoet, laat ik ze openbreken.'

'Welk huiszoekingsbevel?' vroeg Christina voor ze de speurders uit de lift liet stappen.

'Ondertekend door mevrouw de onderzoeksrechter Nadine Liesens', zei inspecteur Filip Blommaert terwijl hij haar met zacht geweld opzij duwde.

'Waarom? Ik heb jullie de boekhouding toch al gegeven!' protesteerde Doornaert.

'De gerechtelijke politie heeft nieuwe informatie gekregen waaruit blijkt dat je mogelijk nog bij een ander misdrijf betrokken bent', deed Sauwen.

'Welk misdrijf?'

'Diefstal en heling van documenten.'

'Ik begrijp niet waarover je het hebt.'

Niets in haar woning liet vermoeden dat de bewoonster multimiljonair was. Een pover woonkamertje annex keuken, een slaapkamer, een klein vertrek als bureau ingericht, een badkamer, een smal balkonnetje. Meubeltjes uit een discountloods.

'Ik stel voor dat we in het bureau beginnen', zei Blommaert.

'Ik wil mijn advocaat bellen', eiste Doornaert.

'Zolang je ons niet voor de voeten loopt', reageerde Sauwen droogjes.

Blommaert trok een bureaula open. Pijnlijk netjes geordend schrijfgerei. In de volgende la tientallen hangmappen, voorzien van etiketten, alfabetisch gerangschikt. Hij greep de map waar de meeste documenten in leken te zitten: PA.

'Meester Smidts', hoorde hij Christina Doornaert in de woonkamer zeggen.

Een getypt document. Het wapen van het bisdom Luik. Bruin, bros papier. Een titel: 'Onderhoud met Z.E.H. Petrus Doornaert, 25 augustus 1914'.

'Dat is rap gevonden', meende Sauwen.

Het volgende stuk in de map was een gesloten enveloppe met onder het bisschoppelijk wapen een driemaal onderlijnde waarschuwing:

'Ten vroegste openen honderd jaar na het overlijden van Petrus Doornaert.'

Blommaert aarzelde, maar Sauwen ritste de enveloppe kordaat open met zijn zakmes. Ze bevatte een aantal bladzijden uit een schoolschrift. Blauwe lijntjes, rode kantlijn. Haastig gekrabbelde notities, onderstreepte trefwoorden. Een bijna woordelijk verslag van een verhoor door de bisschop in hoogsteigen persoon.

'PD bevestigt dat hij onderwerp is van praatjes in parochie Sint-Remigius met betrekking tot onkuisheid, het niet-respecteren van zijn gelofte tot celibaat en de verdwijning van de genaamde CUYX Virginie. PD wenst aanstoker(s) niet te identificeren.

PD verklaart al zijn zonden gebiecht te hebben. Beroept zich op biechtgeheim. Deelt alleen mee dat hij de zwaarst mogelijke boete gedaan heeft.

Monseigneur: 'Met hoeveel meisjes heb je zonde gepleegd?'

PD: 'Ze verleidden me.'

M: 'Hoeveel?'

PD: 'Virginie, Françoise, Philomène... Ik herinner het me niet meer.'

M: 'Meer dan drie?'

PD: 'Het is verschrikkelijk. Ik denk dat ik gek ga worden. Neen! Ik denk dat ik gek geworden ben.'

M: 'Hoe oud waren de meisjes?'

(PD barst in snikken uit.)

M: 'Zeventien? Achttien? Ouder? Jonger?'

PD: 'Achttien... Zeventien... Virginie...'

M: 'Vertel over Virginie.'

PD: 'Ik heb... Ze was...'

(Snikt luid.)

M: 'Was je haar biechtvader?'

PD: 'Ja.'

M: 'Heb je van die positie misbruik gemaakt?'

(PD snikt nog luider.)

M: 'Antwoord op mijn vraag.'

PD: 'Nee... Nee... We waren alleen in de sacristie. De eerste keer. Ze zei dat een jongen haar gekust had en haar borst had gestreeld. Ik vroeg of hij daarbij zijn hand op of onder haar blouse had gehouden.'

(PD lijkt niet meer in staat te praten.)

M: 'Verman je, kapelaan!'

PD: 'Het was... Ik weet het niet meer... Ze deed met haar hand in haar blouse voor hoe die jongen haar borst gestreeld en er daarna in geknepen had. Ze leek me uit te dagen en ik...'

(Barst weer in snikken uit.)

PD: 'Ik heb haar aangeraakt. Zoals de jongen. De bekoring was te sterk. Ik kon me niet inhouden. Ik heb haar mond gekust.'

M: 'Verzette ze zich?'

PD: 'Neen. Ze zei... Ze vroeg... Ze wilde...'

M: 'Besefte je dat je een doodzonde beging?'

PD: 'Neen... Lust... Ja... Ik kon niet... Het was sterker dan mezelf!'

M: 'Wat bedoel je met lust? Zondige lust?'

PD: 'Ik had me nog nooit zo gevoeld... Het was... Ze zei... Ze wilde...'

M: 'Wat wilde ze?'

PD: 'Ze zei dat ze alles wilde. Ze zei dat ze me graag zag!'

M: 'Alles? Wat bedoelde ze daarmee?'

PD: 'Dat ik... Dat we...'

M: 'Je hebt toegegeven aan je driften.'

(PD knikt.)

M: 'Een volwassen man. Een priester. Je pleegde zonde met een meisje dat aan je zorgen was toevertrouwd.'

(PD knikt.)

M: 'Hoe vaak is het gebeurd?'

PD: 'Ik weet het niet. Vaak.'

M: 'In de sacristie?'

PD: 'In de sacristie. Waar niemand ons kon zien of horen.'

M: 'Kwam ze vrijwillig naar je toe?'

(PD knikt.)

M: 'Ook de andere meisjes?'

PD: 'Ze wisten het van elkaar! Virginie had het hen verteld! Het was een spel voor hen!'

M: 'Een spel? Hun lusten botvieren met een priester? In de sacristie van zijn kerk? Een spel! En jij hebt daaraan meegedaan!'

(PD buigt het hoofd en zwijgt.)

M: 'Kwamen de meisjes samen naar je toe?'

PD barst weer in tranen uit.

M: 'Antwoord, kapelaan!'

PD: 'Neen. Nooit.'

PD kijkt M wanhopig, handenwringend aan.

PD: 'Virginie heeft me in de steek gelaten. Ze was zwanger.'

M: 'Zwanger!'

(PD knikt.)

M: 'Ben jij de vader van haar kind?'

PD: 'Neen... Ja... Misschien... Ik weet niet...'

M: 'Wat heeft het meisje tegen je gezegd? Vooruit! Biecht op!'

PD: 'Ze zei... Ik geloofde haar niet!'

M: 'Wat geloofde je niet?'

PD: 'Ze zei dat ze niet wilde dat ik de vader van het kind was. Dat ik niet deugde om vader te zijn.'

M: 'Waarom vond ze dat je niet deugde?'

PD: 'Omdat ik priester was, zei ze.'

M: 'Daar had je eerder aan moeten denken.'

PD: 'Ze zei dat ze een goede jongen ging zoeken en dat ze met hem zou trouwen en dat ze hem zou wijsmaken dat hij de vader was.'

M: 'Was jij het daarmee eens?'

PD: 'Neen! Ik geloofde niet dat ze zo iets van plan kon zijn!'

M: 'Wanneer hebben jullie daarover gesproken?'

PD: 'Die avond... De laatste keer... Ik weet niet meer wanneer... Ik weet niets meer... We stonden op de kleine trap naar de ondergrondse kapel... Ik was kwaad...'

M: 'De kapel die jij in de mergel uitgehakt hebt?'

PD: 'Ze schreeuwde tegen me. Ik was kwaad.'

M: 'Wat deed je?'

(PD stort in. Hoofd op de tafel.)

M: 'Komaan, kapelaan, verman je. Wat deed je?'

(PD snikt.)

M: 'Heb je haar geslagen?'

PD schudt ontkennend met zijn hoofd.

M: 'Wat heb je gedaan?'

PD: 'Ik heb haar van me weggeduwd. Ik wilde haar nooit meer zien.'

M: 'Je hebt haar geduwd.'

PD: 'Ik wilde haar geen pijn doen! Begrijp me toch! Ik wilde haar geen pijn doen!'

M: 'Is ze gevallen?'

PD: 'Ja.'

M: 'Beschrijf hoe ze gevallen is.'

PD: 'Ze stond op de bovenste trede. Ik heb haar een duw gegeven. Ze is achterover gevallen. De trap is niet hoog. Vijf treden maar. Ze kwam op haar rug neer.'

(PD is lijkbleek. Zijn handen trillen. Tranen stromen uit zijn ogen.)

M: 'Op haar rug?'

(PD knikt.)

M: 'Wat is er daarna gebeurd?'

PD: 'Ik kan niet meer... Het doet zo'n pijn. Begrijp me dan toch! Het doet zo'n pijn! Virginie...'

M: 'De waarheid, kapelaan, ik wil de waarheid horen.'

PD: 'Ik wilde haar helpen. Ik stak een hand uit om haar overeind te helpen. Ze heeft me geslagen. Ze was sterk. Ze gaf me een klap in mijn gezicht. Ze schopte naar me. Ze wilde niet dat ik haar hielp. Dat ik haar aanraakte. Ze schreeuwde dat ze me nooit meer wilde zien. Ze was buiten zinnen. Ze riep dat ze alles zou uitbrengen. Alles! Alles wat we gedaan hadden. Het kind. Alles!'

(M buigt het hoofd. PD slaat met gebalde vuisten op tafel.)

M: 'Heb je teruggeslagen?'

PD: 'Ja. Nee. Ik heb... Ze is overeind gekomen. Ze sloeg om zich heen. Ik heb haar van me weggeduwd. Ik deed het om mezelf te beschermen. Ik wist niet... Ik wist niet... Ik wilde niet... Ze was sterk. Begrijp me toch! Ze wilde... Ik...'

(M steekt een hand uit naar Doornaerts hand. De kapelaan trekt zijn hand weg.)

M: 'Vertel me wat je niet wilde, mijn zoon.'

PD: 'Ik heb haar weggeduwd. Ze viel met haar hoofd op een bidbank.'

(Lange stilte.)

PD: 'Ik ben uit de kelder gevlucht. Toen ik terugkwam, lag ze nog altijd waar ik haar achtergelaten had.'

M: 'Leefde ze nog?'

PD: 'Neen... Ja! Ze ademde. Zwak. Ik was bang dat ze haar nek gebroken had toen ze tegen de bank viel. Ze kreunde.'

M: 'Ben je hulp gaan halen?'

(PD schudt ontkennend met zijn hoofd.)

M: 'Waarom niet?'

PD: 'Ik durfde niet.'

M: 'Een mens in doodsgevaar... Een jonge vrouw...'

PD: 'Ik wilde haar geen pijn doen!'

M: 'Dat begrijp ik, maar...'

PD: 'Niemand zou me geloven! Niemand! Niet na wat er over ons verteld was in de parochie!'

M: 'Ook je biechtvader niet?'

(PD schrikt.)

M: 'Ben je te biechten geweest?'

(PD kijkt angstig, maar antwoordt niet op de vraag.)

M: 'Het was je plicht de pastoor in te lichten! Hij was je overste! Het ongeluk was in zijn pastorie gebeurd! Je had de gendarmen moeten inlichten! Ook al was het een ongeluk, je had hen op de hoogte moeten brengen.'

(PD zwijgt.)

M: 'Wat heb je uiteindelijk gedaan?'

PD: 'Ik heb haar naar boven gedragen. Ze bloedde. Ik heb haar op de grond gelegd en ben naar binnen gegaan om iets te halen om het bloed te stelpen.'

M: 'Je hebt dat arme kind zomaar laten liggen!'

PD: 'Ik was bang dat iemand ons zou horen of zien als ik haar naar mijn kamer droeg... Sleepte... Ze was zwaar... Ze...'

M: 'Je was bang voor jezelf, maar je liet dat gewonde meisje aan haar lot over... De moeder van je kind!'

PD: 'Ik liet haar niet aan haar lot over! Ik wilde doeken halen om het bloed te stelpen! Ik wilde haar helpen!'

M: 'Hoe heb je haar geholpen?'

(PD zwijgt lange tijd.)

PD: 'Toen ik terugkwam, was ze weg. Ik heb wanhopig naar haar gezocht. Er lag daar een stapel stenen voor de nieuwe muur van de pastorietuin. Een kuil waar ik de bouwstenen uitgehakt had. Een mergelblok als hoeksteen voor de fundering.'

M: 'Je dacht dat ze zich verstopt had?'

(PD knikt zwijgend.)

M: 'Wat heb je nog gedaan om haar terug te vinden?'

(PD barst weer in tranen uit.)

M: 'Je hebt niets gedaan.'

PD: 'Ik ben naar de hoeve Vanspauwen gelopen. Ik hoopte... Ik dacht... Misschien kon ik haar nog inhalen... Als ze naar huis was gegaan...'

M: 'Heb je haar ingehaald?'

PD: 'Neen.'

M: 'Je bent naar de pastorie teruggekeerd zonder haar te vinden. Je hebt met niemand gesproken over wat je gedaan had.'

(PD knikt zwijgend.)

M: 'Je parochianen waren doodongerust over de verdwijning van dat meisje, maar jij bent blijven zwijgen. Je had zelfs niet de moed om haar verdwijning aan te geven bij de Rijkswacht. Anderen hebben dat moeten doen. Dagen te laat.'

(PD knikt zwijgend.)

M: 'Je hebt gezwegen terwijl dat kind... Die vrouw... Misschien hadden ze haar nog teruggevonden als ze met zijn allen naar haar gezocht hadden!'

(PD knikt zwijgend.)

M: 'Of wilde je niet dat Virginie Cuyx teruggevonden werd?'

(PD snikt luid.)

M: 'Hoopte je soms dat ze nooit teruggevonden werd, zodat ze jullie geheim niet aan het licht kon brengen?'

(PD snikt hysterisch.)

M: 'Je gedrag is absoluut verwerpelijk geweest, kapelaan. Ik schaam me dat een priester van mijn bisdom zo diep kon zinken.'

PD: 'Vergeef me monseigneur. Vergeef me. Ik wist niet wat ik deed. Ik...'

M: 'Begrijp je dat het onze plicht is je onmenselijke wandaden bij het gerecht aan te geven?'

(M verlaat de kamer. PD wacht snikkend en handenwringend op zijn terugkeer. Hij richt enkele malen het woord tot mij, maar ik leg hem uit dat ik niet tussenbeide mag komen.)

M: 'Moeilijke tijden dwingen ons tot moeilijke beslissingen, mijn zoon. Ik heb telefonisch overleg gepleegd met de heer procureur des Konings. Samen hebben we het volgende besloten.

We aanvaarden de uitleg die je ons gegeven hebt.

We aanvaarden dat je oprecht spijt hebt van wat je gedaan hebt.

In normale omstandigheden zouden we deze feiten voor de rechtbank brengen, hoe groot de schande ook zou zijn, niet alleen voor jezelf maar ook voor alle priesters van ons bisdom. Gezien de onzekere toestand waarin het land en zijn instellingen verkeren en omdat de heer procureur niet uitsluit dat de bezetter misbruik kan maken van een proces tegen een geestelijke, stellen we voor geen rechtsgeding te voeren, maar je uit ons bisdom te verbannen.

We dragen je op vandaag nog je zonden aan een biechtvader toe te vertrouwen. Alles wat je hebt gedaan. Alles. Begrijp je?'

(PD knikt.)

M: 'Daarna zul je het land verlaten om boete te doen in een afgelegen missiepost van onze keuze. Je moet...'

De volgende bladzijden ontbraken.

De map bevatte nog tientallen brieven waarin de kapelaan zijn bisschop telkens weer bedankte voor het vertrouwen dat hij in hem gesteld had en waarin hij rapporteerde over zijn werk in de missie.

Naarmate de jaren vorderden, doken er echter ook brieven op waarin Doornaert het minder over zijn missie had, maar vooral over wereldse zaken zoals de maatregelen die diverse autoriteiten hadden genomen om de belangen veilig te stellen 'van het bedrijf waarvan het materiële welzijn van de missie en van het bisdom afhankelijk is'.

Een brief bevatte lijsten van 'onafhankelijke zelfverdedigingsgroepen' die Doornaert in het leven had geroepen, met het aantal manschappen waarover ze beschikten.

In een ander schrijven meldde Doornaert dat 'mijnheer Van S de nodige fondsen' had overgemaakt om 'ons netwerk in het binnenland te versterken'. Iemand had in potlood '$ of fl?' in de marge geschreven, waar een andere persoon de vraag 'betaald door bisdom?' aan toegevoegd had. Een derde persoon had met 'Shell Nederlandse Antillen' geantwoord.

'Is dat het zaadje voor de vier miljoen dollar bij ING geweest?' fluisterde Blommaert in Sauwens oor met een voorzichtige blik naar Christina Doornaert, die hen vanuit de woonkamer gadesloeg. Geen spier in haar gezicht verraadde wat ze voelde of dacht.

'Uit welk archief heb je de documenten in de map "PA" meegenomen?' vroeg Sauwen haar.

'Hasselt', antwoordde ze onbewogen. 'Ik had de toelating om ze in te kijken.'

'Inkijken is niet hetzelfde als meenemen en in je woning verbergen.'

'Ik wilde de archivaris en de wetenschappelijke onderzoeker niet in hun werk storen.'

'Ik denk dat je vooral niet wilde dat ze wisten dat je documenten liet verdwijnen die een minder gunstig licht werpen op Petrus Doornaert', antwoordde de speurder.

'Daar ben ik me niet van bewust', ontkende ze met een stalen gezicht.

'Waarom heb je de documenten niet vernietigd?' vroeg Blommaert.

Ze haalde haar schouders op.

Verslagen, maar niet overwonnen, concludeerde Sauwen op basis van zijn jarenlange ervaring met verdachten.

'Je wilde alles doen opdat Petrus Doornaert zalig verklaard zou worden', zei hij. 'Maar wilde je misschien ook materiaal achter de hand houden om alsnog wraak te nemen?'

Sauwen verwachtte niet dat ze op zijn vraag zou antwoorden, hoe hard hij ook zou aandringen.

'Wraak?' vroeg ze.

'Wraak op de vader die je nooit gekend hebt', antwoordde Sauwen.

Een zenuwtrek rond haar indianenogen. Ze sloeg haar blik neer toen ze merkte dat de speurder haar reactie opgemerkt had. Een oogwenk maar, toen had ze zichzelf weer helemaal in de hand.

'Neen', zei ze met vaste stem. 'Ik hoef geen wraak te nemen, omdat ik er trots op ben dat hij mijn vader geweest kan zijn.'

'Kan?' vroeg Sauwen.

'Kan. Dat is alles wat ik weet.'

Sauwen knikte. Wat kon hij meer doen?

'Ik neem alvast de inhoud van de map in bewaring', zei hij. 'Ik zal het bisdom laten weten dat het om vermoedelijk uit hun archief verwijderde documenten gaat. Het bisdom zal beslissen of het klacht indient of niet.'

Christina zweeg, alsof ze zijn mededeling in stilte moest laten bezinken. Ze wreef met een vinger over haar voorhoofd, alsof ze onzichtbare haartjes wegveegde. Toen verscheen weer haar perfect ingestudeerde, zoetsappige glimlach op haar gezicht.

'Heb je meester Smidts ingelicht over je miljoenen op Curaçao?' vroeg Sauwen om een einde te maken aan haar spellletje.

'Ik bezit geen miljoenen op Curaçao, meneer de hoofdinspecteur!' viel ze uit.

'Volgens mijn informatie bezit je daar vier miljoen dollar op een rekening van ING', zei Sauwen.

Ze reageerde met een triomfantelijk en tegelijk bodemloos misprijzend glimlachje. Het pantser dat ze rond zich had opgetrokken en dat Sauwen eventjes had kunnen doorbreken, was weer intact.

'Ik veronderstel dat je refereert aan het reservekapitaal van de naamloze vennootschap Instituto Padre Pedro, gevestigd in Montevideo, Uruguay, vertegenwoordigd door Christina Doornaert namens de Fundación Padre Pedro, gevestigd in Asunción, Paraguay?'

'Helemaal, mevrouw Doornaert.'

'In dat geval vrees ik dat jij daar niets mee te maken hebt.'

'Is dat een advies van de oude mijnheer Smidts?'

'Wat een advocaat en zijn cliënt bespreken, is vertrouwelijk.'

Sauwen haalde zijn schouders op.

'Daar heb ik dan voorlopig niets aan toe te voegen, mevrouw. Behalve misschien dit. Ik bezorg de ontvreemde documenten zo snel mogelijk terug aan het bisdom Hasselt. Waarmee ongetwijfeld een einde komt aan je droom om als dochter van een heilige onder zijn naam een bloeiend handeltje te runnen.'

Onderzoeksrechter Nadine Liesens vatte de uitvoerige briefing van Arnold Sauwen samen in drie zinnen.

'Het bisdom Hasselt aanvaardt de teruggave van documenten uit het archief. Het dient geen klacht in tegen Christina Doornaert. Voor de fiscus is om diverse redenen een onderzoek naar financiële transacties van Christina Doornaert geen prioriteit.'

'Dat is het, min of meer', gaf Sauwen toe.

'Zaak gesloten? Of zijn er nog losse eindjes waar je me later mee kunt komen lastigvallen?'

'We hebben veel informatie gekregen van Joosten en Schraepen. Ik heb, eh, een informele afspraak... Ik bedoel, ik heb beloofd...'

Liesens wist al wat er ging volgen.

'Geen sprake van! Ik eis zelfs dat je formeel ontkent dat er ooit enig onderzoek is geweest! Al zou ik het niet erg vinden als je Piet en Geo naar het bisdom stuurt om de teruggegeven documenten in te kijken. Zolang wij maar buiten schot blijven.'

Sauwen haalde opgelucht adem.

'Het onderzoek in verband met de zaligverklaring van kapelaan Petrus Doornaert is tijdelijk opgeschort', zei Theelen.

'Het schijnt dat je ontbrekende stukken uit het archief hebt teruggekregen.'

Theelen liet een kort lachje horen.

'Ik zat eigenlijk te wachten op je telefoontje', bekende hij. 'Daarom heb ik de zaak al voorgelegd aan de bisschop. Hij heeft de stukken geselecteerd die je mag inkijken en publiceren.'

‘Precensuur’, mopperde Geo.

‘Te nemen of te laten. Het is ons archief.’

‘Akkoord’, zwichtte Joosten.

‘Tot morgen dan.’

Theelen slaakte een zucht van opluchting, blij dat een oude rot zoals Joosten zomaar zijn leugentje over de controle door de bisschop had geslikt.

Hij stopte de documenten die hij uit de map XXV gelicht had in zijn boekentas. Ooit, nam hij zich voor, zouden ze de basis vormen voor een baanbrekende studie over de invloed van Europese en Amerikaanse oliebedrijven op de missionering van de Gran Chaco en de lotgevallen van de oorlogskas die Shell aan Padre Pedro ter beschikking had gesteld. Een nuchter, wetenschappelijk werk, natuurlijk, geen klus voor journalisten die in zijn ogen toch maar de neiging hadden alle geruchten op te blazen waar de woorden ‘kerk’ en ‘geld’ aan te pas kwamen.

Het lange bericht op de eerste bladzijde van de krant klonk sober en onderkoeld. Klassiek, haastig herschrijfwerk van Geert Brouns.

> ‘Verslaggevers van deze krant hebben het mysterie rond de honderd jaar oude “moeder in de mergeltombe” opgehelderd. De jonge vrouw werd in augustus 1914 vermoord en in de tombe begraven door haar minnaar, kapelaan Petrus Doornaert van de parochie Sint-Remigius.
>
> Ons onderzoek bracht ook aan het licht dat Doornaert, alias missionaris Padre Pedro, de vader zou zijn van Christina Doornaert, de vrouw die ijvert voor zijn zaligverklaring. Een woordvoerder van het bisdom Hasselt verklaarde dat het proces tot zaligverklaring mogelijk stopgezet wordt.
>
> Het geheimzinnige skelet werd recent opgedolven onder een muur van de vroegere pastorie van Sint-Remigius in Zuid-Limburg. Uit DNA-onderzoek bleek dat het om de beenderen van een zekere Virginie Cuyx uit Herderen ging.
>
> Virginie was achttien jaar toen ze om het leven werd gebracht. Ze was ongeveer vijf maanden zwanger. DNA-onderzoek biedt belangrijke aanwijzingen dat kapelaan Doornaert de vader van haar baby was.
>
> Wetenschappers stelden vast dat de schedelbasis van de jonge vrouw met een hamerslag verbrijzeld was.

Kapelaan Doornaert bekende in 1914 aan kerkelijke gezagsdragers in Luik dat hij een rol had gespeeld in de verdwijning van Virginie Cuyx. Hij gaf ook toe dat hij seksuele betrekkingen had gehad met meerdere vrouwelijke leden van het kerkkoor waar ook Virginie lid van was.

Volgens zijn versie, opgetekend tijdens een verhoor in het bisschoppelijk paleis, had hij Virginie tijdens een ruzie in een kapel onder de pastorie van Sint-Remi tegen de grond geworpen. Daarbij was ze volgens hem zo ongelukkig gevallen dat ze bewusteloos bleef liggen.

De kapelaan beweerde dat hij zijn gewonde vriendin uit de kelderkapel had gedragen en haar in de pastorietuin had achtergelaten om verbandmateriaal te gaan zoeken. Volgens hem was ze in die tijdspanne bij bewustzijn gekomen en verdwenen zonder een spoor na te laten.

Honderd jaar na de feiten bewijst de wonde in haar schedel dat de kapelaan loog. Virginie Cuyx stierf niet door een ongelukkige val, maar werd geveld door een opzettelijk toegediende hamerslag. Omdat de kapelaan in zijn bekentenis tegenover de bisschop verklaarde dat hij de laatste persoon was die de gewonde Virginie gezien had, staat het zo goed als vast dat hij de dodelijke slag heeft toegediend, waarna hij zijn slachtoffer in een mergelput heeft begraven.

Om een dwaalspoor te creëren deponeerde hij in het graf voorwerpen van een Duitse soldaat die eerder in de pastorie ingekwartierd was.

De kapelaan ontsnapte aan vervolging omdat zijn oversten zijn verhaal over de ongelukkige val geloofden en hem hoogstens ten laste legden dat hij de autoriteiten niet onmiddellijk op de hoogte had gebracht van de onrustwekkende verdwijning van de jonge vrouw.

Omdat ze twijfelden aan de rechtszekerheid onder de Duitse bezetter en er vermoedelijk rekening mee hielden dat Virginie Cuyx nog in leven kon zijn, besloten ze de priester niet aan te geven bij het gerecht. Als alternatieve straf dwongen ze hem een missiepost te stichten in het onherbergzame noorden van Paraguay, Zuid-Amerika. Doornaert kreeg daarbij steun van Belgische diplomaten, van Zuid-Amerikaanse grootgrondbezitters en van de Nederlandse oliemaatschappij Shell, waarmee het bisdom Luik blijkbaar zakelijke betrekkingen onderhield.

Toen Paraguay en Bolivia tussen 1932 en 1935 oorlog voerden over olieconcessies in het gebied van de Gran Chaco, steunde Petrus Doornaert paramilitaire groepen die in opdracht van Shell actief waren in zijn regio. Belangrijke geldsommen die hij daarvoor ontving, leidde hij volgens onze informatie af naar een bankrekening op het Nederlandse eiland Curaçao.

Op 7 januari 1937 werd "Padre Pedro" Doornaert nabij zijn missiepost vermoord. De lokale politie slaagde er niet in de dader te vatten. Volgens informatie waarover deze krant beschikt, werd Doornaert om het leven gebracht door de verloofde van een van de slachtoffers van de kapelaan.

Het archeologische onderzoek van de site in Sint-Remigius is stopgezet nadat Christina Doornaert, voorzitster van de Stichting Padre Pedro, gehoor had gevonden bij de Vlaamse minister voor Onroerend Erfgoed. Zij verzette zich ook tegen de publicatie van onderzoeksgegevens in onze krant, vermoedelijk omdat ze negatieve gevolgen vreesde voor het proces tot zaligverklaring van haar vader en voor de fondsenwerving ten bate van haar organisatie.

De Stichting Padre Pedro verleent naar eigen zeggen hulp aan arme scholieren in Zuid-Amerika. Tevens voert ze actie voor de zalig- en heiligverklaring van de missionaris Padre Pedro, ook "de eerste Zuid-Limburgse martelaar" genoemd.

Onze verslaggevers ontdekten dat Christina Doornaerts ijver haar zover had gedreven dat ze bezwarende documenten uit het bisschoppelijk archief had ontvreemd. De stukken kwamen weer boven water na een huiszoeking door de gerechtelijke politie.

Het onderzoek naar de activiteiten van de diverse organisaties onder de naam Padre Pedro bracht ook aan het licht dat het Instituut Padre Pedro uit Montevideo een fonds van ettelijke miljoenen dollar bezit op het eiland Curaçao. Het geld is mogelijk een overschot van de zogenaamde oorlogskas die Petrus Doornaert er zeventig jaar geleden onderbracht. Het fortuin wordt beheerd door Christina Doornaert.

Een woordvoerder van het bisdom gaf gisteravond toe dat de pas ontdekte archiefstukken een nieuw licht werpen op het leven en werk van Petrus Doornaert. Hoewel een definitieve beslissing over een voortzetting van de procedure tot zaligverklaring afhankelijk is van een nieuwe wetenschappelijke doorlichting, lijkt het volgens onze bronnen bij het bisdom eerder onwaarschijnlijk dat Petrus Doornaert ooit zalig verklaard zal worden.

Christina Doornaert, die haar familienaam officieel te danken heeft aan het feit dat ze als weeskind geadopteerd werd door een familielid van de kapelaan, was gisteren niet bereikbaar voor commentaar. Substituut Brigitte Bertouille van het parket in Tongeren verklaarde dat er momenteel geen klacht is ingediend tegen haar of haar organisaties.

Het volledige dossier van onze verslaggevers vindt u op bladzijde 4 en 5.'

'Doornaert heeft de hielen gelicht', meldde Tjenneke Bongers.

'Het verbaast me niet', reageerde Piet Schraepen.

'Ze heeft haar bankrekening en kluis in Valkenswaard leeggemaakt. Daarna heeft ze een bediende van de bank een taxi laten bestellen naar de luchthaven van Düsseldorf. Mijn Duitse vriend heeft gemeld dat Doornaert Cristina, houdster van een Paraguayaans paspoort, met vlucht 3569 van Iberia naar Madrid is gevlogen om daar op vlucht IB6013 naar Montevideo te stappen.'

'Zonder een heilige papa in haar bagage', spotte Piet.

'Maar met genoeg euro's om het tot het einde van haar dagen uit te zingen. Overigens, herinner je Geert Brouns eraan dat hij me nog vijfhonderd euro schuldig is?'

Lasagne verde met verse spinazie en gekookte ham van de slager die ook aan De Vierweg leverde. Het gerecht waarmee Lie traditioneel de zondagavondblues van haar Geo en Martina De Brauwer te lijf ging.

'Wat ik me afvraag...' begon De Brauwer.

Ze zweeg ineens omdat ze haar tong verbrand had aan de ovenhete lasagne.

'Wat ik me afvraag', hernam ze na een slok Dao. 'Hoe is Christina Doornaert er achter gekomen dat ze de dochter van de Padre was? En hoe heeft ze de bank op Curaçao ervan kunnen overtuigen dat ze recht had op de "erfenis" die haar papa daar geparkeerd had?'

'Waarom denk je dat de familie van Petrus Doornaert er als de kippen bij was om Christina te adopteren?' vroeg Geo.

De Brauwer fronste haar wenkbrauwen.

'Weet je daar meer over of zit je weer te fantaseren?' vroeg ze.

'Ik had de vraag graag voorgelegd aan Christina Doornaert, maar nu jullie haar hebben laten gaan, is het daar te laat voor.'

De Brauwer haalde haar schouders op.

'Je weet waarom ik niet aangedrongen heb', verdedigde ze zich. 'De afstammelinge van een potentiële heilige... Gesjoemel met goede werken waar zoveel brave mensen zich voor ingespannen hebben... Enzovoort. Het sop was de kool niet waard!'

'Dan moet je je erbij neerleggen dat je nooit zult weten hoe Christina de hand heeft kunnen leggen op het fortuin van haar papa', besloot Geo. 'Tenzij...'

Hij schudde mistroostig met zijn hoofd.

'Tenzij er nog iemand in leven is van de Doornaerts die destijds bij de zaak betrokken waren', eindigde hij.

'Na meer dan zeventig jaar?' vroeg De Brauwer. 'Dat geloof je toch niet?'

'Een alternatief is een onderzoekscommissie naar Curaçao te sturen. Die kan meteen doorreizen naar Montevideo en Asunción om Christina aan de tand te voelen.'

'Dat meen je toch niet?' deed De Brauwer geschrokken.

'Ik zou...' begon Geo met een ernstig gezicht.

Lie verstarde. Geo schoot in een lach.

'Ik kan leven met een vraagteken', zei hij.

'Ik zou rustiger slapen als ik dat kon geloven', schoot Lie meteen terug.

Alle herinneringen aan de oude muur van de pastorie van Sint-Remigius waren toegedekt met mat glanzend asfalt. Geo Joosten parkeerde zijn Landrover tussen de smetteloos witte lijnen waarmee vier nieuwe parkeervakken afgebakend werden.

De gepensioneerde buurman zat op het bankje onder de gedenkplaat voor kapelaan Petrus Doornaert. Hij nodigde de fotograaf uit naast hem plaats te nemen.

'Het is mooi geworden', zei hij met een hoofdgebaar naar de nieuwe parkeerplaats.

'Netjes', beaamde Geo. 'Waar is het mergelblok?'

'De aannemer heeft het op de gemeentewerf gedeponeerd.'

'De gedenkplaat hangt er nog', merkte Geo op.

De buurman liet zijn schouders nauwelijks zichtbaar op en neer gaan.

'Die hangt er al zo lang', zei hij. 'Niemand let er nog op.'

'Een gedenkplaat voor een leugenaar', zei Geo.

'Oude leugens', wees de buurman hem terecht. 'Hoe minder erover gepraat wordt...'

'En hoe zit het met de spoken?' vroeg Geo. 'Wordt daar nog over gesproken?'

'De kapelaan... Zijn lief... De spoken... Ze zijn allemaal begraven. Beter zo.'